Líneas

Cira Mozos Ansorena

Líneas

Kosmovisiones acknowledges the Traditional Owners of the Country on which this book was created, the Wurundjeri People of the Kulin Nation, and pays respect to their Elders past, present, and emerging.

www.kosmovisiones.com
Kosmovisiones
Melbourne, Australia

© Cira María Mozos Ansorena 2026
Todos los derechos reservados. Ninguna parte de esta publicación puede ser reproducida, almacenada o transmitida, en forma alguna ni por ningún medio, ya sea electrónico, mecánico, fotocopiado, grabación u otros, sin la autorización previa tanto de la titular de los derechos de autor como de la editorial.

LÍNEAS
Primera edición publicada por Kosmovisiones, 2025
ISBN 978-1-7641445-4-4 (tapa blanda)
ISBN 978-1-7641445-3-7 (tapa dura)
ISBN 978-1-7641445-5-1 (eBook)

Existe un registro catalográfico de este libro disponible en la Biblioteca Nacional de Australia.

NUDOS

NUDO I 9
LA LÍNEA QUE SE ABRE

NUDO II 45
EL ESPEJO Y LA GRIETA

NUDO III 63
LA FRACTURA DEL CENTRO

NUDO IV 71
LA MEMORIA VIVA

NUDO V 85
EL PUNTO QUE OBSERVA

NUDO VI 93
EL CRUCE DESDE DENTRO

NUDO VII 111
AYNI

NUDO VIII 131
TAMBO

NUDO IX 151
EL REFLEJO QUE EL SISTEMA NO VE

NUDO X **165**
EL BORDE

NUDO XI **183**
EL INSTANTE QUE SE REPITE PARA SER VISTO

NUDO XII **193**
DONDE LOS PACHAS SE CRUZAN.

NUDO XIII **205**
EL ESPEJO DEL QUIPU

NUDO XIV **217**
EL PUENTE ENTRE LOS TIEMPOS

NUDO XV **221**
AYLLU

NUDO XVI **229**
EL LLAMADO DEL VACÍO

NUDO XVII **247**
WIÑAYPACHA

NUDO XVIII **253**
CHAWPI

NUDO XIX **261**
EL UMBRAL ENTRE MUNDOS

NUDO XX **269**
PUNKU

NUDO XXI **291**
EL NUEVO NUDO DEL QUIPU

NUDO XXII **297**
YUYANA

No estamos solos.
Somos hilos de un mismo quipu.

NUDO I

LA LÍNEA QUE SE ABRE

El grito de un pájaro despertó a Ikan. El muchacho se levantó rápidamente por el mensaje transmitido por el ave y salió de la cabaña. El sentimiento de que tenía la oportunidad de engancharse a otro viaje de poder lo invadió de inmediato.

El primer temblor bajo sus pies lo impulsó a correr, y con una determinación inquebrantable, alcanzó una saliente rocosa que se alzaba sobre el mar. Allí se detuvo y respiró profundamente el aire impregnado de salitre y electricidad. Los rayos quebraban el horizonte, iluminando brevemente las sombras que se cernían sobre las Reservas Exteriores. Como si se tratara de un ritual ancestral, abrió las manos y las posó lentamente sobre la tierra humedecida. Movió con cuidado una roca pesada, y al hacerlo, sus ojos se fijaron en la *quena* que descansaba debajo. Y la miró entonces, con reverencia y humildad. Al sentir el permiso de esta, la acogió con exaltación entre sus manos.

El sabor a caña entonó su aliento, e Ikan, con determinación, extrajo de la flauta un nuevo sonido mientras transmitía con la profunda melodía su *intento* al viento. De pronto, un fuerte temblor recorrió sus pies descalzos y el muchacho se tambaleó mientras observaba cómo algunos peñascos se desprendían y caían por el acentuado abismo hasta caer en el océano.

Ikan, presenciando cómo la tormenta rugía cercana, continuó tocando la quena, sintiéndose parte de todo aquel caos que se cernía sobre las Reservas Exteriores. Allí en el acantilado, comprobó si tenía suficiente poder para sostener toda aquella batalla, haciendo del sonido un puente entre los mundos. La tierra misma le respondió con lejanos ecos.

De repente, Ikan observó cómo, de entre las rocas, surgía —con forma esférica— un dispositivo de vigilancia. Realizando un vertiginoso giro, la bola metálica se posicionó a la altura del chico y lo observó con sus múltiples lentes. Otro inesperado movimiento sísmico sacudió el rocoso relieve y, en ese preciso instante, aprovechando la oportunidad, Ikan agarró con rapidez una roca cercana y la lanzó sin piedad contra la bola vigilante. El impacto fue un golpe seco: la cámara cayó y se sumergió entre las coléricas olas.

Volvió a llevar la quena a sus labios y continuó tocándola. Sus ojos desafiantes se alzaron hacia las luces lejanas del Sector B, que brillaban como una amenaza constante. *Son como esas nubes negras, pesadas, opresoras, que cubren el horizonte de las Reservas Exteriores como una tempestad de dominio tecnológico*, pensó.

Desde un punto más alto, Elías observaba en silencio. Su porte sereno y su mirada profunda revelaban la sabiduría de una vida transitada en la búsqueda de comprensión y conocimiento. En medio del rugido del viento y del trueno distante, Elías percibió algo más: un latido profundo y constante, como si la tormenta fuera el tambor del cosmos resonando en las grietas del velo que separaba los diferentes *Pachas* —esos hilos invisibles donde pasado, presente y posibilidad se tocan en espiral.

Cuando sintió el tercer temblor, supo que el nocturno espectáculo había llegado a su fin. Y con un gesto pausado, sacó una pluma de cóndor que llevaba consigo y la soltó al viento como un símbolo de gratitud y de aceptación de su papel en el tejido del tiempo. Bajó con calma hasta donde estaba el muchacho.

—Ikan —dijo con voz grave pero cercana—, estamos reunidos en la cueva. Nuna quiere que te unas a la asamblea, sabe que has tocado la quena.

Ikan, con la quena como instrumento de comunión con el misterio, supo que con ese sonido se había unido a un cambio en las corrientes de la realidad. A pesar de que aún no podía vislumbrar el propósito en su totalidad, de algo estaba seguro: en aquella batalla había ganado suficiente poder para otro encuentro con lo desconocido.

La tarde le daba paso a una bandada de nubes que se cernían sobre el horizonte del Sector B y que amenazaban con sus colores sombríos una noche húmeda y fría.

Naran observó entre los edificios cómo la tímida luz invernal se diluía. Caminaba despacio, con los pasos cargados por las horas deambulado entre callejuelas empedradas. En una mano sostenía una foto de su padre, arrugada y gastada por el tiempo; con la otra, se aproximaba tímidamente a los transeúntes, y la señalaba preguntando si lo habían visto. No levantaba mucho la mirada, temerosa de que alguien notara su juventud y vulnerabilidad. Cada tres o cuatro pasos, alzaba el brazo con la fotografía, pero la multitud apresurada la ignoraba o la rechazaba con un gesto. Una gota de lluvia empañó la imagen y Naran la limpió con su mano ennegrecida. Intentó mostrársela a una mujer, pero esta movió la cabeza en silencio y se alejó.

Ya sin esperanza, se aproximó a un edificio y se apoyó, dejando que su fría fachada sostuviese su tristeza. Otro día sin noticias. Con un movimiento brusco, intentó arroparse mejor con su chaqueta, pero el viento gélido le provocó un escalofrío. *Debería haber cogido ropa de abrigo cuando me escapé del centro*, pensó mientras se regañaba a sí misma. Ya había huido en busca de su padre varias veces ese mes, y en ese momento se culpaba por no haber aprendido a preparar mejor su mochila. Apenas tenía ropa y, peor aún, estaba mojada. Si no encontraba refugio pronto, sabía que no sobreviviría a la helada de la noche.

Resguardada bajo la fachada, observó cómo los goterones empapaban sus zapatos desgastados. Su atención, sin embargo, estaba lejos de allí: vagaba perdida entre las imágenes que se desplegaban en su mente por el olor a sopa que surgía de un ventanal cercano *¿Qué estarán cenando en el centro?*, se preguntó mientras las memorias del internado volvían a su mente. Nada distaba tanto de la gélida y hostil calle como del ambiente metálico del centro de menores. El trato indiferente de los cuidadores, la desconexión entre los jóvenes..., todo era frío. Pero allí en la oscuridad, aquella frialdad le parecía una forma de seguridad. *Tal vez debería volver*, pensó, sintiéndose como un árbol solitario en una llanura helada.

Un ruido la hizo tensarse. Miró hacia la izquierda y vio cómo un hombre, un vagabundo, se aproximaba arrastrando con dificultad un carrito de supermercado lleno de objetos desvencijados. El hombre se detuvo frente a ella, con la mirada perdida, y le ofreció una manta vieja y roída.

—No, estoy bien, gracias —contestó Naran, ladeando la cabeza para evitar el olor rancio de la prenda ofrecida. No quería entablar conversación con un desconocido.

El hombre la miró con una expresión que no logró descifrar y susurró:

—Vienen tiempos oscuros.

Le entregó un panfleto antes de continuar arrastrando el carrito.

Naran bajó la mirada hacia el papel y levantó los hombros, sin saber muy bien qué decir. Su necesidad era primaria, demasiado inmediata como para preocuparse por los tiempos que venían.

—Estas calles han sostenido el peso de varios imperios. Hubo una época en que los países decían haber traído civilización a los millones de indígenas que esclavizaron y mataron —dijo el hombre sin detenerse—. Ahora, los sectores centrales hacen lo mismo con nuestras mentes.

—¿Qué tiene que ver eso con Karanza? —preguntó Naran, leyendo el nombre en el panfleto.

—Karanza es un refugio, es nuestra única esperanza de resistir. Busca allí, tal vez encuentres las respuestas que necesitas.

—¿Le has visto? —preguntó entonces, mostrando la fotografía—. Es mi padre, y no tengo noticias suyas desde hace un mes.

—Busca en Karanza.

—¿Cómo llego hasta allí? —insistió Naran, buscando señales en el folleto que indicaran la dirección a tomar. Al levantar la mirada, observó al hombre, que doblaba la esquina del callejón, gritando mientras desaparecía.

—¡Recuerda! —susurró en su retirada—, todo colonizador tiene sus grietas. Ningún imperio es para siempre.

El peso de las circunstancias hizo que Naran se derrumbara. Aquellas palabras, cargadas de verdad amarga, golpearon algo profundo en ella. Durante años se había sentido en consonancia con ideas como esas, cargándolas como una mochila. Pero en ese momento, debía admitir que no le habían dado respuestas, sino solo más peso. El vagabundo le reflejaba algo que temía: su propio miedo a ser marginada. *Si estuviera conectada al sistema, no estaría en esta situación. Necesito encontrar rápidamente a mi padre*, pensó mirando el panfleto con desesperación.

No había podido localizarlo: las líneas móviles estaban cortadas para los civiles, y solo las comunicaciones a través de MIO estaban activas. Por lo que se encontraba en la misma situación que aquel hombre: desterrada de todo lo que alguna vez consideró suyo, deambulando, dividida, reconociendo con rabia que una parte de ella anhelaba acceder a esa nueva realidad establecida. Una ola de rechazo e ira la atravesó, y entonces alzó la voz: ¡¿Qué culpa tengo yo de no poder acceder a ese maldito programa?!, gritó mientras las lágrimas empapaban los mechones de cabello oscuro que se amontonaban sobre su frente. Se limpió la frente con el brazo, despejando sus ojos verdosos y rasgados, y volvió a mirar el panfleto, preguntándose qué podía hacer.

El dolor en su pecho se intensificaba, el aire frío le rasgaba los pulmones y apenas sentía las manos: la temperatura descendía con rapidez. No podía regresar al centro de menores; la atmósfera metálica de aquel lugar también le producía escalofríos. Los jóvenes allí no sabían qué estaba ocurriendo realmente. *¿Por qué nos tienen allí? ¿Nos han convertido en reclusos solo porque no somos compatibles con el sistema?*, pensaba con una mezcla de frustración y angustia. Pero tampoco podía acudir a la policía, pues la devolverían al centro, donde le repetirían lo mismo de siempre: que Alan, su padre, estaba ocupado con el proyecto de investigación y que, debido al estado de alarma, debía seguir los mandatos. Pero ya no podía aceptar esa situación, tenía que encontrarlo.

El folleto en sus manos era un objeto frágil, pero entonces parecía un ancla. Naran necesitaba saber si la última actualización del sistema era segura, si con ella podría convertirse finalmente en una compatible. Miró nuevamente las palabras impresas… *Karanza podría ser una solución si no logro encontrar a mi padre*, se dijo intentando apaciguar la incertidumbre que la devoraba.

Un viento gélido sopló algo contra sus manos. Sorprendida, Naran agarró una pluma *¿Cómo podría un ave sobrevivir en este inhóspito clima?*, se preguntó. Durante unos instantes, aquella pluma de cóndor, tan simple y ligera, evocó en ella paisajes lejanos y cálidos, donde la naturaleza ofrecía refugio. Sintió mentalmente la frondosidad de los árboles y el intenso verde de las copas, y una paz momentánea la envolvió. Pero el pasado era solo un eco, una voz que, como aquellas ráfagas de viento, le azotaba sin piedad; un canto de recuerdos caducos y esperanzas quebradas. En ese momento, el presente la aterrorizaba: calles desoladas, edificios abandonados, luces de neón que chillaban colores y mensajes repetitivos sobre MIO, esa realidad artificial proyectaba horizontes que prometían todo y ofrecían nada. Esos paisajes eran confines virtuales que ella temía, pero que también ansiaba, y a los cuales no podía acceder por ser una incompatible.

Con esos pensamientos, vagó distraída por un tiempo fuera de sí, recorriendo con ojos sonámbulos las sombras de la noche. Otra ráfaga helada la sacó de su ensoñación y le recordó de nuevo quién era: Naran, una chica de diecisiete años que había sido testigo de una realidad que se estaba desvaneciendo ante el inminente confinamiento de la población, destinada a hibernar en búnkeres conectados al sistema MIO durante la glaciación. Aquello le producía un dolor tan real como inútil. Al comprenderlo, se sacudió la nostalgia que usaba como único cobijo, y un impulso la incitó a sobrevivir, tenía que encontrar rápidamente un lugar donde pasar la noche.

El viento soplaba con fuerza mientras Naran avanzaba tambaleándose por las desoladas calles del sector periférico. En medio de la penumbra, desorientada, apenas reconocía el eco de sus pasos. Las piernas ya no le respondían, pues el agotamiento se hacía evidente en cada movimiento. Para intentar sacudirse el entumecimiento, dio un par de saltos, aunque el alivio fue efímero. Sus ojos adormecidos vislumbraron un refugio bajo las escaleras de un antiguo edificio, un lugar escondido que prometía algo de respiro para pasar aquella noche interminable. Con las últimas fuerzas que le quedaban, se dirigió hasta allí arrastrando cajas de cartón de un contenedor cercano para sellar la entrada de su improvisado refugio.

Pero al llegar, la cruda realidad la golpeó, el suelo estaba mojado por las recientes lluvias. Un charco le sirvió de pantalla y desvió la mirada hacia su superficie, donde sus pensamientos proyectaron los mismos resultados de la gráfica, que se repetían una y otra vez tras cada prueba, junto a un texto parpadeante: incompatible. Un aliento de aire helado la devolvió al presente. Al mover la cabeza, intentó sacudirse aquellos recuerdos, pesares que la perseguían como sombras persistentes.

La imagen de su cálido hogar, aquel que alguna vez compartió con sus padres, cruzó su mente, ofreciéndole un cobijo fugaz; un escalofrío recorrió su espalda y dejó ir el recuerdo con un suspiro, aunque su partida dejó un vacío doloroso. Con lágrimas en los ojos, se dirigió a los contenedores para buscar alguna alternativa y un repentino calambre recorrió sus piernas, tensando su cuerpo al límite. Sabía que no podía permitirse el lujo de detenerse en ese estado emocional, necesitaba reunir fuerzas para sobrevivir. *No hay tiempo*, se repetía mientras observaba sus manos moradas por el frío.

De repente, gritos distantes rompieron el silencio. Giró la cabeza en dirección al sonido y vio a dos adolescentes corriendo a toda velocidad, cruzando una avenida principal. Para su sorpresa, los chicos doblaron una esquina y se adentraron en el mismo callejón donde ella se encontraba. Una furgoneta se acercaba tras ellos, intentando cortarles el paso.

Naran retrocedió, sorprendida por la incertidumbre. Estaba demasiado exhausta y absorta en sus pensamientos como para reaccionar. *Solo quiero descansar*, pensó deseando por un momento escapar de la angustia que la consumía. Pero algo dentro de ella la puso en alerta, sus sentidos se afilaron y su cuerpo reaccionó instintivamente. Con un salto, como un animal en guardia, salió de su letargo, y reconoció la furgoneta que se aproximaba. *No puede ser*, murmuró, asombrada.

El zumbido de los drones patrullando llenaba el aire, estaba acompañado por el eco estridente de las alarmas. La furgoneta avanzaba rápido y Naran, empujada por el instinto de supervivencia, siguió a los dos adolescentes. Aunque su cuerpo estaba al límite, algo en su interior le dio fuerzas. De pronto, un calambre la derribó al suelo, pero una mano apareció rápidamente para ayudarla a incorporarse. El joven la impulsó de nuevo hacia la acción y Naran lo miró con gratitud, sin aliento para articular palabras.

—¡Apresúrense! —gritó la chica que lideraba la huida mientras subía por unas escaleras exteriores.

—¡Síguela! —exclamó el muchacho, todavía sosteniéndole el brazo—. Puedes confiar en ella, es mi hermana Maia.

La voz del chico era urgente. Maia les indicó que se adentraran en el edificio a través de una ventana rota. Mientras subían por las escaleras de la fachada, Naran observó los movimientos ágiles y decididos de la chica. Maia, corpulenta y veloz, llevaba una capucha negra que ocultaba sus facciones; su vestimenta amplia y funcional reforzaba su aire de determinación.

Pero en un momento, Naran resbaló y cayó hacia atrás. Instintivamente, se aferró a la pierna del chico para evitar una caída peor, y ese contacto fugaz le hizo darse cuenta de que él llevaba una prótesis. Ese pequeño detalle le permitió vislumbrar la relación entre los hermanos, Maia era la protectora de su hermano. Su fuerza y determinación provenían de la necesidad de mantenerlo a salvo—y de algún modo eso también hizo que Naran se sintiera segura. Esa percepción se convirtió en un ancla en medio del caos.

Por primera vez en mucho tiempo, sintió una conexión con alguien, aunque fueran completos desconocidos.

Finalmente, ingresaron por la ventana descorchada y Naran se dejó caer al suelo, jadeando. Cerró los ojos por un momento, tratando de procesar todo lo que había sucedido. Pero su mente era un torbellino de imágenes y emociones *¿Cómo llegué aquí?*, se preguntó, abrumada por los últimos días de huida y desesperación. El agotamiento la venció, y se adormeció por unos instantes, hasta que una sacudida la despertó bruscamente. El chico la llamaba con una voz cargada de pánico.

Naran abrió los ojos y sintió que la realidad se deslizaba entre sus dedos, mezclándose con lo que parecía un sueño: los ruidos de pasos pesados resonaron por el edificio y, a través de un hueco en la escalera, vieron a uno de los hombres de seguridad ascendiendo, cada vez más cerca.

—¡Néstor! —gritó Maia, irritada al ver a su hermano dando vueltas sin sentido—, ¡concéntrate!

—¿Qué hacemos ahora? —preguntó él, nervioso.

—¡Espérenme aquí! —ordenó Maia antes de correr por la vivienda en busca de otra salida. Al regresar, se detuvo para recuperar el aliento y señaló una nueva dirección.

—Bajaremos por las escaleras exteriores que están del otro lado.

Naran, sin embargo, se detuvo de repente. Su mente se abstrajo y ante ella se desplegaron diferentes posibilidades.

Podía ver cómo cada elección afectaría su destino y el de sus compañeros. La realidad, maleable ante sus ojos, se transformaba en un abanico de futuros potenciales. Aunque no podía garantizar la certeza de lo que veía, su intuición se amplificaba con cada percepción.

—¡Esperen! —exclamó con firmeza. Su tono detuvo a los hermanos, que la miraron con sorpresa.

—¿Qué sucede? —preguntó Maia, con ansiedad evidente.

—¡Por ese camino no! —dijo Naran convencida. Las imágenes y sensaciones que acababa de experimentar reforzaron su decisión. Aunque no podía explicarlo del todo, sabía que seguir por las escaleras exteriores sería un error.

—¿Cómo estás tan segura? —inquirió Néstor, escéptico.

—He considerado las posibilidades: otro vehículo viene en esa dirección. Si seguimos por allí, nos atraparán en el callejón.

Los hermanos intercambiaron una mirada de complicidad, dudando de la certeza de Naran, pero el ruido creciente de la puerta siendo forzada los empujó a actuar.

—¡No hay tiempo, vamos! —dijo Naran con determinación.

A pesar de sus dudas, Maia y Néstor la siguieron. Salieron por la puerta trasera y descendieron en silencio hacia un oscuro aparcamiento subterráneo. Buscaron entre los vehículos algún lugar donde esconderse. Después de varios intentos infructuosos, Naran notó que la ventanilla de una furgoneta estaba abierta. Se deslizaron dentro y se acurrucaron en el suelo, conteniendo la respiración mientras los hombres de seguridad pasaban cerca.

Cuando finalmente escucharon el sonido de las patrullas alejándose, el grupo soltó un suspiro de alivio. Naran, temblando aún por el peso de su decisión, apretó la fotografía de su padre contra su pecho. En medio de la oscuridad, su mente intentaba encontrar claridad. Aunque las dudas persistían, un pensamiento se aferraba a su interior: todavía había esperanza.

Alan, con la mirada vidriosa tras otro largo día, escuchaba a Nélida hablar, como si estuviera lejos. El cansancio se reflejaba en su rostro; su mente oscilaba entre la responsabilidad del proyecto y sus preocupaciones personales. Las últimas semanas habían sido extenuantes para todo el personal del Centro de Investigación, pero él se sentía particularmente agotado.

—Entonces, Alan, con lo que hemos avanzado hoy, ¿crees que estará listo el informe para la fecha prevista? —preguntó Nélida, su voz estaba cargada de ansiedad—. Ya sabes que como máximo tenemos hasta la próxima semana.

Alan soltó lentamente un dispositivo conectado a un ordenador por varios cables y apartó la silla para reclinarse en su asiento. La luz brillante del despacho le molestaba y cerró los ojos con fuerza mientras estiraba su cuerpo en un intento de aliviar la tensión.

—¿Estás bien? —continuó ella sin ocultar su preocupación por el estado de su compañero.

El silencio de Alan fue suficiente respuesta: los Incompatibles estaban a punto de llegar al centro y todo debía estar preparado para que la última fase del proyecto fuera aprobada. La presión que recaía sobre ellos era inmensa y estaba alimentada por la constante interferencia de Margot, la coordinadora, quien, temerosa de ser destituida por los sectores centrales, cambiaba los planes a cada momento. El ambiente estaba cargado de tensión.

—Sabes que me metí en este proyecto por mi hija —respondió Alan finalmente bajando la cabeza, como si se dirigiera más a sí mismo que a Nélida—. Bueno, quiero decir… por toda una generación de chicos, por apostar por sus posibilidades. Aunque las circunstancias sean adversas, ya sea en lo social, lo climático o lo financiero, todos deberían tener la oportunidad de ser lo que quieran ser, y no quedar relegados por la fuerza de algo más grande que ellos.

Nélida asintió lentamente, deseando que la conversación no se alargara, pues era tarde y al día siguiente tenían una reunión crucial en la que debían mostrar avances sólidos. Los resultados debían convencer a todas las partes; de no ser así, el proyecto podía estar condenado. Sin embargo, la fatiga de Alan parecía empujarlo a expresar las dudas que llevaba reprimiendo.

—¿Crees que cada uno de esos chicos puede encontrarse con ese milímetro de suerte, con ese segundo que puede cambiar completamente su vida? —preguntó él, haciendo una pausa para exhalar y liberar parte de la presión que sentía—. ¿Crees que, al estar conectados a una máquina, aún pueden encontrarse con su destino? ¿O que están condenados a hacer lo que los adultos queremos de ellos? Peor aún: lo que un programa decide por ellos.

Nélida lo observó, su preocupación por él iba creciendo a cada instante.

—Creo que llevas demasiadas horas sin dormir, Alan —respondió con delicadeza.

Alan se inclinó hacia adelante, cubriéndose el rostro con las manos. Su voz tembló ligeramente cuando preguntó:

—¿Crees que soy un buen padre? Estoy tan metido en esto que siento que me estoy alejando de ella.

Su compañera apoyó una mano en su hombro como un gesto silencioso de apoyo.

Alan sabía que tenía razón, pero el peso de sus pensamientos lo mantenía atrapado. Sentía que estaba luchando por mantener un barco a flote, tratando de equilibrar las expectativas de todas las partes involucradas en el proyecto. Pero si las cosas no salían bien en la reunión del día siguiente, tendría que tomar una decisión difícil, tal vez incluso abandonar todo por lo que había trabajado.

Esa noche, después de semanas de intentos fallidos, trató de contactar a su hija, pero las comunicaciones estaban interrumpidas. La sensación de impotencia lo abrumó y la incertidumbre se convirtió en su sombra. A pesar de todo, el escáner estaba completo, y Alan confiaba en que su trabajo valdría la pena; creía que, finalmente, los directivos del proyecto comprenderían por qué algunos de los adolescentes no podían conectarse a MIO. Sin embargo, en el fondo de su agotamiento, una duda persistía: ¿realmente estaba haciendo lo correcto? ¿Podría este esfuerzo evitar que el proyecto y que todos los chicos a quienes trataba de proteger se hundieran en un sistema que parecía inevitable?

—Necesitas descansar —dijo Nélida con firmeza.

La luz de la mañana se reflejó en el espejo retrovisor de la camioneta, iluminando el rostro de Naran. El reflejo del sol la despertó con un parpadeo incómodo y Maia, con urgencia en su voz y en sus movimientos, la sacó de su somnolencia.

—¡Despiértense, tenemos que irnos rápido! —exclamó, sacudiendo a Néstor y a Naran—. ¡Alguien podría venir al garaje en cualquier momento!

Los eventos recientes todavía reverberaban en la mente de Naran como una marea confusa. Las imágenes de las últimas horas, llenas de carreras y tensión, se desvanecieron mientras se obligaba a enfocarse en el presente. Todavía aturdida por el cambio abrupto en su entorno, tardó un momento en procesar dónde estaba. Maia, viendo que Naran seguía desorientada, se inclinó hacia ella.

—¿Estás bien? Necesitamos movernos ya —insistió, su tono fue firme pero no agresivo.

Naran asintió lentamente, sintiendo cómo la realidad la presionaba desde todas las direcciones. Néstor, aún con el rostro adormilado, pero con la curiosidad despertando en su mirada, rompió el silencio:

—¿Cómo sabías que venía un segundo coche por el otro lado del edificio?

La pregunta sacó a Naran de su ensimismamiento. Recordó cómo había visto esas imágenes en su mente, cómo su intuición había captado algo que los demás no podían prever. Pero dudó antes de responder, insegura sobre cómo explicarlo.

—Creo que... seguí mi intuición —murmuró, casi en un susurro—. Me llamo Naran.

Pronunciar su propio nombre la hizo titubear. Decirlo en voz alta la obligaba a enfrentarse a una parte de sí misma que parecía difusa, fragmentada por recuerdos dolorosos que no lograba encajar. Las palabras parecían quedarse atrapadas en su garganta, cada sílaba estaba cargada de una incertidumbre aplastante. Maia la observó con atención: sus ojos intentaban desentrañar algo más en el rostro de la joven. Sin embargo, Naran bajó la mirada, incapaz de sostener el contacto visual. La tensión en su pecho era sofocante y, aunque quería confiar en ellos, una parte de ella seguía alerta, incapaz de dejar de verlos como extraños. Finalmente, encontró una forma de conectarse con ellos, aunque fuera desde una herida compartida.

—Hace dos días que me escapé de un centro de menores y no quiero regresar. Estoy buscando a mi padre.

Las palabras quedaron suspendidas en el espacio estrecho del vehículo. Maia y Néstor intercambiaron una mirada breve pero cargada de comprensión. Después de un breve silencio, Maia habló y compartió su propia historia: los hermanos también habían escapado de un centro para incompatibles, y entonces estaban tratando de llegar al suburbio de Karanza, donde esperaban reunirse con sus padres.

Maia era mayor que Naran, y su presencia transmitía una madurez que superaba su edad; su cabello rapado y sus facciones marcadas le daban un aire combativo, reforzado por su complexión alta y su espalda ancha. Aún no había cumplido dieciocho, lo que significaba que no le habían implantado el dispositivo para la conexión permanente a MIO, no tenía el distintivo de integración en la base de su nuca.

Néstor, más joven, rondaba los dieciséis años y contrastaba con su hermana en muchos aspectos: su figura era más delgada y delicada, con ojos rasgados que reflejaban una mezcla de curiosidad y temor. Era evidente que Maia llevaba las riendas del dúo, y él parecía refugiarse en su fortaleza.

—Karanza... —repitió Naran, dejando que el nombre resonara en su mente. Una imagen del panfleto que le habían dado la noche anterior cruzó por su pensamiento—. ¿Qué está pasando allí?

—En Karanza se están reuniendo todos los que no están de acuerdo con la nueva actualización del programa MIO. Hay gente que no quiere conectarse o que no puede hacerlo. Es nuestra última oportunidad —respondió Maia con un tono que combinaba determinación y preocupación. Y cambió de postura, su rostro se endureció y continuó:

—Además, nuestro padre está enfermo. Nuestra madre está con él, y con todo este caos, decidimos que lo mejor sería refugiarnos con ellos.

La revelación de Maia dejó a Naran pensando. La idea de Karanza, que hasta hace poco había sido un nombre vacío para ella, comenzaba a adquirir un significado más profundo. La opción que se le presentó la noche anterior empezaba a parecer menos abstracta y más urgente.

—¿Están seguros de que esto está ocurriendo en Karanza? —preguntó buscando alguna certeza.

—Sí, una parte de la población se está rebelando contra las órdenes de los sectores centrales —afirmó Néstor con una convicción inesperada.

—Están hartos de que los Sectores A y B sean usados como un laboratorio social por los controladores del sistema. El Sector A fue el primero en conectarse a MIO, y en el Sector B ya casi toda la población está conectada, ahora sabemos que hay efectos adversos apareciendo en quienes permanecen dentro del sistema. —continuó Maia con una voz cargada de rabia.

Una sensación de cambio comenzó a llenar a Naran, como si el aire a su alrededor cobrara un nuevo peso. Encontrar a otros con un propósito la hizo sentirse menos sola en la búsqueda de su padre. La idea de acompañarlos en su viaje comenzó a solidificarse en su mente.

—Iré con ustedes a refugiarme en Karanza si no encuentro a mi padre en el camino —anunció con su voz teñida de agradecimiento y resolución.

Maia asintió sin mostrar sorpresa. Parecía que ya lo esperaba.

—Entonces, nos vamos ya. —Su tono era decisivo—. Han empezado a cortar las comunicaciones entre los suburbios para evitar que la gente se mueva; no quieren que más personas se desplacen hasta allí. Debemos salir antes de que sea demasiado tarde.

La urgencia del momento los empujó a actuar. Juntos comenzaron a recoger lo poco que tenían, preparándose para el siguiente tramo de su incierto viaje hacia el poblado de la resistencia.

Maia encabezaba el grupo y señaló con un gesto discreto que se dirigieran hacia la plazoleta mientras abandonaban el garaje, pues era crucial evitar las principales avenidas del sector.

Néstor, con la astucia de quien ha aprendido a sobrevivir en la precariedad, tomó un desvío hacia unos establecimientos abandonados y regresó con varias latas de conserva. El leve crujir de los envases en sus manos pareció ser, por un instante, una pequeña victoria en medio de la incertidumbre.

Los primeros rayos de sol se filtraban entre los edificios, bañando las calles con una luz tenue que apenas lograba atravesar la persistente niebla matinal. En la distancia, las cimas de las montañas lucían sus primeras nieves: un recordatorio implacable de la glaciación que se avecinaba.

—¿Cuánto tiempo crees que queda? —preguntó Naran, su voz tenía una mezcla de curiosidad y temor.

Maia respondió sin apartar la vista del horizonte, con un tono firme pero teñido de cierta melancolía:

—En unas semanas, estas calles estarán completamente congeladas. Ya no se podrá vivir en la superficie.

—¿Y en Karanza? ¿Crees que la gente podrá sobrevivir? —insistió con la preocupación asomando en cada palabra.

Maia suspiró, sus ojos se perdían en el reflejo de las luces de los sectores centrales a lo lejos.

—Han construido una red de galerías subterráneas. A pesar de todo, va a ser un desafío pasar tantos meses encerrados. Pero prefiero esa situación a estar conectada a MIO, desconectada de lo que realmente importa: mi familia.

Néstor, caminando unos pasos detrás, añadió con un peso evidente en su voz:

—Estamos preocupados por nuestro padre.

Naran asintió en silencio, deteniéndose por un instante para asimilar las palabras de Maia. Había algo en la determinación de los hermanos que la desconcertaba: ellos no querían conectarse al sistema, mientras que para ella, la conexión con MIO parecía ser la única salida, un último intento desesperado por encajar y escapar de la sombra de ser una incompatible. La vergüenza de su situación la hacía rehuir hablar del tema. Aún tenía el reflejo de ocultarlo, temiendo el rechazo y el juicio que tantas veces había enfrentado.

Un llanto distante rompió la monótona cadencia de la marcha. Desde un alto, el grupo observó cómo una brigada de policías desalojaba a varias familias de sus viviendas; y cómo en la plaza, un autobús esperaba con las puertas abiertas mientras los agentes forzaban a abordar a las últimas personas que quedaban en el suburbio. El Sector B estaba en alerta y las órdenes de evacuación eran implacables. La mayoría de la población obedecía, viéndolo como la única salida a la crisis, invernar en los búnkeres.

Los edificios, desprovistos de humanidad, se alzaban como monumentos al pragmatismo frío de la tecnocracia. En su interior, no eran ya más que celdas vacías mientras que los habitantes eran movilizados como números en un sistema que se resguardaba de la glaciación dentro de la eficiencia de los algoritmos.

Una familia esperó hasta el último momento antes de ser separada: una madre sollozando intentaba arrastrar a sus hijos pequeños hacia el autobús, tenía un bebé en brazos y pocas pertenencias a cuestas. Su rostro reflejaba la impotencia de tener que elegir entre obedecer o ser destruida por el sistema. Los niños se aferraban a sus piernas gritando mientras el padre intentaba calmarlos. Y finalmente, la familia se despidió con un abrazo desgarrador. La madre con el bebé en brazos fue llevada hacia un alojamiento especial. El padre y los niños eran obligados a subir al vehículo.

Naran observaba todo aquello con angustia e impotencia, el peso de aquella realidad parecía clavarse en su pecho. Se preguntó cuántas familias, cuántos niños estarían enfrentando un destino similar. Esa sensación la inmovilizó por un instante, hasta que sintió la mano de Néstor tirando de su brazo.

—No podemos detenernos —dijo con un tono firme pero comprensivo.

A Naran no le respondían las piernas; su cuerpo temblaba bajo el impacto emocional de todo lo que había presenciado, pero sabía que debía seguir adelante. Maia y Néstor apuraban el paso, ansiosos por reunirse con su familia.

Cruzaron varios barrios y se detuvieron en un centro comercial abandonado. Las pantallas parpadeantes aún proyectaban anuncios de MIO, promocionando la seguridad y comodidad de la vida conectada. Maia, ocultando su rostro bajo la capucha, rebuscó en un contenedor cercano y regresó con algunos envases de comida.

—Tenemos que seguir —dijo moviendo la cabeza en dirección a un túnel que conectaba con las afueras del sector.

Mientras avanzaban por el conducto, Naran volvió a sentirse acechada por la incertidumbre. En el último siglo, el mundo había cambiado de manera impredecible: primero aparecieron las inundaciones que cubrieron la mayoría de las naciones, después, la delimitación de los sectores centrales y los confinamientos por epidemias. En ese momento, la inminente glaciación amenazaba con imponer un largo encierro que borraría los pocos vestigios de humanidad que quedaban *¿Habrá sido más fácil vivir en la época de las naciones?*, se preguntó en silencio, mientras observaba a Maia y a Néstor cruzando velozmente una avenida. Apuró el paso al notar que se había rezagado, su corazón estaba acelerado por el miedo y la adrenalina. Aunque las sombras del pasado y del presente la perseguían, no podía permitirse quedarse atrás. Tenía que seguir adelante, incluso si eso significaba enfrentarse a un destino que aún no comprendía del todo.

Sin advertencia alguna, un temblor feroz sacudió el asfalto bajo los pies de Naran, haciéndole perder el paso, y sintió cómo su corazón se aceleraba al compás de aquel movimiento mientras sus extremidades se tornaban pesadas, como si estuvieran hechas de plomo derretido. Una sensación vertiginosa invadió su mente: el mundo parecía doblarse y desdoblarse frente a sus ojos, revelando una maraña de destellos y líneas que se entrelazaban como un tapiz fracturado.

La realidad se desgarró ante ella y abrió múltiples direcciones.

Naran, desorientada, percibía cómo dimensiones alternas se entremezclaban y colapsaban sobre sí mismas en su mente aturdida. Era como si todas las posibilidades que alguna vez existieron se desplegaran en un solo instante, saturándola con una cascada de impresiones. Y allí, en medio de aquel torbellino de percepciones, surgió una figura inesperada: un animal blanco, una llama, con atavíos de colores vivos adornando sus orejas y cuello, avanzó con paso sereno, irradiando una calma inexplicable.

Algo en su presencia despertó ecos de la infancia de Naran, recuerdos enterrados que resurgían con fuerza, golpeándola con una mezcla de nostalgia y confusión. Pero el animal no estaba solo. Junto a él, al borde de un paisaje montañoso que parecía surgir de otra realidad, estaba una mujer mayor con una melena grisácea que caía en ondas sobre sus hombros y con unos ojos oscuros y penetrantes que brillaban con una intensidad que desafiaba toda lógica. Tenía la piel curtida por el sol y unas arrugas marcadas en su rostro que contaban historias de una sabiduría ancestral. Su figura, sólida y etérea a la vez, parecía moverse entre capas que no se veían con los ojos. Los Pachas, los hilos invisibles del tiempo, vibraban con ella.

Naran sintió cómo ambas presencias, la de la llama y la de la mujer, se entrelazaban en una danza simbólica que trascendía la comprensión. Por un instante, el tiempo y el espacio dejaron de existir tal como los conocía. Era como si el tejido de la realidad misma hubiera sido rasgado le permitiera entrever un mundo vasto y lleno de posibilidades. Un profundo silencio envolvió su interior mientras las imágenes, sonidos y emociones se entrelazaban en una sinfonía imposible.

De pronto, el ruido chirriante de los automóviles la devolvió a la percepción que conocía. El caos del tráfico urbano irrumpió como una bofetada. Y Naran se encontró en medio de la carretera, rodeada de vehículos que se detenían bruscamente o que continuaban su marcha a toda velocidad, esquivándola por poco.

—¡Naran! ¡Sal de ahí! —la voz de Maia, cargada de alarma, rompió el trance.

Néstor, desde un lado de la carretera, también gritaba su nombre, incapaz de comprender por qué su compañera había quedado atrapada en esa situación absurda. Naran, todavía aturdida, intentó moverse, pero su cuerpo parecía reaccionar más lento de lo que su mente le ordenaba. Maia corrió hacia ella y, con una fuerza impresionante para su tamaño, la tomó del brazo y la arrastró hacia la acera. Néstor se unió a ellas, mirando a su hermana con incredulidad.

—¿¡En qué estabas pensando!? ¡Casi te matas! —exclamó Maia, furiosa, pero también conmocionada.

Naran, sin responder, giró la cabeza hacia la carretera. Buscaba algo, cualquier rastro de la llama o de la mujer, pero todo había desaparecido. Las montañas, los colores vivos, incluso la sensación de plenitud que había experimentado, todo se había desvanecido por completo. Solo quedaba el gris frío de la ciudad y el ruido opresivo de los motores.

—¿Estás bien? —preguntó Néstor, con tono de preocupación.

—Sí... —respondió, aunque no estaba segura de si era verdad. El enigma de lo que acababa de experimentar seguía girando en su mente como un eco persistente.

Maia, aún alterada, trató de recobrar la compostura mientras ajustaba la mochila sobre su hombro.

—Tenemos que seguir, no podemos quedarnos aquí. —Intentó mostrarse tranquila, pero el temblor en sus manos la delataba.

Naran asintió lentamente, aunque su mente seguía atrapada en el recuerdo de la llama y la mujer *¿Qué fue eso? ¿Un sueño? ¿Una alucinación?*, pensaba mientras avanzaban por las calles desiertas. Pero algo en su interior le decía que no había sido ni lo uno ni lo otro. Esa experiencia, por inexplicable que fuera, había dejado una huella imborrable.

Mientras caminaban, la experiencia se reproducía una y otra vez en su mente. El tiempo se había resquebrajado. La realidad se había abierto. Los ojos de la mujer, los pasos de la llama... seguían allí, suspendidos en su memoria. No podía recordar las palabras, pero sentía su peso.

Algo dentro de ella se había agitado. Algo que llevaba mucho tiempo dormido.

Finalmente, Maia rompió el silencio:

—Lo que sea que pasó allá atrás, déjalo ir. Ahora lo importante es llegar a Karanza.

Naran no respondió, pero apretó los puños con fuerza, consciente de que no podía ignorar lo que había visto. Aunque el significado aún le resultaba esquivo, algo dentro de ella intuía que aquel encuentro era una clave, una puerta hacia algo más profundo. Su percepción del tiempo y de la realidad comenzaba a resquebrajarse, dejando entrever que nada volvería a ser como antes.

Esa mujer, ese animal… ¿Qué me está sucediendo?, se repetía en un atropellado diálogo interno. El enigma de aquel encuentro permanecía como un susurro de otro tiempo, envolviéndola en una travesía hacia territorios inexplorados, tanto del mundo como de su propia mente.

◎

Los chicos saltaron una barandilla y atravesaron unos barrizales, donde había abandonados varios vagones oxidados que alguna vez formaron parte de trenes de carga. La humedad del terreno empapaba sus zapatos y dificultaba cada paso, pero Maia, con determinación, se detuvo para señalarles la dirección correcta.

—En la plataforma de la derecha, están los trenes que parten hacia el norte, a Karanza —dijo en voz baja, girándose hacia los demás—. Podemos rodear y entrar a la plataforma pasando por el descampado.

Naran intentaba seguir el ritmo de Maia y Néstor, pero su mente continuaba atrapada en un torbellino de imágenes. Las percepciones que la habían desconcertado en la carretera seguían apareciendo, interrumpiendo su concentración y mezclando fragmentos del pasado y del presente en una maraña confusa.

—Un momento —dijo de repente, deteniéndose. Su tono era de advertencia—. Una patrulla está entrando en la estación. Se dirige al próximo tren con destino a Karanza. Tendremos que esperar a que anochezca y subirnos a uno de los vagones de mercancías.

Néstor bufó, claramente irritado.

—¡Otra vez con tus visiones, Naran! No hay tiempo para eso. ¡Sigamos! —exclamó mientras tiraba del brazo de su hermana para que continuara caminando.

Pero la cara de Maia cambió instantáneamente. Su preocupación la hizo detenerse.

—¿Qué ocurre, Naran? ¿Qué has visto?

—No ha visto nada, solo quiere retrasarnos —intervino Néstor, con un toque de impaciencia en su voz—. No está segura de venir con nosotros a Karanza y necesita más tiempo para pensar o para esperar a que aparezca su padre...

—Una patrulla se dirige a ese tren —advirtió Naran con urgencia.

Maia, proporcionando un margen de confianza, respondió:

—La estación está casi vacía. Nos detendremos aquí un momento y podremos ver si lo que dices es cierto.

Néstor hizo un gesto de desacuerdo y siguió avanzando.

—Estoy cansado, necesito subir a ese maldito tren. Si no vienen ahora conmigo, nos veremos en Karanza.

—Espera —advirtió Maia, señalando la patrulla que acababa de entrar en la estación—. Naran tiene razón... esperaremos entonces a que anochezca.

Hicieron tiempo comiendo en silencio, hasta que Néstor lo rompió aprovechando que su hermana se adelantó para ver si ya estaba despejado y podían continuar.

—Yo preferiría haber seguido conectado a MIO, en vez de tener que ir a Karanza, pero...

Naran lo miró fijamente, preguntándose a qué se debía su contrariedad.

—Lo que pasa es que a los dos nos desconectaban del programa cuando...

—¿A qué te refieres? ¿Querrás decir que no os pudisteis conectar? —le interrumpió precipitadamente, sin querer mostrar su preocupación y miedo a hablar sobre el tema.

—Ya sabes, cuando estás dentro del sistema... —Néstor se acercó más a ella y casi susurrando, como si no quisiera que nadie más escuchara, prosiguió—. Nosotros tenemos ciertas habilidades para insertar información. Por eso nos acabaron anulando el acceso al programa llamándonos incompatibles.

—Incompatibles... esa maldita palabra —exclamó Naran.

—Yo quiero seguir intentándolo —aclaró—, así no tengo que pensar más en esto durante una temporada. —Se subió el pantalón, mostrándole la prótesis de su pierna—. Últimamente me incomoda al caminar —prosiguió—, y es una limitación. En cambio en el programa, me sentía, en cierta manera, libre. —Hizo un gesto de fastidio mientras se ajustaba la prótesis con unas tiras—. Primero quiero acompañar a mi hermana a Karanza, pero después me conectaría al programa... con condiciones.

Naran se sintió sorprendida por la apertura de Néstor para hablar sobre su incompatibilidad con el programa. Él se aproximó aún más a ella y con una tenue voz le susurró:

—¿Y tú qué habilidades tenías dentro del sistema? —indagó—. Me imagino que tampoco seguías las reglas.

Naran estaba confundida por sus palabras. Deseaba reconstruir su experiencia dentro del programa, pero las memorias se le presentaban de forma vaga y distante, como si hubieran quedado perdidas en un rincón de su mente. Su frustración crecía y en silencio, admiraba a Néstor y su capacidad para mostrarse tal como era. *Él puede expresarse libremente, mientras yo me esfuerzo por encajar, ocultando lo que me hace diferente, ocultando mi limitación*, reflexionó. Sus pensamientos la absorbieron, prolongando su respuesta una vez más.

—Yo no tengo ninguna... —respondió finalmente, como si intentara protegerse.

Néstor sostuvo su mirada penetrante sobre los temerosos ojos de la chica, y su delgado rostro se enfatizó con una sonrisa irónica.

—Después de quedarte inmóvil en medio de la carretera, pensé que habías escapado de alguno de esos lugares donde encierran a quienes no encajan. —Sus palabras se deslizaron pausadamente—. Pero sé que... —Hizo una breve pausa—. Sé que tienes miedo, sé que quieres ser compatible y que es muy injusto que nos hayan catalogado con esa maldita palabra, como tú dices. —Se aproximó lentamente hacia ella, queriendo ganarse su confianza—. Estamos en tu misma situación, Naran, y necesitamos conectarnos ya a ese programa. Durante el periodo de invernación, es MIO el que determina la realidad, y no queremos quedarnos aislados de esta. Pero también tenemos el derecho de poner nuestras condiciones...

Néstor, poniéndose de pie con un leve salto y estirando todo su entumecido cuerpo, continuó moviéndose y hablando como si estuviera interpretando un personaje que esa vez no era secundario. Sin su hermana delante, se mostraba más suelto y decidido.

—Por eso estabas en un centro de menores, por incompatibilidad y, por lo tanto, tú también tienes ciertas capacidades dentro del sistema.

Néstor asintió con la cabeza mientras sacaba un arrugado papel.

—Decidimos escaparnos porque alguien nos entregó este mensaje, que fue distribuido por Karanza.

Los ojos de ella mostraban cómo la información que él le daba la estaba impactando.

—¿Quieres saber de verdad lo que está sucediendo? —Néstor continuó mirándola con cierta ironía y superioridad.

Naran movió la cabeza afirmando. A pesar de su indecisión, necesitaba esclarecer de alguna manera toda aquella situación. Y Néstor comenzó a leer, hasta que su hermana se aproximó y él rápidamente guardó la nota en su bolsillo. Las palabras del chico penetraron en la mente de su nueva compañera y encendieron un debate interno que la dejó en silencio. Antes de que pudiera responder, Maia regresó con noticias urgentes.

—La patrulla ya se está retirando —anunció señalando hacia el descampado—, tenemos que movernos ahora. Hay un tren de mercancías que parte en unos minutos.

Los tres avanzaron con rapidez y sigilo, pero no tardaron en percibir un nuevo peligro: un grupo de perros comenzó a ladrar en la distancia, y sus ojos brillaban con intensidad mientras se aproximaban al grupo. Luces de linternas se encendieron detrás de ellos, y las voces de los perseguidores comenzaron a llenar el aire.

—¡Agáchense y síganme! —ordenó Naran, con voz firme y decidida.

A través de la penumbra, la joven divisó un hueco en la alambrada y sin detenerse, se deslizó por el espacio estrecho, seguida por Maia. Cuando Néstor intentó pasar, su prótesis quedó atrapada y uno de los perros saltó hacia él, mordiendo la pierna artificial con fuerza.

—¡Ayuda! —gritó Néstor, luchando por liberarse.

Maia tiró de su hermano con todas sus fuerzas mientras Naran corría hacia ellos. Con un esfuerzo combinado, lograron desprender la prótesis de la alambrada y cerrar el hueco antes de que los perros lograran atravesarlo. Agotados pero impulsados por el miedo, cruzaron corriendo la explanada hasta alcanzar un vagón de mercancías que estaba a punto de partir. Cuando finalmente lograron subir al tren, los tres se dejaron caer en el suelo del vagón, jadeando y cubiertos de sudor. A medida que el tren comenzaba a moverse, un suspiro de alivio se apoderó de ellos. Por primera vez en horas, sentían que tenían una pequeña ventaja.

Naran, sin embargo, permanecía en silencio, observando el paisaje que se deslizaba rápidamente a través de las rendijas del vagón. Sus pensamientos volvían una y otra vez a las palabras de Néstor: aunque no podía recordarlo con claridad, una parte de ella sabía que había algo en su pasado que aún no lograba comprender, algo que la conectaba tanto con los hermanos como con la misteriosa presencia que había visto en la carretera.

Mientras el tren avanzaba hacia Karanza, la joven cerró los ojos y se permitió, por primera vez en mucho tiempo, caer en un estado de ensoñación que la envolvió como un refugio.

Naran tenía solo siete años cuando su imaginación y curiosidad comenzaron a manifestarse de una manera asombrosa. Su madre la observaba mientras jugaba sola en su cuarto, riendo con entusiasmo y hablando en voz alta, como si estuviera en compañía de alguien invisible. Había momentos en los que el comportamiento de la niña cambiaba de manera radical: se quedaba completamente inmóvil, con la mirada fija en la pared o en la ventana, como si estuviera atrapada en un estado de trance. A pesar de su corta edad, podía permanecer en esa posición durante largos períodos. En esos momentos, su madre se acercaba con cautela, ya que aunque físicamente estaba presente, tenía la sensación de que su hija estaba viajando a algún lugar distante, percibiendo algo más allá de lo visible. A veces, le parecía que podía entrever un universo entero reflejado en las pupilas de su hija, un mundo que como adulta había dejado atrás. Cuando Naran regresaba de esos estados contemplativos, compartía historias que hacían comprender a su madre que tenía el don de su abuelo: su voz podía tejer historias como quien entrelaza hilos de colores en un telar. Intentaba plasmar esos momentos también en dibujos; sin embargo, los trazos eran un caos de formas que desafiaban la interpretación: figuras que podían ser caballos, ciervos o algo completamente diferente.

Una tarde, su madre, debido a la intensidad de estas experiencias, decidió compartir sus inquietudes con Alan. Él estaba sentado en el salón, revisando sus notas de investigación, cuando su pareja, Unay, se le acercó.

—Naran ha estado en uno de esos estados durante casi dos horas hoy —comenzó con una mezcla de asombro y preocupación en su voz—. Me senté a su lado sin molestarla y cuando volvió, me habló de animales y personas con las que había estado. Incluso mencionó, por segunda vez, a una mujer llamada Illa. La dibujó a ella y a un animal con el que juega. Es un nombre tan poco común... Dudo que lo haya aprendido aquí.

—Creo que todos los niños tienen mundos de fantasía y amigos imaginarios. Es parte del desarrollo, una etapa natural de crecimiento y de exploración de su creatividad —respondió Alan sin apartar la vista de sus notas, con serenidad, casi con indiferencia.

Ella lo observó por un momento antes de responder. Sus ojos oscuros, herencia de las tierras montañosas de las Reservas Exteriores, brillaban con una mezcla de ternura y firmeza.

—Alan, sí es imaginación, pero también es algo más. Sé lo que está pasando porque también forma parte de mí: está ensoñando. —Su voz era suave, pero cada palabra estaba cargada de significado—. En mi comunidad, siempre nos enseñaron que *ensoñar* no es solo un juego, es una forma de conectar con otras partes de uno que están más allá del tiempo y del espacio.

Alan levantó la vista y su mirada escéptica y calculadora se encontró con la de Unay. Cerró las notas que tenía entre las manos y se apoyó contra el respaldo de la silla.

—Sé que creciste rodeada de esas tradiciones, y me alegro de que Naran crezca con ese legado, pero tampoco podemos permitir que se pierda en esas... experiencias. Podría desconectarse de la realidad.

Sus palabras cayeron pesadas en el aire. La madre de Naran respiró hondo, tratando de no dejarse llevar por la frustración.

—¿Desconectarse de la realidad? ¿De qué realidad estás hablando? No somos fragmentos aislados, somos parte de un tejido. Ella lo está sintiendo y, en vez de ignorarlo, voy a ayudarla a entenderlo.

Alan frunció el ceño y cruzó los brazos.

—Lo que tú llamas tejido, yo lo llamo imaginación. Y no niego que sea poderosa, pero también puede ser peligrosa, si no se controla.

Unay se acercó más a él, con la mirada llena de determinación. Sentía que Naran no estaba imaginando... estaba recordando.

—¿Esos mundos son tan reales como este? Mi padre solía decir que el tiempo no es lineal, que las realidades se entrelazan como los hilos en un manto. Y Naran lo está viendo, Alan. No sé cómo explicarlo de una manera que entiendas, pero sé que lo está viviendo. Y si no la apoyamos ahora, podría cerrar esa puerta.

Alan se quedó en silencio, con una expresión indecisa. Aunque sus palabras aún no lo convencían, podía sentir la pasión y la certeza en la voz de Unay. Había algo en su convicción que le resultaba difícil de refutar.

Naran, aún somnolienta, contemplaba las imágenes del misterioso animal que se había cruzado en su camino. Algo dentro de ella se agitaba, un recuerdo lejano, casi enterrado, le susurraba que era el mismo animal que solía dibujar cuando era pequeña. El tren efectuó un brusco movimiento al cambiar de vía, sacudiéndola de su ensueño.

Percibió cómo las líneas del pasado se entretejían con el presente, dando lugar a nuevas direcciones, a un flujo constante e inesperado de sucesos. Las imágenes resonaron en su mente como ecos de un lugar distante y, por un momento, se preguntó qué le estaba sucediendo realmente.

—Madre, te extraño —murmuró en voz baja, perdida en sus pensamientos.

¿Y si estas imágenes son tu forma de seguir aquí conmigo? Tal vez a través de ese animal, de esa realidad que ahora emerge...

De repente, el tren desaceleró bruscamente y el chirrido de los frenos rompió el silencio, llenando el vagón de un ruido ensordecedor. El sonido la devolvió a la inmediatez. *Debo centrarme en mi realidad inmediata*, pensó moviendo la cabeza como si quisiera sacudirse todas esas ideas. No podía permitirse ensoñaciones; como decía su padre, necesitaba sobrevivir.

—¡Esto no puede estar pasando ahora! —exclamó Maia con desesperación, observando cómo una patrulla de seguridad se posicionaba en medio de las vías, deteniendo el tren.

Maia sacudió los hombros de Naran y de Néstor, arrancándolos de su adormecimiento.

—Están inspeccionando el tren, tenemos que bajarnos ya. Caminaremos los últimos kilómetros hasta Karanza.

Naran observó con aprensión cómo varios agentes de seguridad se subían a un par de vagones, acercándose peligrosamente al suyo. Entonces, imágenes fugaces atravesaron su mente, destellos de posibles alternativas que se desplegaban ante sus ojos. Una tensión intensa activaba su percepción y, mientras intentaba descifrar esas visiones, Maia los empujó hacia la puerta del vagón. Sin previo aviso, los tres cayeron al suelo y rodaron bruscamente sobre la grava y el barro. Apenas tuvieron tiempo para levantarse antes de que el tren reanudara su marcha, y su esperanza de pasar desapercibidos se desvaneció rápidamente; una patrulla los localizó y las voces de los agentes resonaron en el aire, ordenándoles que se detuvieran.

—¡Corre! —gritó Maia, tomando la delantera.

Néstor encabezó el grupo, guiándolas entre la maleza que bordeaba las vías. Los tres corrieron con todas sus fuerzas, zigzagueando entre arbustos y árboles caídos mientras el sonido de un vehículo policial y de ladridos de perros los seguía de cerca. En medio de la carrera, divisaron un cartel oxidado que indicaba: Karanza, 1 km. Una chispa de esperanza se encendió en sus corazones: estaban cerca. El viento, cargado con el olor de la tierra húmeda, parecía susurrar que el final de su travesía estaba al alcance. Sin embargo, la persecución no cesaba.

Drones sobrevolaban el lugar, añadiendo tensión al caos. Y desde la distancia, podían divisar los torreones oxidados de una antigua fábrica que marcaban la entrada a Karanza. Maia señaló con un grito:

—¡Ahí está el muro! ¡Solo unos metros más!

Naran, exhausta pero impulsada por la urgencia, sintió cómo su percepción comenzaba a distorsionarse. Se debatía entre la inmensidad de varias realidades que se entrelazaban sin tregua; las imágenes de la realidad conocida se mezclaban con otras que parecían emerger desde un lugar profundo dentro de ella.

Mientras corría, vio dos caminos simultáneamente. En uno, un muro de sombras se alzaba ante ella, y percibía a lo lejos la figura de un animal y una mujer que parecía estar llamándola. En el segundo, avanzaba con determinación hacia Karanza, pero un vehículo policial se interponía en su camino.

—¡No, ahora no! —gritó con desconcierto, sintiendo cómo su percepción se dividía entre esas dos realidades.

Esos dos mundos convergían de una forma singular, si lograba superar los obstáculos que le acechaban, otras realidades estarían a su alcance. En el mundo sutil, logró atravesar el muro de sombras que la amenazaba. Al final del camino, vio al animal y a la mujer, cuya figura irradiaba una calma profunda. La mujer la miró fijamente y, en un susurro que parecía provenir de las montañas mismas, pronunció su nombre:

—Naran.

Con un sobresalto, la joven comenzó a recordar.

—Illa.

De vuelta en la realidad tangible, un agente de seguridad la alcanzó y, después de un forcejeo, logró sujetarla. La conciencia de Naran se enfocó una vez más en los escasos metros que la separaban del poblado, de las palabras que la habían acompañado durante todo el trayecto, pronunciadas por aquel extraño vagabundo: *Karanza puede ser nuestra única esperanza*. Por un momento, todo el esfuerzo de los últimos días pareció haber sido en vano. Sin embargo, sin que ella aún lo comprendiera, había logrado atravesar el más desafiante de todos los muros, aquel que la separaba de sí misma y del mundo que se le había ocultado tras sus miedos, tras sus sombras.

Maia y Néstor también fueron interceptados, reducidos contra el capó de un vehículo. Un agente pasó un escáner sobre la espalda de Néstor, frunciendo el ceño al leer los resultados.

—Los dos están fuera del rango normal de frecuencia —murmuró consultando a su compañero.

Cuando le llegó el turno a Naran, el agente observó la pantalla, visiblemente desconcertado.

—Y ella... el rango de desviación es mayor —dijo casi como si no pudiera creerlo.

—¿Estás seguro? —preguntó otro agente—. Vuelve a pasar el escáner.

El procedimiento se repitió, confirmando los resultados. Los agentes intercambiaron miradas tensas antes de comunicarse con la base para pedir instrucciones.

Naran, Maia y Néstor fueron obligados a subir al vehículo. Maia protestaba con fuerza, mientras que Néstor, abatido, se limitaba a bajar la mirada. Naran observaba todo con una mezcla de rabia y resignación, en silencio; sentía que una vez más había sido catalogada, señalada por su diferencia.

La furgoneta arrancó y los alejó del muro de Karanza. Mientras el paisaje se desdibujaba rápidamente tras las ventanas, Naran cerró los ojos, la imagen de Illa y el animal seguía viva en su mente, como una llama persistente que se negaba a extinguirse. Un escalofrío recorrió su cuerpo al escuchar que su destino era el Centro de Investigación; una sensación de desamparo y derrota se apoderó de ella, tiñendo su percepción de oscuridad *¿Y si fallaba en su última oportunidad de conectarse?* La pregunta reverberaba en su interior, repitiéndose como un murmullo persistente *¿Por qué seguía girando una y otra vez en el mismo círculo?* Era como si el mundo entero conspirara en su contra cada vez que intentaba avanzar. Mientras la furgoneta continuaba su marcha, ella permaneció en silencio, intentando comprender el caos. No podía librarse de la sensación de que algo permanecía oculto.

NUDO II

EL ESPEJO Y LA GRIETA

—Espera un momento, Alan —resonó una voz en el pasillo del centro de investigaciones.

Él giró la cabeza efectuando un saludo breve, pero continuó caminando apresurado. Margot, la coordinadora del proyecto, lo alcanzó rápidamente y lo miró con su habitual severidad, con una mezcla de autoridad y de urgencia que parecía haberse intensificado en los últimos días.

—Estábamos preocupados, llevamos horas buscándote. Las financiadoras y los directivos están esperando en la sala de juntas.

—Recojo unos documentos en mi oficina y me reúno con ustedes.

—Te acompaño, no hay tiempo. —Su tono no admitía discusión.

Caminaron en silencio, guardando cierta distancia, pero el ambiente entre ellos era tenso. Margot, con su postura rígida, marcaba su autoridad incluso en su forma de andar. A pesar de estar acostumbrada a las rigurosas demandas del proyecto, su expresión delataba el peso de la presión acumulada.

—Mira, Alan —continuó la coordinadora mientras caminaban—, los patrocinadores han llegado. Por lo tanto, nos centraremos en los resultados y en su aplicación práctica, sin más rodeos. Hoy necesitamos ser concisos.

Alan asintió levemente, aunque su mente estaba lejos. Sus pensamientos estaban anclados en la nueva perspectiva que había adquirido tras su visita a las Reservas Exteriores. Sabía que lo que iba a plantear generaría incomodidad, pero no podía seguir el curso tradicional del proyecto sin cuestionarlo.

Cuando entraron en la sala de juntas, la expectación era palpable. Más de veinte personas estaban sentadas alrededor de una mesa rectangular, mientras que otras permanecían de pie en los bordes de la sala. Alan no se permitió detenerse a reconocer los rostros conocidos; en su mente solo percibía un ambiente cargado de impaciencia y tensión.

—En primer lugar, quisiera agradecer la confianza que han depositado en este proyecto —comenzó, quitándose la chaqueta con movimientos deliberadamente pausados. Intentaba proyectar serenidad, aunque su interior estaba lleno de dudas.

—Han sido unas semanas desafiantes.

Hizo una pausa, usando las imágenes de su visita a las Reservas Exteriores como anclaje emocional. Respiró hondo y continuó:

—Quiero disculparme por las contrariedades surgidas con el nuevo dispositivo. Y, con humildad, puedo decir que estábamos equivocados durante la Fase 1...Al creer que los adolescentes tenían un problema de sincronización con MIO, o un déficit de atención en la red. Les hicimos cargar con la responsabilidad, pero en realidad era nuestra.

Al pronunciar estas palabras, fijó su mirada en los representantes de las empresas desarrolladoras de material didáctico, asegurándose de captar su atención.

—En la Fase 2, el ajuste y la implementación del nuevo material educativo tampoco dio el resultado previsto. Esto nos ha llevado a una nueva dirección.

Antes de que pudiera profundizar, Nur, uno de los directores del centro, lo interrumpió con un tono tajante:

—Esperamos, entonces, que puedas confirmar la implementación de la Fase 3 con ese grupo de la población.

La lluvia y el viento golpeaban los ventanales, le añadían una capa de tensión al ambiente. Los asistentes, visiblemente agotados, se movían en sus sillas con impaciencia. Alan sintió el peso de las expectativas sobre sus hombros, pero esa vez no estaba allí para satisfacerlas. Había llegado el momento de cambiar el rumbo.

—Podemos decir que el fallo reside en el programa —declaró con firmeza—. El sistema de MIO no es capaz de captar la neuroplasticidad de ese grupo de adolescentes. Creo que ha sido un error etiquetarlos como incompatibles, pues gracias a ellos estamos apreciando la rigidez de los algoritmos del sistema y, en lugar de ser el problema, se han convertido en el desafío que muestra el camino.

La puerta de la sala se abrió de repente, y Elías entró con un saludo discreto. Su presencia alteró inmediatamente la atmósfera. Alan le devolvió el gesto, agradeciendo su llegada con una mirada cargada de reconocimiento y gratitud.

—Me gustaría presentarles a Elías, un antropólogo de las Reservas Exteriores —anunció—. Su perspectiva y la sabiduría de estas comunidades pueden ofrecernos enfoques integradores para la Fase 3.

Elías, con su porte sereno y su voz pausada, agradeció la oportunidad de colaborar.

—Creo que este proyecto tiene el potencial para convertirse en una sinergia —comenzó—, un puente entre el conocimiento tecnológico y las cosmovisiones ancestrales. No podemos seguir ignorando la riqueza de la diversidad humana. Los Incompatibles no son una falla, sino una llamada de atención sobre lo que necesitamos integrar.

Aunque sabía que había sembrado incomodidad, Alan sintió que había abierto una puerta, por lo que quedaba esperar las reacciones y preparar el siguiente movimiento. Después de lo que había comprendido en las Reservas Exteriores, el proyecto tenía que dar un giro para que los Incompatibles dejaran de ser el problema y pasaran a ser la posibilidad.

Un tono rojizo crepuscular partió el horizonte. Alan dejaba atrás la costa de los sectores centrales, un mundo que se olvidaba de la simpleza de las mareas y del flujo circular de la vida.

En las Reservas Exteriores, el tiempo no se medía por relojes ni calendarios digitales, sino por las sombras que proyectaba el sol en los *Intiwatas* y por el ciclo de las estrellas. Allí, los ancianos enseñaban que la tecnología era solo un eco del conocimiento que ya existía en los tejidos del universo, como los patrones de los códices aztecas o las *huacas* incas que aún resonaban en las montañas. En contraste con los sectores centrales, donde todo debía ser medido y controlado, las reservas vivían bajo el principio de que todo estaba entrelazado, como una red invisible que conectaba a todos los seres vivos.

El barco de Alan se aproximaba sigilosamente hacia el muelle, mientras un par de gaviotas graznaban al alboreo. Él observaba la coreografía de las olas esperando a que estas retrocedieran para poder desembarcar. Elías, desde la distancia, lo contemplaba —aquel investigador de realidades lejanas— moviéndose con torpes pasos al intentar esquivar la espuma que ya cubría sus huellas.

Alan sintió cómo la tensión del viaje se disipó en cuanto puso un pie sobre aquellas tierras. Había cruzado desde la artificialidad del Sector B hasta la desnudez de las Reservas Exteriores, buscando un respiro y el refugio de la sabiduría de su gente. Dejó atrás su fatiga y, con ella, el peso del control centralizado.

Rápidamente, encontró alivio al ver cómo las distintas comunidades se resistían al dominio de los sectores. A pesar de la subida del nivel del mar, la glaciación y los peligros que todo ello implicaba, esas comunidades se negaban a trasladarse.

Entre ellas estaba Elías, un antropólogo profundamente arraigado a su pueblo, que luchaba por preservar su cultura y sus territorios frente a las amenazas climáticas y políticas. Pero por encima de todo, era un abuelo para su gente, un guardián elegido para custodiar la sabiduría ancestral de su comunidad.

—Bienvenido, Alan —saludó Elías con una leve inclinación de cabeza, pero con calidez en la voz—. Gracias por tender este puente de comprensión. Y lamento mucho la pérdida de Unay.

El tono grave de Elías resonó hondo en Alan. La mención de su compañera fallecida agitó emociones que él había intentado suprimir. Unay, con su vínculo ancestral con esas tierras, siempre le había hablado de la fuerza vital que habitaba en las reservas.

—Gracias, Elías. Este lugar siempre ha sido especial para mí. Ahora, más que nunca, siento la necesidad de entenderlo mejor.

—Me alegro de que no hayas encontrado una respuesta desde tu conocido paradigma, y que ello te haya traído hasta aquí. A veces necesitamos el caos para encontrar algo nuevo.

Elías sostuvo su mirada fijamente. Parecía estar conectando con algo más profundo que el proyecto que lo había llevado hasta allí.

—Alan, desde las Reservas no hemos permitido que las aguas que sumergieron al mundo se llevaran nuestras raíces.

Tras la inundación, cuando la mayoría de las naciones desaparecieron, muchos pensaron que también se desvanecerían nuestras historias, nuestras narrativas, nuestras cosmovisiones.

Pero no fue así.

Nos unimos aquí, en estas reservas, no solo como sobrevivientes, sino como guardianes de algo mucho más profundo...

Nuestros textos y las historias de nuestras comunidades siguen vivos entre nosotros.

Mientras hablaba, Alan recordaba los polémicos artículos de Elías, aquellos que desafiaban abiertamente el programa MIO y sus implicaciones. Las Reservas Exteriores, junto con Karanza, se habían convertido en un faro de resistencia, un lugar donde los incompatibles y los disidentes encontraban refugio y propósito. Comprendió que ese viaje no era solo una visita académica, era un acto de reconciliación con las raíces de Unay, con su legado, y con las preguntas que él mismo había evitado responder.

Elías caminó lentamente mientras pasaban cerca de un grupo de mujeres que estaban tejiendo coloridas telas. Asintió, invitando a su nuevo compañero a caminar por un sendero bordeado de árboles. Mientras avanzaban, Alan no pudo evitar notar la vitalidad del lugar: mujeres tejiendo bajo la sombra, niños jugando y largando risas que llenaban el aire, ancianos reunidos en círculos, compartiendo historias. Allí la vida fluía sin las prisas ni las sombras de los sectores centrales.

—Lo que ves aquí no es solo resistencia —dijo Elías, rompiendo el silencio—. Desde las distintas reservas hemos tejido un crisol de conocimientos. No importa si las diversas comunidades o *Ayllus*, lo llamamos *punto de encaje, ensueño,*

Nagual, Teotl o incluso *Ayni*. —Se detuvo un momento y observó los patrones geométricos de los telares—. Como puedes ver, Alan, esto no es solo un entramado de ideas abstractas. Aquí tejemos comunidad, levantamos nuestro Ayllu. Hilamos nuestras diferencias y creamos un tapiz que nos une, que nos fortalece frente a cualquier narrativa que intente encerrarnos.

El investigador contemplaba los tejidos con otros ojos. Por primera vez, comprendió que no eran solo decorativos, eran historias vivas, una forma de narrar y de preservar lo esencial. *Ella me hablaba de este tejido, pero no lo entendí... hasta ahora.* Observó a los niños jugando, a los adultos riendo y conversando. A diferencia del clima de ansiedad y de prisa en los sectores centrales, allí no parecía haber miedo a la glaciación. Entonces, con tristeza, comprendió que, a diferencia del modelo tecnocrático, donde el control limitaba, aquí el tejido social conectaba. Donde reinaba el miedo, aquí guiaba la confianza.

Elías sintió el peso en los ojos de Alan, se detuvo y lo miró con gravedad.

—Al venir aquí, a las Reservas, tú también estás entrelazando algo, Alan.
Estás queriendo integrar cosmovisiones, entender nuestras formas de mirar y habitar el tiempo.

Estás abriendo puertas que se cerraron hace mucho. Este acto de unión no es solo para los Incompatibles. Es un acto para todos. Porque solo al entretejer nuestras historias podemos encontrar nuevas respuestas a MIO...y a la realidad que nos imponen.

Señaló el cielo que se veía a través de las arboledas.

—Enseñamos a los nuestros que el cosmos es un tejido infinito.
Cada uno de nosotros es un nodo.
Cada historia, un hilo.

Y ahora, Alan…Eres parte de este entramado. Y juntos podremos hacer que incluso MIO tiemble ante lo que somos capaces de crear.

Finalmente, lo condujo hacia la ladera de un acantilado. La luz del atardecer jugaba con las sombras, creaba formas que parecían moverse con vida propia.

—Hay que subir por las piedras. Nos dirigimos hacia una cueva. Este no es solo un lugar, Alan, es una resonancia. Estás a punto de ver algo que cambiará tu forma de percibir la realidad. Pero recuerda: lo importante no es lo que comprendes, sino lo que decides hacer con ello.

Su compañero asintió. Con peso en el pecho, pero también con la certeza de que ese paso era necesario.

Alan volvió a poner su atención en la sala, llevando consigo la mirada que había integrado en las Reservas Exteriores.

—Como iba diciendo, es un fallo en el programa.

Miró de nuevo a todos los representantes allí reunidos y a los directivos. En la sala se mezclaban la curiosidad, las expectativas y el rechazo. Sabía que aquella reunión en el Centro iba a ser difícil, pero también esencial, un momento crucial para proponer una alternativa al enfoque predominante sobre la última actualización del sistema MIO.

Con determinación, sacó un escáner de una caja situada a su lado y Margot, coordinadora del proyecto, se ofreció como voluntaria para la demostración. Mientras Alan pasaba el dispositivo cerca de su espalda, indicó con precisión la región de los omóplatos.

—Este punto en particular es clave —dijo mientras los datos comenzaban a proyectarse en una pantalla. Su voz estaba calmada pero firme—. Aquí es donde se produce un enlace con una realidad más sutil. A través de esta conexión, millones de datos nos atraviesan continuamente, pero solo podemos codificar una fracción de ellos. Esta información se interpreta según nuestro punto perceptivo y, finalmente, se proyecta como la realidad que experimentamos.

Los asistentes observaban la pantalla con una mezcla de asombro y escepticismo. Alan continuó, anticipando las dudas que surgirían.

—Cuando los usuarios se conectan a MIO, el sistema capta su atención y fija este punto perceptivo. Eso significa que solo pueden interpretar la realidad según los datos que el sistema proporciona. Sin embargo, los denominados incompatibles son diferentes. Incluso cuando están conectados, su percepción permanece fluida y abierta a bandas de información más amplias.

Alan dio un paso atrás, dejando que las palabras se asentaran en la sala. Elías tomó la palabra con la serenidad que lo caracterizaba, midiendo cada frase para lograr darle el peso necesario.

—Ese grupo de población al que llaman Incompatibles tiene una habilidad especial dentro del sistema. —Hizo una pausa, dejando que las palabras calaran—. No solo perciben más, debido a la fluidez de su punto perceptivo, sino que también son capaces de proyectar esta información dentro de la red.

El murmullo se extendió como una ola en la sala. Mientras algunos asistentes intercambiaban miradas incrédulas, los representantes de las corporaciones parecían cada vez más tensos. Alan levantó una mano, pidiendo calma.

—Entiendo sus dudas —dijo con firmeza—, pero esto explica por qué son desconectados. Los Incompatibles tienen la capacidad de ampliar la percepción dentro de MIO; y esto no es una falla. Es una oportunidad para todo el sistema.

El ambiente se volvió más hostil cuando uno de los asistentes dejó caer un vaso de cristal con fuerza sobre la mesa. Alan respiró hondo tratando de no perder el foco.

—Proponemos que, en lugar de utilizar este dispositivo para homogeneizar a toda la población bajo un mismo patrón, respetemos las habilidades específicas de este grupo. Creemos que, durante el periodo de invernación, los Incompatibles podrían captar nuevas soluciones dentro de la red. Hemos estado atrapados en un bucle durante años, ellos podrían ser la posibilidad que aún no estamos viendo. —Tras esas palabras, mostró el casco de inmersión virtual desarrollado junto con su equipo—. Este dispositivo permitiría a los Incompatibles interactuar con MIO sin ser detectados como tales.

Las voces comenzaron a alzarse de nuevo, pero esa vez con más intensidad. Mientras algunos argumentaban los riesgos del enfoque, otros defendían la necesidad de explorar alternativas. Finalmente, uno de los directivos corporativos se levantó con brusquedad.

—Ya hemos aprobado los cambios en los programas educativos para estos jóvenes; la dirección ya fue decidida y no hay margen para implementar otro enfoque en esta etapa.

Nina, una representante de las empresas tecnológicas, añadió con una sonrisa irónica:

—La perspectiva de las Reservas Exteriores no es adecuada para este proyecto. La idea de vivir en otra capa de realidad, como se describe en sus artículos, es tan limitada como aquello que critican.

Elías, manteniendo su calma habitual respondió:

—Es fácil juzgar lo que se desconoce. No estoy aquí para que señalen las Reservas Exteriores como «los otros», sino para ofrecer una integración de perspectivas, para que este proyecto no sea un proceso de socialización, un juego de ganadores y perdedores. Si hacemos a un lado todo eso, tenemos la oportunidad de crear un nuevo juego, donde lo único esencial, donde lo único que verdaderamente importa, sea el incremento de la conciencia.

Alan, desalentado, apartó la vista de la mesa y recordó las pinturas de las cuevas que había visto en las Reservas Exteriores. Elías le había contado que representaban una lucha de percepciones, de realidades enfrentadas. Reconoció, con tristeza, que esa misma lucha se estaba desplegando a su alrededor, una lucha cuyo desenlace determinaría el futuro.

La primera vez que Naran vio a Ikan fue cuando llegó al Centro de Investigación. La sala estaba llena de jóvenes: algunos se hundían en la resignación, mientras que otros se movían inquietos en sus asientos, con los ojos fijos por el miedo. El aire era denso, cargado con el peso de las expectativas que habían sido impuestas sobre aquel grupo de Incompatibles. Con un suspiro, sintió la presión en el pecho y comprendió dónde estaba: atrapada junto a Néstor y Maia en una especie de instalación experimental. Aquello se parecía menos a un centro educativo que a un laberinto de incertidumbres.

En medio de todo, Ikan destacaba. Su presencia relajada, pero indomable, contrastaba con la inquietud ansiosa del resto. Parecía pertenecer a otro mundo, quizás a las Reservas Exteriores, donde aún sobrevivían la libertad y la conexión con la naturaleza.

Tras el impacto inicial de su llegada, Naran se sentó en una mesa, abrió su cuaderno y empezó a dibujar. Sumergida en el movimiento de su mano, buscó desconectarse de aquella atmósfera hostil. Cada trazo no era solo un acto de concentración, sino también una silenciosa forma de resistencia contra el orden que la confinaba.

Ikan la observó con curiosidad.

—Para este lugar, algo así ya parece un poco anacrónico —dijo, rompiendo el tenso y nervioso silencio de la sala.

La joven entornó los ojos y lo miró fijo. Aunque su melena oscura ocultaba parte del rostro, su presencia desbordaba el entorno, como si aún trajera consigo el aliento de la naturaleza. Había algo en él que no pertenecía a ese centro. Acechaba... como quien nunca ha dejado del todo la montaña.

Sus miradas se cruzaron.

Un estremecimiento apenas perceptible recorrió a Naran. Imágenes comenzaron a brotar en su mente, una cueva, un tambor lejano, una voz que no era suya... y sin embargo, la llamaba. Como si al mirarlo, él le hubiese devuelto una parte olvidada de sí misma.

Y por un instante, lo comprendió, Ikan no era solo un extraño.

Era un espejo.

Un reflejo de posibilidades.

Un puente hacia lo sutil.

Pero el vacío que se abrió al sentirlo fue demasiado. Ante esa grieta en su percepción, se refugió en lo conocido. Volvió a sus muros, a sus líneas, al dibujo que podía controlar.

Con un barrido de la sala, constató que todo seguía igual. *¿Por qué los hacían esperar tanto?*

Había unos treinta adolescentes. Algunos charlaban con frialdad; la mayoría mostraba en sus rostros desesperación y pesadumbre. Naran se preguntaba si habrían tenido una experiencia similar a la suya, si también se habían sentido tan incomprendidos.

¿Sabrán todos que estamos aquí por la nueva actualización?, ¿que esta podría ser la última oportunidad para los Incompatibles de acceder al programa? ¿Qué harán con nosotros si no somos capaces?, ¿nos mantendrán dormidos durante la invernación?

Hizo un chasquido con la boca y buscó a Néstor y Maia, aferrándose a algo conocido. *Aún podemos escaparnos a Karanza.* Ese pensamiento la estremeció, recordó las pruebas que ya había superado y los desafíos que aún tendría que enfrentar.

Ikan percibió el torbellino interior en el que estaba atrapada. Analizó cómo el sistema intentaba moldearlos, cómo cada uno luchaba contra las partes internas que no habían sido aceptadas.

—No es la primera vez que un sistema social no valora lo que un adolescente puede ofrecer —dijo en voz alta—. En MIO no somos lo que somos, sino lo que otros quieren que seamos. La opción de rebeldía no está dentro del sistema; nuestra identidad será definida por algoritmos, atrapada en una estructura artificial.

La imagen de quedar presa del programa cruzó la mente de Naran. El miedo la encogió, y lo miró irritada.

—La incapacidad de conectarse es lo que nos asemeja —susurró Ikan—. Y lo que nos diferencia, tal vez, sea el miedo a aceptar lo que somos.

Algo resonó en ella, aunque mantuvo la mirada baja.

—¿Qué propones entonces? —preguntó con timidez, sin querer entrar en confrontaciones.

Ikan la observaba desde cierta distancia, con una mezcla de curiosidad y altivez. Había algo en ella, pero su rechazo constante a aceptar su propia sombra la mantenía atrapada en una percepción limitada. Él lo sabía. Sus palabras anteriores eran ciertas: ella ya no recordaba quién era en verdad.

Se había infiltrado en aquel grupo con la esperanza de que juntos pudieran evitar que la línea artificial de MIO destruyera las demás conexiones. Pero la frustración lo invadía al verlos atados a una visión lineal del tiempo. Ninguno había aprendido a silenciar la mente lo suficiente como para percibir el otro tiempo. El sistema los había marcado con una sola palabra: incompatibles. Y esa etiqueta había terminado por definirlos, condicionando sus pensamientos y acciones.

Naran percibió la mirada crítica de Ikan, pero en lugar de enfrentarse a ese abismo, se refugió en su dibujo. El lápiz delineaba un animal que había visto durante la huida hacia Karanza, un ser que guardaba un significado más profundo de lo que ella misma alcanzaba a comprender.

Ikan se acercó y miró el cuaderno. Al verlo, se preguntó si la ayuda de Nuna y él, durante el ensueño, había servido para que Naran alcanzara otras líneas.

—¿Dónde has visto ese animal? —preguntó.

Naran dudó. No quería mostrarse ante un extraño. Bajó la vista al dibujo, rechazando lo que había visto en sus visiones. *Ya nada de eso importa*, se dijo. Solo quería pasar desapercibida, salir de aquel Centro y dejar atrás ese sinsentido.

—Es simplemente un dibujo —contestó con inseguridad.

Ikan esperaba esa respuesta. Por mucho que la ayudaran, aún no se abría a otras formas de percibir. Todo había sido en vano, pensaba. Se rió para sí mismo, preguntándose: *¿Qué tenía que aprender de ella? ¿Qué debía aceptar de esa realidad que por ahora rechazaba?*

—Está bien, sigue dibujando esa llama —dijo con un suspiro, mientras se alejaba.

La palabra la sacudió.

Su mano se deslizó con naturalidad, definiendo el contorno de una llama.

Con aquel simple trazo, el mundo del chico colisionó contra el suyo, abriéndole una nueva perspectiva. Su dedo recorrió lentamente el boceto y comprendió que podía hacer lo mismo con sus recuerdos. Así como había dado forma a las líneas hasta convertirlas en una figura definida, quizá podía aplicar la misma mirada retrospectiva a su propia vida.

Levantó la vista y se encontró con los ojos profundos del muchacho. Por un instante, sintió que su mirada se extendía más allá del presente, deslizándose hacia otro tiempo. Si lograba caminar hacia atrás, podría unir los puntos que la habían llevado hasta ese momento. Observar cada fragmento de su historia, los giros que habían delineado su destino, y comenzar por el origen.

Si alcanzaba a ver el panorama completo, quizá bastaría un solo trazo corregido para redefinirlo todo. Entonces su presente podría abrirse, liberarse de la reclusión y conducirla hacia la posibilidad de encontrar a su padre y, tal vez, a sí misma.

No sabía si aquella indagación era solo otra trampa para evadir el encierro en el Centro, pero poco le importaba. Su mente viajaba en todas direcciones, intentando reconstruir los hechos. Algo se le escapaba, lo presentía. En aquel enigmático rompecabezas, piezas dispersas aguardaban ser enlazadas. Si conseguía unirlas, nuevas posibilidades emergerían en su camino. Tal vez así lograría quebrar el destino que otros habían dibujado para ella y deshacerse de los trazos que la mantenían prisionera.

Entre todos los destellos que su memoria evocaba, eligió detenerse en uno. Y entonces las imágenes fluyeron con la fuerza de una corriente desbordada:
Una cueva.
Un tambor lejano.
Una comunidad reunida alrededor del fuego.
Y allí estaba él. El muchacho de ojos agrestes que ahora tenía enfrente. Estaba allí, sentado cerca de ella.

Un pulso apenas perceptible recorrió su cuerpo. Una certeza sin forma, apenas un susurro, como si algo —o alguien— intentara emerger a través de sus pensamientos. Pero no era el momento: la sala seguía llena de adolescentes atrapados en sus silencios. Naran, con el lápiz aún en la mano, volvió a refugiarse en los trazos, convencida de que todavía no estaba lista para ver lo que pedía.

Muy cerca, Ikan la observaba en silencio.
Todavía no abre la mano.
No suelta el trazo.
No ve las líneas.
Y, aun así, el primer hilo quedó tendido. Aún sin nombrarse. Pero ya tejido.

Un estruendo metálico estalló por los altavoces, seguido de una voz monótona que ordenaba a los chicos dirigirse a sus habitaciones. El sonido rasgó la bruma en la que Naran estaba sumergida y la arrancó de su ensoñación. La sensación de estar atrapada entre dos realidades la dejó desorientada. Parpadeó, miró a su alrededor… pero Ikan ya no estaba. Su ausencia era un vacío tangible.

Por un instante pensó que todo lo vivido había sido un sueño, una manifestación del cansancio y del caos que gobernaba su mente. La duda la acompañó mientras se dirigía a su cuarto, arrastrando los pies como si el peso de lo que había visto se hubiera materializado en su cuerpo.

Al entrar en la habitación, lo primero que notó fue su estrechez: paredes grises que parecían cerrarse sobre ella y una luz artificial demasiado débil para suavizar la frialdad del lugar. Sin embargo, había algo reconfortante en la soledad que ofrecía ese pequeño espacio.

Al menos aquí puedo descansar, se dijo, dejando caer sus pocas pertenencias sobre una mesa metálica en el rincón.

Se tumbó en la cama con un suspiro profundo, sintiendo cómo el cansancio se extendía por cada fibra de su ser. Cerró los ojos, pero su mente no se apagaba. La tormenta de pensamientos y recuerdos la mantenía despierta. Sus manos buscaron instintivamente el dibujo arrugado que llevaba consigo.

Lo sostuvo frente a ella, dejando que sus ojos recorrieran las líneas que parecían tener vida propia. No era solo un boceto: era un mapa de decisiones, de los puntos que la habían conducido hasta allí.

Un destello cruzó su mente. La imagen de su padre emergió de las sombras como un fragmento perdido de un sueño.

¿Dónde estarás ahora?, pensó con una mezcla de anhelo y desesperación.

La pregunta permaneció en su interior, amplificando el vacío que la acompañaba desde que había perdido el contacto con él. Cerró los ojos otra vez, apretando el dibujo contra el pecho como si al hacerlo pudiera alcanzarlo a través del tiempo y la distancia.

Finalmente, el agotamiento la venció y la arrastró hacia un sueño inquieto. Pero incluso mientras dormía, las líneas del dibujo parecían moverse en su mente, hilvanando los fragmentos dispersos de su pasado en busca de una respuesta que aún no estaba lista para comprender.

NUDO III

LA FRACTURA DEL CENTRO

Alan caminaba detrás de Elías, quien se movía con una agilidad que superaba la del investigador. El hombre mayor saltaba de roca en roca con una naturalidad desconcertante, mientras que Alan, con pasos más torpes, trataba de seguirle el ritmo. El aroma dulce de las plantas se mezclaba con el salitre del océano encrespado y por un instante, Alan se permitió desconectarse de su constante diálogo interno. Observó, atónito, cómo la exuberante vegetación del acantilado parecía desafiar la crudeza del entorno. Aquel contacto con la naturaleza, tan extraño para él, le devolvió una chispa de asombro que no recordaba haber sentido desde hacía años. Sin embargo, aquella sensación se desvaneció rápidamente, y su mente volvió a hundirse en las preocupaciones habituales *¿Sobrevivirán esta flora y fauna a la inminente glaciación?*, pensó mientras su mirada volvía a perderse en el paisaje.

El antropólogo señaló una formación rocosa que se alzaba más adelante y tuvieron que trepar por unos peñascos resbaladizos para acceder a la entrada de una cueva. Mientras Alan cruzaba el umbral hacia la penumbra del hueco, dejó atrás la luz del exterior y con ella, parte de sus certezas. Una vez dentro, un joven los esperaba con un par de linternas.

Elías presentó al muchacho brevemente y juntos comenzaron a avanzar por un pasadizo estrecho. El rugido del mar se filtraba a través de las ranuras de las rocas, y pequeños chorros de agua goteaban en el interior, intensificando la sensación de incertidumbre.

Finalmente, el pasadizo desembocó en un espacio amplio y circular. Haces de luz se colaban entre las grietas superiores iluminando tenuemente el interior. Elías encendió algunas lámparas de aceite y Alan, agotado, se apoyó contra una de las paredes. Desde allí pudo apreciar la singular belleza del lugar: un lago interno reflejaba los destellos de las luces, mientras la vegetación colgante añadía un aire casi sobrenatural. En el centro, un área llana de piedra lisa albergaba restos de una hoguera, evidencia de que aquel espacio era utilizado para reuniones.

Elías señaló una de las paredes. Alan se acercó intrigado, y descubrió inscripciones y pinturas que representaban figuras humanas rodeadas por líneas que irradiaban de sus cuerpos. Las imágenes parecían vibrar con un significado que se escapaba de la lógica convencional.

—¿Qué significan estas figuras? —preguntó Alan esforzándose por comprender.

Elías recorrió las inscripciones con la mano, siguiendo las formas hacia arriba.

—Podrían estar mostrando diferentes tiempos, percepciones, bandas de información…, posibilidades a las que cada uno puede conectarse. —Su voz era serena, como si hablara desde un conocimiento ancestral—. Mira estas líneas —continuó señalando una banda gruesa que se ramificaba en diversos trazos—: estas conexiones representan rutas perceptivas, caminos que nos llevan a realidades interconectadas. Sin embargo, fíjate en este trazo negro con forma de serpiente. Representa una sombra, una fuerza que intenta impedir que accedamos a esas rutas.

Alan observó las pinturas en silencio, intentando encontrar la conexión entre aquellas representaciones y el proyecto en el que trabajaba.

—No entiendo cómo esto está relacionado con MIO —admitió finalmente, incómodo.

Elías se volvió hacia él con su mirada cargada de significado.

—MIO no es solo un sistema tecnológico. Es una línea artificial, una serpiente que acecha y limita las rutas perceptivas de las personas. Nos atrapa en un sueño, en una realidad única y rígida.

Alan sintió que las paredes de la cueva comenzaban a cerrarse sobre él. El peso de las palabras de Elías se sumaba a la presión que había estado soportando durante meses. Pensó en Naran, en los Incompatibles y en la responsabilidad que recaía sobre él; y una oleada de ansiedad lo invadió, y por un momento, deseó estar de vuelta en los sectores centrales.

—No sé a qué te refieres —titubeó, intentando procesar lo que estaba escuchando—. Creo que es mejor que regresemos...

Elías lo interrumpió con una pregunta directa:

—¿Qué crees que es MIO, sino un mecanismo para fijar el punto perceptivo de la población? —Su tono era firme pero no acusatorio.

Alan comenzó a sentirse mareado, como si las palabras de su nuevo compañero desenterraran miedos que había estado reprimiendo. Antes de que pudiera responder, Elías realizó un movimiento imprevisto y le dio un golpe seco a la altura del omóplato. La fuerza del impacto lo desestabilizó y Alan cayó al suelo.

Cuando levantó la cabeza para quejarse, se dio cuenta de que todo a su alrededor había cambiado.

Después de un largo silencio, la voz de Elías llenó la sala, devolviendo a todos al propósito de la reunión:

—Les recuerdo el peso de su poder y su responsabilidad en este tablero de juego: tienen la capacidad para dirigir y controlar la atención de los usuarios, y con este programa, controlan la percepción de toda la población.

Alan, que había permanecido en silencio hasta ese momento, notó la intensidad en los ojos de Elías. Aunque no había planeado hablar sobre lo que ocurría en el Sector A, la desesperación palpable del antropólogo lo llevó a tomar una decisión.

—Nuestra propuesta no solo podría ser una solución para los Incompatibles, sino para toda la población. —Alan hizo una pausa, consciente de que estaba a punto de revelar información que aún no era de dominio público—. Sabemos lo que está sucediendo en el Sector A: el sistema MIO está generando problemas graves de salud mental. Por lo tanto, esto no es solo una cuestión tecnológica… es una responsabilidad corporativa y gubernamental proteger la salud de los usuarios.

El anuncio provocó una ola de murmullos y susurros entre los asistentes, muchos de los cuales intentaban procesar lo que acababan de escuchar.

—En nuestra vida ordinaria, cuando llegamos a los veinte años, la existencia deja de sentirse nueva —intervino Elías con voz pausada pero cargada de significado—. Los mecanismos que rigen la sociedad: el trabajo, la salud, la familia se vuelven rutinarios. El punto de percepción o punto de encaje se fija, y con ello, nuestra vida se mecaniza.

Alan retomó, apresurándose antes de ser interrumpido:

—MIO está diseñado para sobreestimular la cognición; crea dependencia y consume la atención de los usuarios. Si en la vida cotidiana este efecto ocurre a los veinte años, dentro del sistema lo hemos registrado en apenas meses, incluso semanas. Esa sobrecarga de información está provocando un incremento alarmante de enfermedades mentales.

Alan respiró hondo, como si liberara un peso que llevaba acumulado por demasiado tiempo.

—Nuestra propuesta no es una amenaza, es una oportunidad. Los Incompatibles tienen una capacidad única: su punto perceptivo no está fijado de manera rígida, lo que les permite percibir más allá de las limitaciones del sistema. Si les damos un margen controlado, podrían ayudarnos a introducir perspectivas nuevas que, de otro modo, el sistema nunca consideraría.

Uno de los representantes se puso en pie, intentando hacerse escuchar entre los rumores.

—¿Quieren decir que se les permita introducir datos nuevos? Eso ya está implementado, pueden programar dentro de ciertos límites.

—No me refiero a eso. —Alan lo miró con determinación—. Estoy hablando de ir más allá, de que puedan introducir información fuera de las programaciones existentes. No más del 5 %.

El ambiente se volvió tenso y Jitesh, uno de los directivos más influyentes, intentó zanjar el debate:

—Alan, dejemos que la última actualización siga según lo planeado. Los Incompatibles podrán conectarse, pero sin la capacidad de modificar el sistema. No podemos arriesgarnos a que ese 5 % cause caos.

Alan murmuró para sí, recordando las palabras de Elías:

—Sin caos no hay creación.

Margot tomó la palabra para reforzar el punto de los directivos y cedió el turno a Inma, una representante de las empresas de entretenimiento.

—Hemos desarrollado diferentes aplicaciones de videojuegos dentro de la red. Podríamos diseñar una específica para los Incompatibles, que tenga velocidad de imágenes e información acelerada para captar su atención y evitar el conflicto.

Margot asintió respaldando la idea:

—Los Incompatibles no pueden seguir obstaculizando la Fase 3 del proyecto. La actualización se implementará según lo previsto.

Elías, observando cómo Margot y otros directivos intercambiaban miradas de mutua aprobación, alzó su voz como una cuerda tensa:

—Los gobiernos han creado estructuras reformatorias, instituciones de control. Están perpetuando una ilusión ridícula, un espejismo de que tienen poder sobre estos chicos. Pero ellos no son el problema; son la grieta por donde vuelve a entrar lo real.

Sus palabras quedaron suspendidas, pero la sala permaneció indiferente. Erik, uno de los directivos, se levantó sin mediar palabra, dando por terminada la reunión.

—No hay tiempo para experimentos —anunció Nur—. La actualización será implementada en unos días para asegurar que todos los usuarios se adapten.

Elías observó cómo la mayoría abandonaba la sala, y sus palabras, que se disipaban como humo en el aire. Sabía que su lucha no era contra las personas en esa sala, sino contra una estructura mucho más grande, la línea artificial que, al homogeneizar la percepción, se convertía en un mecanismo repetitivo e incuestionable.

Alan se quedó atrás, inmóvil, mientras las sombras de Margot y del director se alejaban. Sus miradas cómplices resumían el núcleo de todo: poder. En ese tablero, la batalla no era solo tecnológica; era por la percepción misma, por controlar la realidad de la población.

Elías se volvió hacia él con una mirada serena, como si lo viera más allá del tiempo.

—La lucha no es por los datos, Alan, ni por los programas.

—¿Entonces por qué? —preguntó en voz baja.

—Por la atención —respondió su compañero—, porque la atención es energía. Y quien la controla… controla la conciencia.

Alan guardó silencio. Las palabras no eran nuevas, pero esa vez las sintió atravesar su mente y su cuerpo como un golpe seco, directo al centro de su percepción.

¿Quién decide qué es real?, pensó con la mirada fija en las pantallas que reflejaban la fría precisión de la Fase 3. *Ellos ven a los Incompatibles como un error, como algo que debe corregirse. Pero quizá no lo sean. Quizá sean la única pieza capaz de inclinar este juego hacia una realidad donde los horizontes no sean artificiales.*

Y, por primera vez, en lugar de buscar respuestas, decidió dejar de observar desde fuera y comenzó a hacerlo desde adentro. Su cuerpo seguía allí, pero su conciencia no.

El peso de las palabras de su compañero seguía calando en su interior: *es por la atención… y quien la gobierna, controla la conciencia.*

Algo se había desplazado dentro de él, pues ya no estaba observando desde afuera, sino desde otro lugar. Más profundo, más real. Como si un velo se hubiera rasgado sin ruido; y lo que antes era interpretación se revelaba ahora como presencia viva.

La cueva de las Reservas Exteriores apareció en su mente, pero no como un recuerdo, sino como un estremecimiento que lo atravesaba. Recordó el golpe en su omóplato, cómo ese pequeño impacto había desestabilizado su punto perceptivo, lo había fracturado… y lo había liberado.

Donde antes había un espacio oscuro y vacío, ahora veía personas reunidas alrededor del fuego. Entre ellas, su hija, Naran.

Y comprendió que no era una visión. Era un reconocimiento. No estaba soñando el futuro: estaba entrando en él.
Hay otra línea, otro tiempo.

NUDO IV

LA MEMORIA VIVA

—¡Vamos, Naran, salta al muelle! —La voz de Unay, su madre, sonaba cálida y animada mientras le extendía la mano. La niña, aún mareada por el viaje en barco, dudó por un momento antes de dar el paso.

Habían pasado años desde la última vez que visitaron las Reservas Exteriores, debido a la delicada salud de Unay. Su hija, desacostumbrada al vaivén del barco, sintió un alivio inmediato al poner los pies en tierra firme. Varios familiares las esperaban con sonrisas y abrazos, llenaban el aire con un ambiente festivo. Naran, rodeada de niños de su edad, pronto olvidó el mareo y corretearon por las callejuelas empedradas, mientras que sus risas resonaban entre las paredes de piedra, hasta que llegaron a una gran plaza. Allí, la celebración del Ayni estaba en pleno apogeo.

Un escenario improvisado albergaba a varios músicos que tocaban melodías ancestrales con quenas y charangos; las mujeres ataviadas con trajes tradicionales danzaban al compás de la música, con sus faldas coloridas girando en armonía con el ritmo. Naran se detuvo fascinada, sus ojos recorrieron cada detalle del lugar. Explorando los puestos alrededor de la plaza, encontró a un grupo de mujeres tejiendo: sus manos hábiles daban forma a patrones complejos que parecían cobrar vida. La pequeña se sentó junto a ellas y observó cómo cada puntada tenía un propósito, cómo cada figura —triángulos, llamas, soles— narraba una historia. *Todo está conectado*, pensó, sintiendo una paz que rara vez encontraba en los sectores centrales.

Más tarde, se unió a otros niños en el centro de la plaza y compartieron dulces y risas. Una de sus tías repartió alfajores, y Naran se deleitó con sus sabores. En aquel momento, sintió que pertenecía a ese lugar, a esa comunidad. Miró de reojo para localizar a su madre, y se alegró al verla riendo y charlando animadamente en grupo. Sin embargo, la sombra de la ausencia de su padre apareció en su mente: un científico de los sectores centrales que siempre había rechazado la idea de mudarse a las Reservas Exteriores. La niña se sintió dividida entre la tristeza y sentimientos de pertenencia hasta que sintió el roce de la mano de su madre. Unay, como si percibiera los pensamientos de su hija, se acercó y le acarició el cabello.

—Volveremos pronto, Naran —le susurró con un tono que reflejaba sus propios sentimientos encontrados. Después, señalando hacia el escenario, continuó—. Ahora disfruta, va a comenzar la música y la poesía.

La suave melodía de una quena llenó el aire y revitalizó el corazón de Naran. Con sigilo, ella y sus amigos se colaron entre los adultos que se aglomeraban alrededor del escenario hasta lograr sentarse en primera fila. El joven que tocaba la quena detuvo su interpretación para saludar a una mujer mayor. Esta, con una alegría contagiosa, se dirigió al público infantil:

—¿De qué quieren que hable la poesía? —preguntó con entusiasmo.

Una voz tímida susurró algo sobre los *Apus*, mientras que otro niño gritó con energía sobre el cóndor.

La quena volvió a sonar, esta vez con un ritmo nostálgico, marcando el inicio de los versos:

Sobre los altos picos de los Apus,
donde Hanan Pacha se encuentra con los cielos,
el sagrado vuelo del cóndor
me muestra el horizonte infinito,
tejiéndose en un tapiz eterno.

En el sinuoso camino de la serpiente,
me deslizo por el Uku Pacha,
encuentro la sabiduría escondida,
y el ciclo infinito del renacer.

La mujer mayor hizo una pausa y el muchacho volvió a tocar la quena. Después, ella continuó más profundo, más íntimo:

Ayni, principio sagrado,
reciprocidad en cada acción,
lo que das regresa a ti.
Los hilos me conectan con los Pachas,
tejiendo mis pasos a través del Gran Camino.
Oh, Apus, guardianes de las montañas,
protejan nuestro andar.
En el Ayni viviremos
en armonía con todo lo que soy,
en armonía con todo lo que es.

Las palabras flotaron en el aire y Naran se dejó llevar por las imágenes que surgían en su mente: los Apus, el vuelo del cóndor, el ciclo de la serpiente…, todo parecía cobrar vida dentro de ella. De repente, una voz entre el público exclamó:

—¡Nuna, ahora que recite Ikan!

Naran miró al joven que había tocado la quena y, cuando sus ojos se encontraron, él sonrió antes de comenzar su propio poema.

Cóndor que surcas el Hanan Pacha,
guardián de los cielos,
enséñanos a volar más allá de la ilusión,
a liberarnos de la percepción impuesta.

En el Ayni hallamos la verdad,
en el dar y recibir, el equilibrio.
Cada nudo en el quipu es memoria viva:
lo que fue aún permanece.

No estamos atrapados para siempre.
Al conectar con nuestras raíces,
tejemos las posibilidades de lo que aún no ha nacido.
Que cada paso refleje la reciprocidad,
que reconozcamos la luz en cada sombra,
y que en el encuentro de los opuestos,
despierte el verdadero Chawpi.

Cuando Ikan recitó la última estrofa, Naran se incorporó y, al encontrarse sus miradas, el tiempo pareció suspenderse. Ese cruce de ojos despertó un vínculo: un hilo silencioso, una memoria latente, trazada en un sentido más vasto que su comprensión.

El sonido de los altavoces la arrancó de su ensoñación y la devolvió al Centro de Investigación. Mientras las imágenes de las Reservas Exteriores se desvanecían en su mente, Naran reconoció que algo dentro de sí comenzaba a recordar, que se volvía a apropiar de aquello que una vez le perteneció.

Margot se presentó al grupo con una sonrisa calculada, pausando sutilmente cada frase como si midiera el impacto de sus palabras. Su rostro intentaba proyectar cercanía, pero su cuerpo, rígido e impasible, delataba tensiones ocultas. Naran observó cómo la coordinadora trataba sin éxito de captar la atención de los adolescentes en la sala de entrenamiento. Sus rostros reflejaban desinterés, aunque el aire en el Centro de Investigación se sentía denso, cargado de una presión invisible que pesaba sobre todos ellos. La mujer dio un paso adelante, acercándose más al grupo en un intento de reafirmar su autoridad.

—Estamos a contrarreloj —comenzó con un tono firme pero calculado—. Para los que llevan aquí una semana, ya han recibido orientación sobre el programa de simulación de MIO. Para los recién llegados, les diré que estamos en un punto crítico: deben acceder a la última actualización del dispositivo. Este es el primer paso para la Fase 3 del proyecto, y es crucial que todos colaboren en las pruebas de homogeneización, no solo para el éxito de la simulación, sino para asegurar su integración en el programa MIO.

Sus palabras martilleaban la cabeza de Naran. Sabía que hablaba de ellos, de los que aún no se habían sometido al sistema, los Incompatibles. Pero su mente se dispersaba, incapaz de procesar por completo lo que les estaban imponiendo. La certeza de estar dentro de un experimento controlado la inquietaba profundamente.

—Hoy, debido a los cambios, he decidido acompañarlos en persona —continuó Margot, mostrando de nuevo su sonrisa ensayada—. Supervisaré los entrenamientos y coordinaré todo desde aquí. Nélida, nuestra técnica, también está con nosotros para asegurar que las pruebas de unificación perceptiva se lleven a cabo de manera óptima.

Nélida tomó la palabra con un tono más cercano y preciso:

—Como saben, debido a las condiciones extremas de los últimos años, se han construido búnkeres subterráneos para que la población pueda invernar y estar protegida. Esto ha garantizado nuestra supervivencia, aunque reconocemos que sigue siendo un momento difícil e incierto para cada uno de ustedes.

Naran escaneó los rostros a su alrededor buscando reflejos de su propia inquietud. Un técnico interrumpió sus pensamientos:

—Gracias al trabajo del equipo, no solo hemos avanzado con el programa de MIO, sino que también hemos reducido el impacto ambiental al minimizar el consumo energético y la contaminación. Así, buscamos aliviar la carga sobre el planeta y darle tiempo para recuperarse.

—Es un poco tarde para preocuparnos por eso —murmuró Néstor con ironía, provocando algunas risas nerviosas.

Naran se recostó contra la pared. Entendió que la reunión se alargaría más de lo necesario, pero algo en su interior la mantenía alerta, pues no podían simplemente aceptar todo sin cuestionarlo. Mientras sus pensamientos se enredaban, miró a su izquierda y vio a Ikan junto a ella, con su mirada afilada, siempre evaluando, siempre dudando.

—¿Alguien quiere un helado de chocolate? —preguntó Margot de repente, cambiando el tono de la conversación.

El aire en la sala se relajó ligeramente. Algunos adolescentes esbozaron sonrisas involuntarias, imaginando el sabor.

—Al escuchar estas palabras, la mayoría han visualizado el helado, algunos incluso han sentido su sabor. ¿Creen que todos hemos visto el mismo helado?

—No —respondió el grupo en un murmullo.

—Entonces, ¿por qué cada uno imagina un helado distinto? —insistió.

—Cada uno recuerda el último que comió —dijo un chico, mientras otros añadían que también podía ser el helado que les gustaría probar.

—El cerebro no distingue entre lo real y lo imaginado —aclaró Margot, observándolos—. Lo que sucede en MIO es lo mismo, el cerebro cree que lo que experimenta en el programa es real. Y este es un punto clave, pues cuando se conecten al sistema principal, aunque estén invernando, su cerebro seguirá aprendiendo y experimentando, como si estuvieran en la realidad.

Naran sintió un nudo en el estómago *¿Les estaban entrenando para aceptar una falsa realidad? ¿Qué otra opción tenían?*

Nélida, al notar el desinterés creciente, intervino con voz más conciliadora.

—Sabemos que MIO no es la realidad, pero estar en red es mejor que la soledad de los últimos inviernos.

Margot intentó adoptar su mismo tono:

—El objetivo es que todos podamos estar conectados. El sistema se actualizará conforme a las experiencias compartidas; un algoritmo analizará las percepciones y creará una visión consensuada de la realidad. Así, lo que la mayoría vea será considerado válido dentro del programa.

—¿Entonces un algoritmo decide lo que es real? —susurró Ikan a Naran con un tono impregnado de desconfianza.

Nélida intentó darle un giro más filosófico.

—La realidad no está fuera de nosotros, sino dentro de nuestro pensamiento, en nuestras convicciones y creencias. Cuando estas cambian, también lo hace lo que percibimos como real. En MIO sucede lo mismo: la realidad debe ser compartida… Si todos imaginamos el mismo helado, el sistema lo acepta como verdad.

—¿Y si no estamos de acuerdo? —intervino Maia con tono desafiante—. ¿Qué pasará si aceptamos esa realidad?,

¿perderemos nuestra percepción individual? ¿Y después de la glaciación?

Margot contuvo su irritación y respondió con frialdad.

—Lo que importa ahora es la uniformidad. Sin esta homogeneización, no podrán conectarse al programa principal.

—Siempre queda la opción de Karanza —replicó Maia con firmeza—. Prefiero estar con mi familia. Este programa no me interesa.

Naran vaciló. La opción de conectarse durante la invernación parecía la más segura, pero *¿y si no podían finalmente conectarse? ¿Y si todo eso era una trampa para su atención? ¿Y si el verdadero programa no estaba en el sistema, sino en lo que elegían mirar?*

La imagen de un ciclo interminable la inquietó, y se escuchó a sí misma gritar:

—¡No quiero hacer más pruebas!

El silencio cayó sobre la sala, seguido de murmullos nerviosos.

—Nos tienen aquí porque podemos alterar el programa —susurró Ikan a Naran—, pero lo que realmente quieren es que dejemos de ver lo que está sucediendo. El helado son las nueces.

—¿Nueces...? —preguntó Naran.

Ikan se inclinó levemente hacia ella, como si le contara un secreto.

—Colocan frutas secas o nueces dentro de una vasija como esta. El mono mete la mano y la cierra para sacar el alimento..., pero no puede sacarla con el puño cerrado. Entonces se queda atrapado. No porque la trampa lo retenga, sino porque no quiere soltar la nuez. Tú eres libre, Naran, siempre lo has sido. Pero mientras sigas aferrada a tu percepción de cómo deberían haber sido las cosas, estarás como el mono. El dolor no está en lo que pasó, sino en seguir apretando la mano.

Naran vio con claridad que seguía aferrada al lápiz, al dibujo, a las líneas. No era solo comprensión, era percepción desanudándose. Continuaba agarrada a los mismos trazos que ella misma había dibujado, los que habían mantenido su realidad atrapada; trazos donde su percepción se había enredado sin saberlo.

Ikan miró a su alrededor y vio a todos los Incompatibles agarrando la nuez. Tomó entonces una decisión; se reuniría de nuevo con Nuna y buscarían otra posibilidad. Sabía que ella le reprocharía su actitud de arrogancia e indiferencia hacia quienes aún no habían desarrollado la percepción de otras líneas. Sin embargo, él le explicaría todo lo que había visto y la razón de su elección, no seguiría desperdiciando su energía en un ensueño que no le pertenecía.

Naran sintió, con asombro, cómo una fuerza emergía desde lo más profundo de sí, dejando señales a su paso.

Era un pulso, era memoria.

Y ahí estaba él. Ikan. No en la sala, sino en otro lugar, en otro tiempo.

Ya no sabía si estaba soñando, recordando o imaginando: todo era una corriente que la atravesaba.

Su cuerpo se estremeció ante la visión de una cueva, de una comunidad reunida alrededor de un gran fuego; e Ikan, sentado cerca, como si siempre hubiera estado allí.

—Espera, Ikan, no te vayas. ¿Qué significa *Chawpi*?

Naran pensó que aquella voz firme que había detenido al chico no era la suya, sino algo más allá de sí misma formulando la pregunta.

Ikan se detuvo en seco: la palabra lo golpeó como un eco de algo que había estado tratando de ignorar. Chawpi, el centro, el equilibrio entre las polaridades... Él mismo había olvidado lo que significaba. Por primera vez, su mirada dejó atrás aquella distancia, esa sensación de estar por encima de la situación; Naran lo había confrontado con algo que, en el fondo, él también necesitaba recordar.

—Chawpi es el punto donde las líneas opuestas se encuentran —dijo con la voz más baja, casi reflexiva—, es el equilibrio entre lo que crees ser y lo que realmente eres. Lo que recordamos al volver al centro.

Ikan comprendió que, por un instante, ella había sido consciente de su propia conexión con el intento, y por ello pudo percibir que aquello había sido una señal: Naran estaba presente en la reunión de la cueva, se recordaba en esa palabra. Ahora no podía irse, tenía que seguir con el plan de Nuna, y él estaba ahí para ayudarla a fortalecer ese vínculo.

¿Por qué ayudándose mutuamente podrían alcanzar un equilibrio para la comunidad? Extraños son los desafíos del infinito, se repetía él. Miró hacia atrás y no respondió a la parte de ella que aún seguía identificada con el programa, pero bajando la cabeza, quiso reconocer al espíritu, al doble que habitaba en ella y que le había hablado a través de esa palabra: Chawpi.

—Sé quién eres, Naran. Te recuerdo desde hace muchos sueños. Y si tú me recuerdas también…, entonces ya hemos cruzado el umbral que no necesita ser dicho. —El joven sacó un instrumento de su bolsillo—. Si ese es tu deseo, el de recordar y habitar lo que ya habita en ti… yo estoy aquí para ayudarte —dijo, haciendo una pausa mientras acercaba la quena a su boca.

Y entonces, gracias al sonido, abrió otra línea, otra posibilidad, otro tiempo.

El chico comenzó a tocar una melodía —algo que Naran no se esperaba—; una melodía que no venía de fuera, sino de un eco que ya la habitaba. La música la precipitó en un abismo, como si la realidad se partiera en dos y su conciencia resbalara hacia un vasto desfiladero. Era como si todo estuviera ocurriendo por segunda vez, o tal vez nunca hubiera dejado de ocurrir.

¿Y si el tiempo no avanzaba, sino que giraba sobre sí mismo, repitiendo el sueño hasta que alguien lo recordara?

—Te ayudaré a percibir el tiempo cíclico.

Naran abrió los ojos, pero no del todo. Estaba en el Centro de Investigación, estaba en la cueva, estaba en sí misma. Todo a la vez.

Y en ese cruce comprendió que la atención era un umbral, y que ella acababa de atravesarlo.

Una tenue luz se filtraba por las fisuras de la piedra, impregnando el ambiente de un misterio profundo. Los destellos intermitentes revelaban la forma natural de la cueva; estalactitas colgaban del techo componiendo una sinfonía de ángulos y curvas que desafiaban la gravedad. Algo en esa escena le resultaba familiar: como si ya hubiera estado allí, pero también como si aún no hubiera llegado. El tiempo no avanzaba: se curvaba, se abría como una espiral.

Naran avanzó con cautela. Sus pisadas se expandían como un rumor sobre la roca húmeda. La atmósfera parecía susurrarle expectación, como si aquel espacio intentara revelarle secretos antiguos. Cada destello que se colaba por las grietas era un mensaje de otro mundo. A medida que se adentraba en ese entorno, percibía cómo el silencio sonoro la envolvía: un latido en un lugar donde el tiempo parecía suspendido. Se sintió inmersa en una realidad distinta, donde lo tangible cedía ante lo sutil. La curiosidad la empujaba a seguir.

La luz titilante proyectaba sombras en movimiento, figuras que danzaban con cada parpadeo del fuego que ardía más adelante. Su vista se adaptó a la penumbra y distinguió un grupo de personas reunidas en círculo: en el centro, una figura se dirigía a las demás.

La sensación de que algo extraordinario estaba a punto de suceder crecía a cada paso. En aquella reunión, los presentes parecían custodiar misterios ancestrales, secretos transmitidos por generaciones.

Hipnotizada por la singularidad del momento, la muchacha se sentó entre ellos. Percibió que todos compartían un anhelo común: explorar lo desconocido. Pero su inmersión se quebró abruptamente cuando escuchó su propio nombre.

De repente, Ikan se levantó y expresó su contrariedad en voz alta:

—No me parece justo, Nuna. ¿Por qué debo conectar con ella mientras está en ese Centro, dentro de ese programa? ¿Por qué tengo que ser yo? Esperaba desafíos mayores. —Bajó la cabeza y susurró—: Ella ya no recuerda este tiempo, ya no es una de los nuestros…

La mujer mayor, con la serenidad que da la sabiduría, se acercó a él con calma.

—Ikan, ¿has sentido antes de esta reunión ese temblor? —preguntó, mientras su andar abría espacio entre los presentes—. Las líneas chocan cuando es imperativo integrar otras percepciones. —Su voz flotaba, sin apurar respuestas—. Aunque digas que Naran no pertenece a este grupo, si vieras más allá de la forma, entenderías que ya está aquí.

Ella también sueña.
Ella también teje.

El silencio se instaló como un manto, y Naran, absorta, sintió que algo se expandía dentro y fuera de sí, pues las palabras de Nuna ya no eran palabras: eran eco.

Hizo una pausa. Sus ojos lo miraban, pero era como si viera más allá de él, hacia otra capa de la realidad.

—Naran está a tu lado, aunque aún no lo percibas. Es parte del mismo quipu que tú. Y la clave es recordar que todos somos hilos de un mismo tejido.

Nuna se detuvo frente a ambos y se inclinó levemente hacia adelante, como si revelara un secreto sembrado más allá del tiempo.

—Están aquí para reconocer y habitar un Chawpi —susurró ella—, un punto donde el amor deja de ser proyección y se convierte en Munay: amor consciente, resonante, que se revela como una visión compartida.

»Hasta que puedan sostenerlo —continuó—, cada uno de ustedes verá su sombra en los ojos del otro. Y no verán de verdad: estarán acechando su propio reflejo.
El viaje es hacia lo abstracto.
Hacia lo que no puede nombrarse, pero sí recordarse.
Hacia el amor cuando deja de ser imagen y se convierte en visión.
Y entonces, contribuirán a la comunidad con lo que ya se está desplegando en otro plano: aquello que solo puede percibirse desde el centro.

Ikan, sorprendido, giró hacia donde Naran estaba sentada. Sus miradas se encontraron y, en ese instante, ella sintió un vértigo inexplicable, como si su percepción se expandiera de golpe. Se levantó de inmediato, desconcertada por la atención repentina y el enigma que envolvía la situación.

Sin previo aviso, la sacudida irrumpió: la visión empezó a quebrarse, como si una fuerza invisible la arrastrara hacia otro lugar; la cueva, la reunión, las palabras de Nuna… todo se desvaneció como una ráfaga.

Un zumbido rompió la quietud del ensueño, seguido por un tono agudo y repetitivo que emergía de los altavoces del centro. Una voz monótona anunciaba que los Incompatibles debían dirigirse a la sala de pruebas.

Miró a su alrededor, pero no encontró a Ikan. Volvió a pensar que todo lo vivido había sido un sueño. La duda la persiguió mientras avanzaba hacia la sala, con la sensación de que, por un momento, había logrado salir de los trazos impuestos. Pero su percepción regresaba a ellos.

El sistema la reclamaba, el nuevo dispositivo la esperaba, pero algo en ella ya no respondía desde el mismo lugar. Había tocado otra línea. Y aunque invisible, la seguía atravesando.

NUDO V

EL PUNTO QUE OBSERVA

Alan y varios directivos se encontraban en la sala de programación, en la segunda planta. Y desde los ventanales de cristal, observaban cómo los chicos se reunían para comenzar las pruebas.

Jitesh, uno de los directivos, agradeció nuevamente a Alan por haber finalizado el dispositivo a tiempo, pues el casco permitiría a los chicos conectarse al sistema mediante la homogeneización de percepciones.

—Entonces, básicamente solo hay que ajustar la velocidad de emisión —resumió el directivo, restándole importancia al asunto.

El padre de Naran permaneció en silencio, sopesando toda la situación. Uno de los técnicos del equipo contestó por él:

—Ahora, a través del nuevo dispositivo, el programa les enviará el doble de datos por segundo, captará la atención de los Incompatibles y contrarrestará la información que proyectaban en el sistema.

Alan observó cómo los adolescentes, arremolinados alrededor de Margot y Nélida, examinaban el nuevo casco: tal vez nunca fue el casco ni el programa, sino su atención la que determinó todo. Su atención... o su falta de ella.

—Vamos a ver si todos logran realizar la conexión —susurró el técnico, aún con cierta precaución.

—Confío que sí —respondió el director convencido.

Pero Alan no pudo evitar su preocupación:

—Insisto —dijo con voz grave—, es erróneo ver las capacidades de estos chicos como una amenaza, como un virus para el sistema.

—Entiendo tu postura, Alan, pero quiero que entiendas también la nuestra. Estamos bajo una gran presión, a nivel político y corporativo, con los intereses de terceros, la glaciación y un sinfín de factores más. —Jitesh pausó, pues quería transmitirle a Alan que él, en realidad, solo era una pieza de ese complicado tablero.

El padre de Naran observó cómo los movimientos que hacía el directivo lo enroscaban en su propio juego; lograba evadir responsabilidades y minimizar la influencia que podía tener.

—Estamos exponiendo a estos chicos a una tecnología incierta. Aún no tenemos estudios sobre los efectos de duplicar la frecuencia del sistema.

—Creo que has hecho un buen trabajo, Alan. No te preocupes tanto.

—Como mencioné en la reunión —comenzó a responder e hizo una pausa, fijando su mirada en Jitesh—, una de mis prioridades es el bienestar de los adolescentes. Por ello, seguiré con la investigación. Tal vez en unas semanas se pueda abrir el 5 %...

—Olvídate de ese enfoque, Alan —le interrumpió el directivo con voz firme—. Acepta que necesitamos esta Plantilla de realidad insertada en la población. Pues no sabemos cuánto va a durar la glaciación, y no podemos arriesgarnos a desestabilizar el sistema. El programa es un homogeneizador virtual, como siempre lo han sido los dispositivos en red. Y ahora más que nunca, necesitamos cohesión en lo social; y eso solo se puede lograr a través de la narrativa virtual de MIO.

¿Y si lo que llamaban «cohesión» no era otra cosa que una hipnosis compartida?, pensó Alan.

—La narrativa dominante en este momento está bajo un sistema virtual opresivo —susurró al fin, con la voz cargada de preocupación—. ¿Te refieres a cohesión o a control perceptivo?

—Nosotros ofrecemos una narrativa coherente para una realidad fracturada —insistió Jitesh mientras observaba complacido cómo mostraban el nuevo dispositivo al grupo de incompatibles.

Alan percibió que el directivo aún no comprendía la gravedad del asunto.

—¿Prefieres que el caos se establezca en sus mentes o en el sistema? —insistió el padre de Naran mientras observaba el lenguaje corporal de los chicos: resistencia, miedo, desánimo—. ¿Has leído los últimos informes del Sector A? —prosiguió, dejando que su voz grave llenara el espacio de incomodidad—; estos demuestran un incremento de depresión y ansiedad. Además, se han detectado anomalías en las regiones cerebrales relacionadas con la creatividad, la atención, el procesamiento emocional.

Jitesh, ya visiblemente distanciado, miró su reloj pensando en la próxima reunión que tenía que atender.

—Eso también ocurriría fuera del sistema —respondió evasivo—. No continúes en la posición de que MIO es el villano y tú, el salvador de esos chicos. Confía en el proyecto, Alan. No podemos permitirnos que el caos se instaure en el programa. La prioridad ahora es captar la atención de este grupo, lograr que se conecten para que encuentren su identidad dentro del sistema. Ese es tu aporte y el de ellos.

Alan se quedó en silencio, intuyendo que el proyecto siempre había ido en esa dirección, sin consideración alguna por el bienestar de los jóvenes. Ya no le importaban las palabras de Jitesh y no estaba dispuesto a seguir con una discusión estéril. Él continuaría con sus investigaciones, haciendo todo lo posible por ellos. Mientras tanto, sus pensamientos lo turbaban, y se distanció de los sentimientos dolorosos que aquel entramado le generaba.

Miró nuevamente por el ventanal, observó cómo el grupo de chicos se preparaba para las pruebas, y una nueva inquietud lo invadió al ver la figura de su hija. Se acercó entrecerrando los ojos para asegurarse de que no le estaban jugando una mala pasada, pero no, allí estaba Naran. Su corazón dio un vuelco en el mismo instante en que la reconoció; un mareo lo invadió, y quiso apoyar el peso de todo lo que sentía contra el ventanal.

Naran estaba allí, sí, pero era como si no pudiera alcanzarla. No porque estuviera lejos, sino porque ambos estaban perdidos en el mismo cruce, tal vez en la misma frecuencia, pero sin saber cómo encontrarse.

¿Y si no era ella quien se alejaba… sino él, quien aún no se atrevía a verse?

Naran llegó a casa con su rutina habitual en mente, agarrar algo de la nevera y encerrarse en su cuarto. Pero para su sorpresa, su padre la estaba esperando.

—Ven, Naran, tengo que mostrarte algo.

Ella hizo una mueca de desaprobación. El salón había sido transformado en un pequeño laboratorio: cables se extendían en todas direcciones.

—¿Qué pasa?, ¿vas a interrogarme? —preguntó la adolescente con desconfianza.

El padre la miró esbozando una sonrisa.

—Sí, con un polígrafo, para preguntarte qué haces todos los días encerrada en tu cuarto tanto tiempo. Pero no, es para algo más importante.

—Claro, lo tuyo siempre es más importante… —replicó ella con ironía.

Alan ignoró el tono sarcástico de su hija y le contestó con calma:

—Estoy tratando de demostrar, de una manera científica, lo que he presenciado. Tengo que validar mi hipótesis con este aparato.

A pesar de que hacía tiempo que no conversaban, Naran asintió:

—De acuerdo, dejaré que me utilices como cobaya.

—Quiero hacer unos registros y entender mejor las causas de por qué no te puedes conectar a MIO.

Naran bajó la cabeza. No le había comentado al padre la situación en el nuevo centro, pero sospechaba que él ya lo sabía.

—¿Has hablado con mis profesores?

—No, no he hablado con ellos —respondió restándole importancia al asunto—. Me he sumergido en la investigación del proyecto y ahora tengo una perspectiva más amplia.

La joven sintió que su padre no estaba siendo sincero; estaba convencida de que el centro se había puesto en contacto con él para informarle sobre las dificultades que seguía enfrentando en el aprendizaje virtual.

Alan la miró con cierta complicidad, pues no podía permitir que cargara con la culpa. Desde la muerte de su madre, había atravesado una etapa difícil y le dolía profundamente verla encerrada en su cuarto, consumiéndose día tras día en su tristeza y desinterés por el mundo. Debía encontrar una solución, no solo para ella, sino también para el grupo de los incompatibles.

La hija cruzó una mirada de desconfianza con su padre. Aunque llevaban tiempo distanciados, en el fondo anhelaba acercarse, no podían seguir así. Finalmente, Naran relajó su actitud y la transformó en un intento de aproximación para expresar lo que realmente necesitaba.

—Ya no voy a seguir con el tratamiento.

—Es por tu bien —replicó él con una mueca de desaprobación—. Los médicos han dicho que tu mente es muy dispersa, que siempre está ensoñando sin poder concentrarte. Además, has estado muy triste desde que tu madre…

Ella sintió que su padre intentaba, una vez más, confinarla a su manera de ver las cosas: primero mediante su razonamiento científico, y luego al mencionar la muerte de su madre. No la estaba escuchando de verdad; solo la empujaba hacia esos dos marcos, sin dejar espacio para su propia voz. Estaba a punto de cumplir diecisiete años, y todo seguía igual.

—Papá, si hubiera funcionado el tratamiento, ya estaría conectada a ese programa. Soy una incompatible y lo tienes que aceptar.

El padre la miró fijamente y comprendió que ya había crecido lo suficiente como para ver la verdad. Sin decir una palabra, insertó otros cables en el dispositivo.

—Estoy de acuerdo contigo —susurró mientras continuaba con los ajustes.

—No sé si lo dices porque realmente lo piensas o simplemente para que te deje tranquilo —replicó Naran con resentimiento—. A veces pienso que soy una carga para ti porque las cosas no salen como tú las planeas.

—Ha sido difícil para los dos —contestó pensativo Alan.

—Y sí, claro que echo mucho de menos a mamá. Estos últimos años he seguido tu forma de ver las cosas. Pero ahora —comenzó e hizo una pausa para mirar a su padre con sinceridad— he pensado en la posibilidad de trasladarme a las Reservas Exteriores. Estaré con mis parientes y no tendré que preocuparme por todas esas pruebas, esos dispositivos.

Alan, al recordar lo que había visto en la cueva, pasó el escáner por la espalda de su hija a la altura de donde Elías le había dado un golpe. Cuando la luz parpadeó al lado del omóplato izquierdo, los datos comenzaron a proyectarse en un monitor.

—¡Papá!, ¿¡me estás escuchando!? —gritó Naran reclamando su atención—. Ya no quiero más cables, sistemas virtuales... quiero que todo esto se acabe.

Las lágrimas comenzaron a rodar por sus mejillas. Sentía que a él todo le daba igual. Ella solo deseaba sentir conexión, que su padre la escuchara y la aceptara tal como era.

—He estado en las Reservas Exteriores —dijo Alan mirando los datos analizados—. También siento que hay otra posibilidad. Estoy desarrollando un nuevo dispositivo; dame solo un mes más, Naran. Un mes más en ese centro, y después podremos considerar la opción de las Reservas Exteriores. Te prometo que todo esto va a acabar bien.

—¿Bien? —susurró su hija con sarcasmo, mientras la tristeza la invadía—. ¿Acabará bien para ti o para mí?

La voz de Jitesh seguía fluyendo desde el centro de control como un eco del sistema que aún intentaba sostener su lógica. Alan apenas la escuchaba. Desde el ventanal, observaba en silencio: su hija estaba allí.

No lo miraba, no lo necesitaba.

Y aun así, él no podía dejar de mirarla: Naran le mostraba su propio límite, mientras Alan observaba todo como un científico, como siempre.

Quizá todos vivían en realidades distintas, vibrando en frecuencias que jamás podrían tocarse, a menos que alguien cambiara de punto.

Tenía que cruzar.
Tenía que sentir desde dentro.
Tenía que permitir que su mirada fuera parte de lo observado.
¿Cuántas realidades podía sostener el mismo instante?
¿Y cuál de ellas era la verdadera?
Quizá todas.
Quizá ninguna.
Todo dependía de dónde ponía la atención.

NUDO VI

EL CRUCE DESDE DENTRO

El aire en la sala de simulación era denso, estaba cargado con una tensión casi palpable. Las luces intermitentes de los monitores reflejaban patrones erráticos sobre las paredes metálicas, como si el propio sistema estuviera reaccionando al estado de ánimo de los jóvenes presentes. Naran, sentada en una esquina, observaba el casco de inmersión que descansaba frente a ella. Su diseño frío y clínico parecía invitarla a un mundo que no deseaba explorar.

—¿Cuánto tiempo más vamos a esperar? —murmuró Néstor, con la voz cargada de impaciencia.

Maia, quien permanecía de pie junto a una de las consolas, lanzó una mirada de advertencia a su hermano.

—Cálmate, Néstor. Ya queda menos para salir de aquí.

Naran apenas registró el intercambio, pues su mente estaba en otro lugar, divagando entre las imágenes de las Reservas Exteriores y la sofocante realidad del Centro de Investigación. La voz de Margot rompió el silencio, y retomó el control de la situación.

—Durante estas semanas, tendrán varias pruebas —anunció Margot con una sonrisa contenida—. Estamos seguros de que la mayoría de ustedes, al final de este período, estarán habituados a mantener su atención dentro del programa piloto. Este proceso permitirá que sean compatibles cuando se conecten al sistema de MIO. ¿Saben cuánto tiempo nos lleva aprender a enfocarnos en una realidad? Muchos años. Y con MIO, este aprendizaje requiere un nuevo tipo de atención, uno más específico. Gracias a su colaboración, podremos actualizar el programa y reducir los errores que afectan a cientos de adolescentes en otros sectores. Y así, podrán acceder a este mundo virtual lleno de posibilidades.

Margot se detuvo un momento, dejando que sus palabras calaran en el ambiente, mientras los chicos intercambiaban miradas llenas de duda.

—Gracias, Margot —interrumpió Nélida con suavidad para evitar que surgieran preguntas incómodas, y retomó el control del grupo—. Hoy nuestros programadores se proponen un juego de simulación. Continuarán ampliando sus habilidades para sostener el programa. —Levantó un casco con un diseño diferente, especialmente preparado para ellos—. Después de muchos esfuerzos y teniendo en cuenta las dificultades que han tenido para mantener la conexión, hemos desarrollado este dispositivo.

Margot dio un paso al frente y tomó la palabra con una calma estudiada, como si quisiera medir cuidadosamente cada frase.

—Este casco interpreta su percepción y la dirige exactamente hacia donde debe ir, estabilizando así la realidad que necesitan ver. —Hizo una pausa significativa, recorriendo con la mirada a cada uno de los presentes—. Pero díganme, ¿qué prefieren ustedes? ¿La incertidumbre caótica del exterior o la estabilidad que les ofrece este mundo? Ahora su atención debe dirigirse a la realidad que se les ofrece aquí. —Se detuvo brevemente, dejando que sus palabras calaran en el aire—. ¿Quién quiere probarlo primero?

Un silencio incómodo se expandió por la sala y las miradas de los chicos se encontraron por un instante antes de caer al suelo; reflejaban una mezcla de desconfianza y temor. Naran tragó saliva, pues Margot hablaba con una calma hipnótica, pero algo dentro de la joven se tensó *¿Y si eso era precisamente lo que temo? Que, al enfocar mi atención, todo lo demás desaparezca. ¿Y si mi mundo se reduce a lo que MIO decida mostrarme?*

Margot, de pie frente a ellos, esbozó una ligera sonrisa, como si hubiera anticipado esa reacción, y activó entonces un dispositivo de proyección. Un zumbido suave recorrió la sala y, en la pantalla frente a ellos, las imágenes comenzaron a desplegarse, primero distorsionadas, pero después se estabilizaron. Ante sus ojos apareció un paisaje desolador: el cielo gris y pesado, un mundo congelado en el tiempo. Todo parecía detenido, como si la vida estuviera suspendida en un eterno invierno.

—Esta —dijo Margot con un aire de dramatismo— es la situación climática actual. En el Sector A, la glaciación ha irrumpido con fuerza y en pocas semanas, el Sector B enfrentará la misma realidad. Los recursos escasean, las oportunidades en la superficie son limitadas y la vida se reduce a lo más básico.

Todos sintieron una vez más el peso de la realidad mostrada en la pantalla y de las consecuencias de ser incompatibles. Sin embargo, la coordinadora dio un giro a la narrativa, usando un tono de voz que se volvió más enérgico.

—Al usar este programa piloto, podrán explorar experiencias únicas: podrán escalar montañas o pasear por bosques interminables donde la naturaleza se desplegará ante ustedes; incluso podrán visitar las maravillas del mundo antes del cataclismo, como Chichén Itzá, el Coliseo de Roma, Machu Picchu, o las maravillas del mundo antiguo, como la Gran Pirámide de Guiza o los Jardines Colgantes de Babilonia.

En la pantalla, las imágenes cambiaron de inmediato: las montañas nevadas se disolvieron en paisajes sonoros, donde el viento recorría bosques frondosos, vastos desiertos y extensas lagunas. De repente, mostró las pirámides de Egipto erigiéndose majestuosamente en el horizonte, pero después las imágenes cambiaron y aparecieron los templos antiguos en la selva de Guatemala, cubiertos por una densa vegetación.

—Todo esto está al alcance de su mano —insistió Margot, con una mirada que barría a todos los chicos—. Podrán experimentar esta realidad virtual y dejar atrás, aunque sea por un momento, las limitaciones del mundo actual. —Hizo una pausa mientras miraba los rostros de los chicos y reconoció que, en alguno de ellos, había sembrado una semilla de esperanza. Lo único que les pedimos es que se conecten y permitan que el programa los guíe—. Cada uno de ustedes podrá descubrir, con este nuevo dispositivo, las infinitas posibilidades que ofrece el programa piloto. ¿Quién no querría escapar de una realidad tan opresiva hacia un mundo virtual lleno de alternativas?

Los chicos intercambiaron miradas, algunos ansiosos, otros temerosos. Las dudas aún flotaban en el aire, pero la tentación era palpable.

—No es que no queramos conectarnos, es que el sistema nos rechaza —reclamó Maia con tono desafiante, cansada de ver una y otra vez el caramelo virtual sin poder alcanzarlo—. ¿Qué diferencia hay entre este dispositivo y los que hemos probado anteriormente?

—Gracias por la pregunta —respondió Margot, bajando la mirada con un aire de control—. Hemos logrado algo importante: la mayoría de ustedes ha rechazado MIO debido a un desajuste en la interpretación de la información. Esto ocurre porque el cerebro adolescente está en una fase de cambio y a veces procesa erróneamente lo que percibe. Este casco los ayudará a enfocarse adecuadamente, minimizando las interferencias.

Naran miró a Néstor y sus ojos se encontraron en una mirada cómplice. El muchacho dio un paso adelante, queriendo demostrar que también tenía algo para decir.

—¿Te refieres a interferencias con las habilidades que tenemos dentro del sistema?

Margot fijó su mirada en Néstor con una calma casi inquietante.

—Debido a la situación de emergencia, no hay tiempo para ahondar en esos detalles. Lo importante es ahora su colaboración. Tienen que confiar en que este casco no solo interpreta sus percepciones, sino que también las optimiza. —La mujer analizó a los tres en silencio y reconoció que eran los últimos chicos que habían llegado al centro—. Y como les dije, si colaboran con la actualización del sistema, podrán decidir si quieren o no conectarse al programa principal de MIO. —Observó a Naran, que aún permanecía dudosa, y con una sonrisa casi imperceptible, la llamó—. Naran, acércate, por favor.

Naran lo sabía, Margot estaba resentida y entonces, en lugar de darle la oportunidad de decidir por sí misma, la expondría frente a todos. Con pasos vacilantes, se acercó; sus manos temblaban mientras tomaba el casco que Nélida le ofrecía. Al colocárselo, sintió cómo se ajustaba a la base de su cuello, y las imágenes de las pruebas anteriores inundaron su mente. El miedo la invadía y su respiración se volvía más pesada *¿Qué pasará si no logro conectarme?* La presión en su cuello aumentaba *¿Y si el nuevo dispositivo no es capaz de anular las interferencias?* El casco parecía presionarla más, recordándole que no tenía control.

—Vamos a comenzar —anunció Nélida con un tono tranquilizador.

Naran intentó calmarse, pero su ansiedad crecía. Y su ansiedad no era debilidad, sino resistencia, pues una parte de ella reconocía que ese mundo de certezas era demasiado estrecho. Quería quitarse el casco, pero no podía..., sabía que no tenía otra opción.

De repente, el mundo cambió: imágenes de su infancia comenzaron a desplegarse ante ella, fragmentadas y flotando frente a sus ojos. Recuerdos, emociones, pensamientos, todo parecía ser procesado por el sistema. Un escalofrío recorrió su cuerpo...

¿Podían verlo todo?, ¿podían manipularlo?

Quiso salir, pero no podía. Y entonces, las imágenes de aquella mujer con la llama aparecieron en su mente, como si le recordaran algo que había olvidado.

Margot observaba los datos en un monitor.

—Aún hay interferencias, ajusta el sistema —ordenó a uno de los técnicos.

Los chicos la observaban como si fueran parte de un escenario ajeno. Maia apretaba los puños en silencio y Néstor miraba el suelo como si ya hubiera perdido. Todos sostenían el aliento, como si en Naran estuvieran probando a ellos mismos.

El miedo aumentaba, pero algo dentro de ella comenzó a calmarse.

Puedes entrar, Naran. Yo te acompaño, escuchó dentro de sí, con la voz serena de Ikan. Con respiraciones profundas, la joven intentó relajarse, pues sabía que debía seguir adelante, que ese paso era necesario para entender el programa y su lugar en él. Con la voz de Ikan como ancla, se adentró en lo desconocido, confiando en que no se perdería en aquella realidad manipulada.

—¿Qué ha sido eso? ¿Me están exponiendo ante todos los demás?, ¿están explorando mis recuerdos? —preguntó Naran con la voz cargada de incertidumbre, sintiendo que un escalofrío le recorría la espalda.

Atrapada en un torbellino de inseguridad, luchaba por mantener su centro, mientras una necesidad oculta la empujaba a demostrar que podía ser compatible, aunque eso implicara disolverse en las expectativas del programa.

—Tranquila, es solo un método de reconocimiento. —La voz de Ikan, calmada, la guiaba como ese instante fugaz de quietud que surge en medio del caos—. Detecta tus gustos y preferencias, eso es todo.

Pero las palabras apenas alcanzaban a disipar la confusión que la desbordaba, mientras imágenes de su pasado parpadeaban ante ella, encajando en el enigma que MIO intentaba resolver.

—Estás dentro —continuó el chico, observando sus manos como un anclaje para recordarse dentro del programa—. Han sincronizado tu punto de encaje con el simulador, pero no permitas que te identifiquen. Mantén tu atención, ese es tu desafío.

—¿Identificar?

—No caigas en la complacencia, Naran; no estás aquí en los términos que el programa ha marcado para ti. Mantén tu propio propósito.

—¿Mi propósito?

—Debes aprender a moverte dentro de la red, a entender su dinámica, pero siempre recordando quién eres realmente y por qué estás aquí.

Mientras Ikan hablaba, los entornos virtuales comenzaron a desplegarse: llanuras abiertas, ríos serenos y costas interminables se abrían ante Naran. Por un momento, quiso rendirse ante esa perfección, fundirse con las sensaciones.

—No lo hagas, Naran, ese es tu reto. Recuerdate, sostén el espacio intermedio.

Ella respiró hondo. El simulador intentaba dirigir su atención. Entonces, lo vio.

—¿Quieres decir que el programa limita lo que vemos, que nos encierra en una narrativa?

Ikan señaló el horizonte:

—Mira esas imágenes. La red de MIO quiere que creas que esas son tus únicas opciones. Pero ¿te has preguntado qué está dejando fuera?, ¿qué posibilidades podrían existir, si no eligieras ninguna de ellas?

Ella cerró los ojos y las proyecciones se desdibujaron. Y por primera vez, notó las grietas en la estructura de la simulación. Quizá no era el programa el que se resquebrajaba, sino su foco de atención.

—MIO es un laberinto que moldea la realidad a su conveniencia—continuó el chico—. No lo veas como un lugar, sino como un campo perceptivo. Aquí aprenderás a ver y a moverte entre las trampas del sistema.

Naran observó cómo las proyecciones cambiaban con una velocidad abrumadora, ya no eran paisajes, sino generaciones enteras que la atravesaban. Toda la historia parecía desplegarse a la vez, arrastrándola en una corriente imposible de contener.

—¿Trampas? ¿A qué te refieres?

—Estás en el programa piloto para que te acostumbres a la red. Pero antes de que entres al simulador principal, debes comprender el arte del *acecho*. No es solo estrategia: es una guía que te permitirá moverte entre realidad e ilusión, sin quedar atrapada en una identificación.

Naran lo miró, e Ikan sostuvo su mirada por un instante, como si midiera el peso de aquel arte ancestral.

—El primer principio: los guerreros eligen su campo de batalla. Nunca luchan en un terreno que no conocen. MIO es un campo de batalla de la percepción; tienes que reconocerlo, observarlo, comprender cómo opera. Si no lo haces, ya habrás perdido antes de que empiecen las pruebas.

—¡Quiero salir! —exclamó Naran, abrumada por la intensidad. Algo en ella aún no sabía cómo sostenerse sin definirse.

—Observa antes de reaccionar, Naran, ese es el arte del acecho: cazarse a uno mismo. MIO es el reflejo de tu propia mente. La mente también clasifica, limita, construye laberintos de percepción. Entender esto te permitirá navegar entre las trampas que condicionan tu experiencia y cazar los automatismos.

Naran sintió la necesidad de crear distancia con su propia mente. No para rechazarla, sino para verla.

—No se trata de salir ni de destruir el programa, se trata de comprenderlo. Si logras detenerte y observar, las paredes del laberinto comenzarán a desmoronarse.

Las imágenes seguían desplegándose mientras que ella se esforzaba por comprender.

—¿Cómo puedo dejar de identificarme con algo que parece tan real?

Ikan sonrió, tomó un puñado de tierra y lo dejó caer entre sus dedos.

—MIO funciona atrapando tu atención entre opciones binarias: fortaleza o debilidad, bueno o malo, adecuado o inadecuado. Cada vez que eliges entre esas opciones, refuerzas los límites. Debes cuestionarlo todo.

—¿Laberinto de la precepción...? —repitió Naran, intentando ralentizar el ritmo del sistema.

—¿Recuerdas la primera vez que te conectaste a MIO?

La joven dudó. Lentamente las imágenes comenzaron a regresar. Cerró los ojos.

El recuerdo la arrastró con fuerza.
La escena volvió: no como historia, sino como herida.

En uno de los primeros días de sintonía con el programa, Naran, aún más joven, se encontraba en un aula virtual rodeada de otros estudiantes. Las lecciones, diseñadas para moldear la percepción, mostraban imágenes narradas de la historia mundial. Estas destacaban logros de ciertas culturas y sociedades, minimizando o ignorando las decisiones y las aportaciones de otras.

—De esta manera, las llamadas Reservas Exteriores eligieron permanecer aisladas, evitando el desarrollo y el progreso junto al resto de los sectores centrales —proclamó el profesor virtual con voz mecánica, sin matices—. Por ello, no incluimos este enfoque en la base de datos.

Naran, con timidez pero también con determinación, levantó la mano.

—Disculpe, pero eso no es del todo cierto —dijo con la voz ligeramente temblorosa—. Las Reservas Exteriores han contribuido a nuestro entendimiento del mundo con su historia. Por ejemplo, el concepto del Ayllu...

Y comenzó a explicar con pasión el significado del Ayllu: una comunidad basada en la colaboración y la reciprocidad. Pero mientras hablaba, notó cómo los avatares de sus compañeros se volvían hacia ella, observándola en un silencio que pesaba más que cualquier comentario.

—Debemos centrarnos en el plan de estudios establecido y en su enfoque —interrumpió el profesor virtual, ignorando su intervención con frialdad.

—Pero así estamos borrando perspectivas importantes, olvidando partes esenciales de nuestra historia—insistió ella, sintiendo cómo su voz alzó una mezcla de rabia y frustración.

Sin embargo, a medida que hablaba, sus palabras se desvanecían en aquel contorno virtual. Confundida, se puso de pie e intentó comprender por qué el programa había decidido silenciarla. Pensó en su madre, en sus familiares, en las experiencias vividas en las Reservas Exteriores. La rabia contenida se transformó en un impulso incontrolable y, de repente, proyectó en la red escenas de la festividad del Ayni: su música, su poesía, los rostros de la comunidad que alguna vez la acogió. Las imágenes eran tan vívidas que parecían cobrar vida, desafiando la narrativa del programa.

Y al instante, fue desconectada.

El regreso fue brusco, algo dentro de ella había cambiado, y el frío del aula virtual fue reemplazado por el silencio incómodo del presente. No solo recordaba, también comprendía que su voz era una interferencia dentro del sistema.

Naran volvió su atención al programa piloto, donde sostenía la mirada de Ikan.

—Esa fue mi primera experiencia —dijo con un tono cargado de una mezcla de dolor y claridad—. ¿Cómo pude olvidarlo?

La joven, con la mirada fija en el programa piloto, sostuvo los ojos de Ikan mientras le narraba su primera experiencia dentro del sistema. Ese momento había sido un punto de inflexión que, sin embargo, permaneció enterrado en su memoria. Y entonces comprendió lo que había ocurrido: el programa imponía demarcaciones claras, así atrapaba la percepción de los usuarios en dicotomías. Las Reservas Exteriores eran etiquetadas como un ejemplo fallido, y los sectores centrales, como el único camino correcto. Naran entendió que su percepción no solo había sido manipulada, sino también moldeada para permanecer dentro de un péndulo binario.

—Cuando fui desconectada, lo único que sentí fue que había fallado, que no era suficiente —murmuró, bajando la mirada.

—Eso es lo que querían que sintieras —respondió Ikan, con la voz firme pero tranquila—, cada lección, cada prueba, está diseñada para anclarte en su versión de la realidad. Quieren que interpretes el mundo bajo sus términos, que olvides que existen otros caminos.

La joven asintió mientras su mente conectaba piezas que hasta entonces no había entendido. Ese día no solo la desconectaron del sistema, también desconectaron una parte de sí misma.

—Escucha bien, Naran —continuó Ikan con un tono que invitaba tanto al desafío como a la reflexión—. Cada acción dentro del programa tiene un eco. Si caes en el miedo o la conformidad, MIO ajustará los límites para encadenarte más. Pero si habitas la duda creativa, la imaginación o el asombro… puedes romper el ciclo.

Extendió su mano y de esta surgió una figura de luz: un colibrí que parpadeaba con colores imposibles. —El colibrí puede ver más allá del espectro de colores perceptibles al ojo humano. Tiene la capacidad de moverse entre dimensiones, de percibir lo que para otros permanece oculto. Es el guardián del umbral, el que trae néctar entre lo invisible y lo visible.

Naran siguió el movimiento del colibrí y sintió que algo dentro de ella comenzaba a abrirse.

—Esto es *Yuyana*: recordar, imaginar, soñar desde dentro. Y al recordarte, te acechas… y te ensueñas. Siempre que te sientas atrapada, vuelve hasta este punto.

Naran tomó aire, asimilando las palabras. Miró a través del colibrí y entonces vio cómo los colores invisibles se desplegaban como un velo revelándose. Ese néctar invisible vibraba en su pecho, y las visiones regresaron: Illa, la llama, el poblado. Por un instante, las sostuvo. Pero el miedo amenazó con cerrarle el puente, *¿Y si la desconectaban de nuevo?*

—No dudes de quién eres, Naran —dijo Ikan, al sentir su vacilación—. Lo que importa no es el programa, sino tu libertad para percibir. Aunque te obliguen a habitarlo, nadie puede sitiar esa capa profunda de tu conciencia, la que siempre se mueve libremente. Cuando recuerdas eso, la superficie deja de tener poder.

La joven respiró hondo; algo en su interior comenzaba a ceder, como si una pequeña grieta dejara pasar una nueva certeza. Entonces, miró de nuevo a Ikan, pues en su mirada encontraba un refugio desde donde sostenerse.

—A través de Yuyana, puedes ensoñarte en otra posición perceptiva dentro del programa —explicó el chico, acercándose un paso más—. Es el movimiento de tu punto de encaje. Tú eliges percibir, y al hacerlo, lo haces real.

—¿Y si ese lugar existe… solo porque lo he recordado?

—No somos incompatibles, Naran, somos ensoñadores. Creamos otras realidades con nuestra imaginación. Ese poblado, esas visiones son posiciones de ensueño. Y eso las vuelve reales.

—Entonces… no estoy imaginando —susurró ella—, estoy cruzando.

Por primera vez, comprendió que la etiqueta de incompatible ocultaba una verdad más profunda, pues quizá serlo era precisamente lo que la hacía libre.

—De acuerdo —dijo recuperando determinación en su voz—. Voy a prestar atención. Voy a ir más allá de lo que el programa intenta que vea.

—Así es como entrenas tu mente para superar lo binario —añadió Ikan suavemente—. Así liberas tu percepción de lo fijo y comienzas a moverla libremente. —Hizo una breve pausa y se acercó ligeramente a ella, mirándola con intensidad.

—Lo que percibimos como real es solo la opción que MIO ha elegido por nosotros —susurró acercándose ligeramente a ella—. ¿Qué pasaría si pudieras elegir qué observar?, ¿qué elegirías colapsar tú, Naran?

Ella abrió los ojos, sorprendida por la pregunta. Su mente intentaba captar la magnitud de lo que Ikan sugería, mientras frente a ella continuaban desplegándose paisajes y escenarios perfectamente organizados por el programa. Pero en ese momento veía algo más: fisuras en aquellas imágenes sólidas que revelaban caminos aún no explorados.

Respiró hondo. Dejó que el peso de la posibilidad se asentase.
Quizá no era el programa lo que se estaba resquebrajando...
Quizá era su propio foco de atención.

—Es un juego, Naran —concluyó él, levantándose—, pero solo aprenderás si recuerdas quién eres. Cuando entiendas que no eres solo lo que la red proyecta, sino también el espacio infinito que la rodea.
Eres un campo sutil que elige con qué alinearse.
Tu percepción es un sintonizador, no una jaula perceptiva.

El simulador comenzó entonces a proyectar imágenes fascinantes de civilizaciones pasadas; las pirámides egipcias emergieron imponentes; templos griegos bajo el sol, ruinas que hablaban de una sabiduría perdida en el tiempo.

La joven sintió que algo profundo se había abierto dentro de ella; se puso de pie junto a Ikan y comprendió con determinación que el verdadero desafío no era permanecer allí como una usuaria más, sino convertirse en una acechadora consciente.

—Toda esta grandeza...todos estos legados—susurró mientras contemplaba las imágenes antiguas con una mezcla de asombro y melancolía—. ¿Por qué no hemos construido sobre esta sabiduría? ¿Por qué seguimos comenzando desde cero?

Ikan observó pensativo las imágenes proyectadas frente a ellos.

—Parece que estamos atrapados en una cárcel perceptiva que nos impide experimentar la realidad en su totalidad.

Naran continuaba asombrada ante toda la belleza que veía a su alrededor, y un hondo sentimiento de melancolía la invadió.

—Sigo sin comprender... ¿Crees que es posible romper ese ciclo, ese automatismo?

Ikan la observó en silencio, con una calma profunda.

—Cada uno debe forjar su voluntad con determinación para descubrir su propia libertad de percepción—respondió finalmente, con firmeza.

Sus ojos recorrieron lentamente el horizonte artificial creado por MIO, esos escenarios virtuales que delimitaban una realidad impuesta.

—Este programa puede llamarse el *Tonal* de nuestro tiempo. El Tonal es la realidad estructurada, organizada de tal manera para que podamos entenderla fácilmente —explicó él con la voz pausada mientras tocaba suavemente el suelo virtual, que al contacto comenzó a fragmentarse y a caer hacia un vacío infinito.

Cada árbol, cada piedra, cada horizonte que ves aquí está cuidadosamente dispuesto por MIO para sostener una sola versión de la realidad.

Hizo una pausa para dejar que Naran contemplara cómo la ilusión del suelo se desmoronaba en un espacio sin límites.

—Pero el Nagual no tiene forma ni fronteras; es todo lo que no puedes prever, todo lo que MIO no puede controlar —continuó y levantó lentamente la mirada hacia ella—. Cuando comprendas que no eres solo lo que la red proyecta, sino también el espacio infinito que la rodea, comenzarás a liberarte de esta cárcel perceptiva. —Se acercó a ella y le susurró despacio, como si el viento llevara el secreto—. Para entrar al Nagual, primero hay que aprender a acechar el Tonal.

Naran sintió un estremecimiento profundo. Frente a ella, las imágenes virtuales continuaban fluyendo, hermosas pero efímeras, mientras en su interior emergía otra realidad, más sutil, más auténtica.

De pronto, recordó claramente a Illa, la figura de la llama, y aquellas estrofas de la poesía que había escuchado durante la fiesta del Ayni; llegaron como fragmentos de una melodía que creyó perdida, tocando su conciencia con una suavidad inesperada.

—Quizás la poesía sea nuestra verdadera libertad —susurró finalmente, comprendiendo por primera vez que dentro de ella siempre había existido un espacio que MIO jamás podría alcanzar ni delimitar.

> *Cóndor que surcas el Hanan Pacha,*
> *guardián de los cielos,*
> *enséñanos a volar más allá de la ilusión,*
> *a liberarnos de la percepción impuesta.*

Naran sintió que había recuperado algo más valioso que cualquier conexión al sistema, que había recuperado un fragmento de sí misma. Ikan la miró con intensidad y, con una sonrisa tenue, recitó junto a ella:

> *No estamos atrapados para siempre.*
> *Al conectar con nuestras raíces,*
> *tejemos las posibilidades de lo que aún no ha nacido.*
> *Que cada paso refleje la reciprocidad,*
> *que reconozcamos la luz en cada sombra,*
> *y que en el encuentro de los opuestos,*
> *despierte el verdadero Chawpi.*

—Ahora lo entiendo —dijo con los ojos brillando de convicción—, ya no necesito respuestas, solo recordar.

No se trata de ser o no una compatible, se trata de recordar quién soy.

NUDO VII

AYNI

Los primeros rayos de sol se abrían paso tímidamente entre la niebla espesa, despertando a la población que dormitaba entre viejas fábricas y desgastados edificios. Karanza, marcada por un pasado lejano ligado a la industria manufacturera, resurgía como núcleo de actividad y resistencia.

En la distancia se recortaban los rascacielos de los sectores centrales, recordatorio de la constante presión que se cernía sobre aquella periferia. Sin embargo, ese día Karanza se alzaba en celebración y encuentros, comunidades de las Reservas Exteriores habían llegado al suburbio para la festividad de Ayni. Era un tiempo de renovación, donde se fortalecían los lazos comunitarios en los días previos a la glaciación.

Las calles de Karanza mezclaban lo rudimentario de otra época con lo tecnológico. En el norte, antiguas fachadas de ladrillo chorreaban pintura. De los ventanales colgaban textiles entre cables de neón y grafitis. En el sur, murales de apus y cóndores hablaban con memorias de otros tiempos. Antenas y cables enmarañados trepaban por las fachadas, desafiando con sus tonalidades el horizonte gris y perpetuamente nublado.

En las esquinas, telas improvisadas se convertían en mercados itinerantes. En la parte alta del suburbio, transeúntes intercambiaban herramientas de hacking y piezas de hardware. En los mercados del sur predominaban las antigüedades, las artesanías y los textiles tradicionales. Ponchos y mantas hilados a mano se ofrecían como presagio de lo inminente.

Allí donde el bullicio se concentraba, se abría la gran plaza. Jóvenes hackers, agrupados alrededor de pantallas improvisadas, discutían estrategias y compartían códigos. A su lado, en marcado contraste, se reunían los *hamawtas* —abuelos y abuelas de las Reservas Exteriores—, guardianes de la memoria ancestral. En círculos, relataban enseñanzas del Gran Camino, el *Qhapaq Ñan,* hilando metáforas sobre antiguas batallas y las nuevas formas de colonización de los sistemas y de la mirada.

En el centro de la plaza se alzaba un mural que condensaba la esencia de ese día: un laberinto de senderos y circuitos entrelazados, imagen de la unión de mundos. En su núcleo, una figura humana de ojos cerrados, rodeada de símbolos y líneas, representaba el anhelo de otro sueño compartido.

Desde allí partían calles empedradas donde vendedores ambulantes ofrecían desde platos tradicionales hasta cerámicas y tejidos vivos hechos a mano.

—Un textil o unas papas —dijo una anciana, levantando varios ponchos.

La música se colaba entre los transeúntes, notas de zampoña se mezclaban con ritmos electrónicos, mientras danzas tradicionales irrumpían en medio del arte callejero.

Muy cerca, un grupo de jóvenes hackers debatía con intensidad. Mara, quien sostenía un dispositivo con delicadeza, explicaba los avances de su proyecto:

—Podríamos pintar un mural de resistencia dentro del programa —dijo con convicción—, entrelazando símbolos y ecuaciones que desafíen la narrativa impuesta por los sectores centrales.

Kai y Jax asintieron, con sus rostros iluminados por la luz de la pantalla y por la esperanza.

—Creo que el problema sigue estando en la interfaz de MÍO —continuó Mara—. Si lo resolvemos, podríamos infiltrarnos en las capas de seguridad sin ser detectados.

Jax se inclinó hacia adelante, entusiasmado.

—¿De verdad crees que podríamos cambiar lo que MÍO muestra a los usuarios?

—Casi seguro —afirmó ella—. Usaremos un algoritmo camaleón para imitar las frecuencias base del programa. Una vez dentro, insertaremos nuestro propio código.

Kai sonrió, animado por la idea.

—Sería como abrir una ventana en el muro de MÍO y lanzar nuestros propios símbolos… Una anomalía que no podrán ignorar.

—No es solo un hackeo técnico, es mucho más que eso —reflexionó Jax.

—Exactamente —confirmó Mara—. Vayamos al laboratorio de la doctora Lana, necesitamos su ayuda con la interfaz.

Kai se despidió y se dirigió hacia el laboratorio de LEH. Jax, con una sonrisa burlona, le gritó desde la distancia:

—¡Ten cuidado con los hackers espirituales! LEH and GEH, siempre hablando de alinear tecnología con Ayni.

Kai rió mientras avanzaba entre la multitud.

—El que necesita alinear tus circuitos eres tú —replicó.

Con paso decidido, Kai se abrió camino entre la gente hasta llegar a una vieja nave industrial. Entró en un ascensor desgastado y tecleó un código. El ascensor descendió, llevándolo hacia una vasta nave subterránea donde la resistencia comenzaba a tomar forma.

El laboratorio de LEH y su equipo era otro gran foco de actividad, pero el ambiente era radicalmente distinto al bullicio del exterior. Las paredes estaban cubiertas con esquemas de circuitos y grafitis con antiguos símbolos; alrededor de la sala, esculturas plasmaban la singular fusión entre tecnología y misticismo.

A sus veinte años, LEH sostenía a la vez vitalidad y calma, como quien sabe escuchar lo invisible. Su piel cobriza, herencia de las Reservas Exteriores, resaltaba junto a sus grandes ojos marrones y su largo cabello negro.

No se limitaba a investigar la conciencia: era un hacker perceptivo, un artista que creaba símbolos en los márgenes del programa MÍO, abriendo grietas por donde asomaba la posibilidad de otro mirar. Para él, incluso bajo la opresión, la creatividad era una forma de resistencia.

En su trabajo había unido la física cuántica con la memoria ancestral, y desde esa síntesis se dirigía a su equipo y a la población reunida.

—Agradezco a las comunidades que se han trasladado hasta Karanza para reunirnos con un propósito común: el Ayni —comenzó—. Hoy, con esa intención, apoyaremos al grupo de incompatibles en las pruebas que comienzan en el Centro de Investigación.

Elías, rodeado por miembros de diversas comunidades, estaba allí como hamawta —guardián de la memoria ancestral—. Recorrió con la mirada a los presentes y alzó la voz portando la memoria colectiva.

—Que nos acompañe hoy la sabiduría de las abuelas y los abuelos para abrir el círculo con su palabra —dijo, haciendo una breve pausa—. Fuimos llamados Reservas Exteriores, fuimos nombrados «los otros». Una etiqueta más para mantenernos al margen, para encerrarnos en una imagen que no nos pertenece; una percepción distorsionada que, con el tiempo, acaba habitando en nosotros. Así ocurre con los Incompatibles, cuando empiezan a creer lo que el sistema proyecta sobre ellos.

Se detuvo y, con un tono más profundo, continuó:

—Pero nosotros, como pueblos originarios, no nos reconocemos en ese nombre. Nos llamamos Reservas de la Memoria, porque en cada textil, en cada palabra, en cada ceremonia, portamos el recuerdo de otra forma de vivir. No incompatible, sino olvidada.

»Hoy honramos el intento de quienes se alzaron contra el control de los sectores centrales —prosiguió con voz firme—. Hace años nos reunimos aquí para soñar Karanza, y lo hicimos guiados por el Ayni y el Ayllu: comunidad, reciprocidad y el fuego compartido para forjar nuevas realidades.

LEH asintió con gravedad. Sabía que lo que estaban a punto de iniciar en el Centro de Investigación era crucial. Observó los nodos de los Incompatibles desplegados en las pantallas y sintió el peso de la responsabilidad.

—Conocen mi conexión con las Reservas de la Memoria —dijo con tono pausado—. Yo también fui considerado incompatible en su momento, pero logré escapar del Sector A gracias a un fallo en el sistema. Aquí, en este suburbio, encontré un espacio donde pude integrar distintos saberes. Ahora compartimos estas cosmovisiones con quienes aún buscan recordar quiénes son.

Elías lo miró con respeto.

—Has dicho algo importante: compartimos. Esa es la verdadera esencia de la reciprocidad, el principio del Ayni. No es un simple trueque de objetos tangibles, sino un flujo continuo que conecta y equilibra a todos los seres. Sin embargo, estamos cayendo en el olvido. Los sectores centrales y su programa MÍO nos arrastran, y nuestras palabras comienzan a perder su significado. El Ayni se desdibuja, se desvanece de nuestras mentes como la niebla perpetua que envuelve todo.

LEH respondió con un leve asentimiento y, sin añadir palabras, trazó algunos diagramas en la pantalla digital.

—La física cuántica nos muestra que todas las partículas están entrelazadas en un estado profundo de unidad. Para los pueblos originarios, esto representa el campo sagrado del universo, aquí en Karanza, lo llamamos campo cuántico unificado. En ambos casos hablamos de lo mismo: una red sutil que atraviesa tiempo, espacio y percepción.

—¿Y cómo lo aplicaremos concretamente al grupo al que apoyamos? —interrumpió suavemente GEH.

—Cada usuario del programa es como una partícula en esta red —respondió LEH con firmeza—. Lo que hagamos aquí puede resonar instantáneamente allí, más allá de cualquier distancia. Este es el principio de no localidad: la separación es una ilusión.

—Entonces, ¿a estos usuarios se les ha restringido a una versión limitada de la realidad? —preguntó Kai con gesto intrigado.

—Exactamente —susurró LEH—. Ese es el objetivo del programa MÍO: fijar la percepción en una sola realidad.

Elías tomó la palabra con una gravedad reflejada en sus ojos.

—Nuestro punto de encaje, nuestro núcleo perceptual, no está diseñado para permanecer inmóvil. Su naturaleza es explorar, recolectar nuevas percepciones. Pero fijarlo permanentemente, como lo ha hecho MÍO, daña la integridad del ser. —Hizo una pausa antes de continuar—. Junto con Alan hemos visto cómo el programa manipula este punto de encaje y lo fija en una línea artificial, en un punto de control perceptivo que llamaremos Línea Temporal 3. Así fuerzan a los usuarios a percibir solo la realidad que les conviene. Y, lamentablemente, han tenido éxito con casi todos.

LEH golpeó la mesa con los dedos, retomando el hilo con determinación.

—Excepto… con los Incompatibles —concluyó con fuerza—. Son el único grupo cuyo punto de encaje no está fijado en esta línea artificial.

—¡Esto es un crimen! —Elías alzó la voz, cargada de indignación. Luego, con más calma, añadió—, Pero ellos tienen algo que los usuarios han perdido.

Elías recorrió con la mirada a los presentes. En sus ojos brillaba una convicción de esperanza.

—Ellos conservan la movilidad de su visión, y en ella radica su mayor fortaleza. En sus diferencias se encuentra la clave para reconectar con la totalidad.

El ambiente en la sala se tensó. Las palabras calaban hondo en todos los allí reunidos. No era solo una cuestión de estrategia, los Incompatibles eran la última pieza de una red que estaba a punto de romperse… o de regenerarse.

Kai habló con urgencia contenida.

—Entonces, ¿cuál sería el primer paso?

LEH avanzó hacia el centro, reflexivo.

—Primero, reconocer algo esencial; esta conexión no se crea, se recuerda. Esta red está aquí desde siempre. Nuestro propósito es sincronizar la intención, la emoción y la percepción a través de una frecuencia de resonancia, un código ancestral activado mediante el símbolo del Ayni.

El sentido es claro, que el grupo de incompatibles conserve la movilidad perceptiva durante las pruebas, y que esa fuerza les permita ayudar a los demás usuarios a reactivar la conciencia latente. Recordando a toda la red que aún se puede elegir.

—¿Y si MÍO detecta nuestras acciones? —preguntó GEH, preocupado.

LEH sonrió con calma.

—Para eso usaremos comunicación cuántica, imposible de rastrear para el programa.

—Es una red sutil que amplifica nuestro intento —añadió Elías.

—Proyectamos nuestras intenciones a través de esta red —señaló LEH—. Ellos lo sentirán, aunque no lo comprendan. Es el principio de no localidad: como lanzar una piedra en un lago… las ondas siempre alcanzan la orilla que les corresponde.

Las dudas comenzaron a disiparse. Una determinación renovada iba tomando el lugar del temor. La unión de conocimientos científicos y ancestrales estaba dando forma a una intención compartida que trascendía lo que habían imaginado.

LEH fijó la mirada en el holograma del Ayni: un símbolo ancestral formado por círculos concéntricos y líneas entrelazadas. En el centro, dos manos cruzadas emergían como eco de una memoria antigua que recordaba la reciprocidad entre mundos. Luego se dirigió de nuevo a la comunidad reunida.

—La atención es la llave. Allí donde llevemos nuestra conciencia, allí se desplegará la realidad.

Con un gesto preciso, LEH miró a GEH. Este tecleó en la consola y activó la secuencia dentro del sistema. El símbolo del Ayni se expandió en la red, creando un pulso de inestabilidad: una fluctuación que abrió una fisura en la simulación.

GEH, con voz cargada de determinación, añadió:

—Es una revolución silenciosa y, como toda revolución, requiere que cada uno de nosotros esté completamente alineado con esta intención.

La tensión en la sala comenzó a disiparse. Las dudas iniciales se transformaron en convicción. El sonido de tambores y sonajas resonó profundamente, sincronizando corazones y propósitos.

Elías se sumó al círculo abierto por las comunidades y cerró los ojos. Después habló con voz grave:

—Lo que sembramos hoy no es solo una conexión; es una semilla de memoria, diseñada para resonar en quienes han olvidado quiénes son realmente. El programa puede controlar percepciones, pero no la trama ancestral que somos.

Elías comenzó a entonar un canto, marcando un ritmo con su tambor, forjando la memoria de las Reservas.

—Este es el Ayni —declaró con serenidad profunda—, una malla invisible que conecta todos los tiempos y espacios. Justamente aquello que MÍO no comprende es lo que hace posible nuestra resistencia.

LEH se sentó junto a Elías y su voz fue casi un susurro.

—Nuestro propósito es sembrar esta semilla para que cada mente recuerde quién es. El programa quiere imponer olvido, pero nosotros abriremos caminos hacia el recuerdo.

El tambor marcó un nuevo ritmo en el centro del círculo. Los ojos se cerraron, los cuerpos recordaron. La red ya no era solo una estructura: era un eco.

Un leve temblor recorrió el círculo, pero Elías lo sabía: no sembraban una revolución, sembraban memoria.

Y cuando la memoria despierta, ninguna red puede contenerla.

Naran se despertó agitada y con la respiración entrecortada. Aún sentía ese nudo persistente en el pecho, esa inquietud que no la dejaba del todo. ¿Era miedo o algo más profundo, como si su cuerpo intuyera lo que su mente aún no podía nombrar? Se sentó en el borde de la cama e intentó calmarse. Ese día comenzaban las pruebas; después de años siendo etiquetada como incompatible, tenía ante sí la posibilidad. Tal vez —si todo salía bien— podría abandonar finalmente el Centro junto a Maia y Néstor, reencontrarse con su padre... comenzar otra vida.

Pero entre la bruma de la vigilia, un destello le atravesó por dentro; como una huella viva de algo que había rozado, apenas por un instante. No sabía qué era. Se aferró de nuevo a la idea de Karanza y la sostuvo con fuerza, pues necesitaba algo más grande que su miedo para seguir avanzando. Subió rápidamente las escaleras hasta la sala de entrenamiento para prepararse con antelación para la sesión. Al entrar, dos ayudantes la saludaron y uno de ellos le indicó que se dirigiera hacia un nuevo dispositivo en forma de esfera, mientras le explicaba su funcionamiento.

—Con este dispositivo vamos a integrar mejor tus movimientos en el sistema —le indicó el técnico—. Recuerda que también estás ayudando a realizar actualizaciones en la red.

Ante ella, la estructura se desplegó y formó dos círculos superpuestos. Respiró hondo antes de introducirse en la esfera. Los primeros minutos fueron un ensayo de resistencia: la inestabilidad y los rápidos cambios de posición le provocaron vértigo, pero poco a poco su cuerpo se acostumbró a las nuevas sensaciones.

Cuando terminó los ajustes, observó cómo Nélida y Margot entraban en la sala. En cuanto Margot cruzó el umbral, el aire pareció volverse más denso, su sola presencia bastó para transformar el ambiente e impregnarlo de una tensión casi palpable. Algunos de los presentes enderezaron la espalda de manera inconsciente, otros bajaron la mirada y evitaron cualquier contacto visual con ella.

—Como saben, hoy comienzan las pruebas de homogeneización —anunció con un tono que acalló la sala de inmediato—. Una vez conectados, podrán descargar las instrucciones.

—¿Después podremos irnos a Karanza? —preguntó Maia, inquieta. Su cabello despeinado y las profundas ojeras en su rostro delataban el cansancio acumulado.

Margot la observó con frialdad antes de responder.

—Estudiaremos cada caso de forma individual. Ayer tuvimos una reunión y concluimos que trasladarlos a Karanza es una opción peligrosa.

—Pero ayer comentaste que… —comenzó a protestar Maia, con la voz tensa.

—Sabemos el esfuerzo que estáis haciendo —interrumpió la coordinadora—. La actualización beneficiará a toda la población, facilitará su conexión. Agradecemos enormemente su desempeño —añadió sin rastro de emoción—. Por eso he dicho que estudiaremos cada caso.

La forma mecánica en la que lo dijo solo añadió más frustración. Maia apretó los labios conteniendo una respuesta que parecía estar al borde de explotar. Pero antes de que pudiera insistir, Margot anunció que cada equipo debía dirigirse a su sala correspondiente para comenzar la prueba. Naran buscó su nombre en la pantalla y confirmó que los dos hermanos estaban en su grupo.

—Vamos en la primera ronda —le comentó a Maia con una sonrisa fingida, intentando disimular su nerviosismo.

—Espero que no estropees esta prueba con tus visiones —le advirtió su compañera con tono rencoroso—. Solo pienso en pasar este experimento e irme de aquí.

El comentario la golpeó con fuerza, como un latigazo inesperado. Naran bajó la cabeza al sentir cómo la rabia contenida de Maia, que antes iba dirigida hacia Margot, entonces se dirigía hacia ella. Su estómago se tensó, como si el aire mismo se hubiera contraído a su alrededor. No respondió, simplemente tragó saliva y siguió adelante.

Nélida y varios técnicos ayudaron a los participantes a ajustarse en sus estaciones personales y a colocarse los cascos virtuales. Naran entró en el sistema sin demora y, para su sorpresa, comprobó que los ajustes ya habían sido realizados, pues la interfaz se movía con mayor fluidez. Poco a poco, el resto de los participantes se incorporó y el equipo intercambió miradas de aliento, aunque el silencio pesaba entre ellos.

Entonces, MÍO inició la descarga de las instrucciones y los objetivos de la prueba.

La luz virtual se desplegó con lentitud frente a ellos y reveló un paisaje de montañas nevadas que contrastaba con los valles verdes en los que estaban inmersos. El murmullo constante de un río y su cascada llamó la atención de Naran, quien giró la cabeza hacia su izquierda buscando instintivamente el origen del sonido. La sensación de inmersión le provocó un ligero mareo porque, aunque el entorno parecía tranquilo, la rapidez de los píxeles proyectados inundaba sus sentidos con un flujo caótico de estímulos. Sonidos y colores diseñados a la perfección capturaban su atención.

Se encontraban dentro de un constructo digital, donde los flujos de datos se multiplicaban exponencialmente, diseñado para evitar cualquier intento del grupo de interferir en la red.

Las instrucciones del programa se apoderaron de la mente de Naran con una fuerza abrumadora: el objetivo era mantener estable la visión del paisaje con los valles verdes hasta lograr una percepción unificada con el grupo. Debían volver una y otra vez a la representación de homogeneización, resistiendo no solo a los otros escenarios, sino también a las visiones espontáneas que irrumpían.

Una señal de penalización rompió la concentración colectiva: Néstor se había distraído más de tres segundos, cautivado por la información que fluía con libertad desde su mente hasta el sistema. En un fugaz instante de lucidez, Naran logró captar aquellas interferencias, fragmentos de recuerdos olvidados que su compañero proyectaba sin control. Escenas desordenadas emergían como destellos: protestas en plazas llenas de gente, conciertos de música clásica en grandes salas, catedrales góticas, risas de niños jugando en parques verdes.

Pero, entre esos fragmentos, también se filtraban memorias más antiguas, visiones que no eran solo suyas: cantos alrededor del fuego, voces susurrando en lenguas olvidadas, tejidos extendidos como mapas del tiempo.

Eran memorias que el sistema había borrado deliberadamente, no solo del presente, sino del centro profundo del ser.

Néstor tenía el don de recuperar la memoria colectiva, de ayudar a los usuarios a recordar lo que el sistema había querido suprimir. El programa emitió un sonido de advertencia más intenso y el joven, visiblemente alterado, intentó protestar, pero su hermana Maia lo detuvo con una mirada fría y cortante.

—¡Te dije que no interfieras! —exclamó ella con dureza.

—¡Todo esto es una mentira! —replicó él, frustrado y tembloroso—. ¿Qué nos ocurrirá si rechazamos este guion? ¿Qué harán si no superamos sus pruebas? ¿Por qué nos penalizan por lo que somos capaces de ver? ¡Tenemos que luchar por ese cinco por ciento que aún resiste!

—¡Para! —gritó Maia con voz firme—. Si alteras las frecuencias ahora, el sistema nos expulsará antes de tiempo. Solo sigue las instrucciones y volvamos a Karanza cuanto antes.

—¿De verdad crees que al final de estas pruebas nos dejarán ir allí? —Néstor la desafió con una mirada encendida de rabia.

Por un momento, Maia vaciló. Su mente voló hacia Karanza, y el recuerdo de sus padres emergió con intensidad: su madre abrazándola, su padre enfermo mientras ella cuidaba de él; y un nudo se formó en su garganta.

—No es el momento para esto —susurró, apretando los puños y tratando de contener su emoción.

Naran observó cómo algo cambiaba en la red y miró fijo a Maia:

—¿Qué está pasando?, ¿esto forma parte de la simulación?

Maia intentó recuperar el control, pero su emoción repercutía en la red como un pulso, y los Incompatibles empezaron a alinearse con lo que ella sentía.

—Es ella... —susurró Naran, sorprendida al descubrir la fuente—. Todo proviene de Maia.

La joven intentó ocultarlo, pero era demasiado tarde. Acababa de revelar que su habilidad iba más allá de la simple empatía colectiva; era capaz de transmitir emociones con tal intensidad que los demás las experimentaban como propias. La dureza que utilizaba como máscara se desmoronó y dejó entrever su profunda vulnerabilidad. Naran observó cómo Maia luchaba por contener las lágrimas, aunque su rostro permanecía rígido y decidido.

—Tenemos un plan —recordó Maia a su hermano—. Necesitamos tiempo, ¿lo entiendes?

—Ese es tu plan, no el mío —respondió Néstor, desafiante.

El grupo intentó nuevamente estabilizar la visión compartida, pero una nueva alerta del centro de control les advirtió una posible descalificación. Justo cuando creían haber recuperado la estabilidad del paisaje, Naran percibió una anomalía: un símbolo compuesto por círculos entretejidos apareció de repente en medio del entorno.

Intrigada, se acercó y lo tocó sin dudar.

Entonces dejó de mirar a través del sistema y comenzó a ver con los ojos del símbolo.

Una palabra reverberó entonces como un eco que la atravesaba: Ayni.

No estaban solos; sintió a todos los que estaban sosteniéndolos en la visión, en el sonido del tambor.

De pronto, una imagen vívida irrumpió en su mente: Illa avanzó hacia ella con una calma imponente, llevando algo entre las manos. Ante Naran, abrió lentamente las palmas y reveló un puñado de semillas de quinoa. Instintivamente, Naran alzó sus manos para recibirlas.

La simple visión y el tacto de aquellas semillas provocaron un choque entre mundos.

Néstor y Maia cruzaron una mirada; Naran había revelado su habilidad dentro de MIO.

Las proyecciones comenzaron a distorsionarse en el sistema, congelando el tiempo y el espacio alrededor.

Una claridad absoluta se instaló en la joven, mientras sus ojos se encontraron profundamente con los de Illa. En ese instante, comprendió algo que había permanecido dormido en su interior; un destello de conocimiento y resistencia despertó dentro de ella.

Era como tocar una verdad que venía de otro tiempo. No era una visión; era una certeza que siempre había estado ahí.

En el centro de control, los técnicos detectaron con rapidez la anomalía.

—Una participante ha alterado significativamente el entorno —informaron a Margot y esta entrecerró los ojos, molesta.

—Restrinjan sus opciones en la simulación y penalicen a todo el grupo —ordenó con frialdad.

Alarmada, Maia insistió con urgencia, pidiéndole a Naran que volviera a centrar su atención en la homogeneización. Néstor, en cambio, le dirigió una mirada cómplice, alentando su rebeldía en silencio. Y la joven contempló las semillas en su mano temblorosa.

La lucha que experimentaba no era solamente contra MIO, sino contra su propio miedo, contra esa voz interna que la atrapaba una y otra vez. *¿Quién era realmente? ¿Una incompatible, una soñadora, alguien destinada a no encajar en ningún mundo impuesto?* Las semillas le hicieron recordar que todo dependía de su atención, que allí donde posara su mirada, se volvería real.

Pero el miedo volvió a tomar fuerza y finalmente, con un suspiro resignado, cerró los ojos y dejó que la conexión con Illa se desvaneciera de a poco. Aceptó las reglas del juego, alineando de nuevo su percepción con el grupo. Y desde el centro de control, se anunció la finalización y el éxito de la homogeneización.

Maia se volvió hacia ella, aliviada pero aún tensa:

—Me alegro de que no lo hayas arruinado. Dos pruebas más y dejaremos de ser cobayas.

Naran guardó silencio. Por fuera parecía integrada, pero por dentro un abismo se abría con cada intento de encajar en el grupo. *¿Qué estoy haciendo aquí?*, pensaba mientras observaba el vacío. Se sentía como un hilo que nunca podría entrelazarse del todo. Había aprendido a fingir, a responder según las expectativas, a simular pertenencia. Pero en momentos como ese, las dudas la alcanzaban con demasiada fuerza.

Mientras el grupo celebraba su aparente victoria, Néstor la miraba fijamente. La joven recordó con fuerza sus palabras: *¿Qué pasará si superar estas pruebas significara quedar atrapados permanentemente en un escenario que otros han elegido por nosotros?* Aquello la atravesó muy profundo y le hizo comprender que quizá la verdadera prueba no había terminado todavía.

Tal vez encajar era la verdadera prisión.

Y su silencio, su manera más perfecta de traicionarse.

La celebración continuaba con alegría en la plaza central de Karanza. Las abuelas, a través de los quipus, narraban historias de grandes caminantes. Una brisa suave movió los coloridos hilos del tapiz, y una pluma del plumaje de un cóndor aterrizó delicadamente entre ellos.

Entre los hamawtas presentes, destacaba una awicha, la abuela sabia que presidía el círculo. Sostuvo la delicada pluma con reverencia, sintiendo que era un mensaje oculto entre los Pachas: un hilo sostenido en la gran urdimbre. Sin pronunciar palabra, indicó a las demás mujeres que trajeran un cesto. De él tomó un quipu con devoción y sintió entre sus manos la memoria del tejido.

Sus dedos ágiles se enlazaban con las cuerdas, desataban nudos y cambiaban el sentido de los hilos como ecos de una malla que se expandía. Hilaba descifrando un lenguaje ancestral, revelando una nota oculta: un mensaje silencioso más allá de las fronteras perceptivas.

Mientras tanto, dentro del laboratorio, LEH, su equipo y las comunidades sostenían su intención, el ambiente era denso, cargado de expectativa; y los técnicos observaban con atención los datos que fluían en tiempo real en las pantallas y registraban patrones inusuales.

—Miren estas fluctuaciones —comentó uno de los técnicos al señalar intrigado las pantallas—, parecen indicar interferencias sutiles.

La tensión aumentó lentamente. LEH permanecía inmóvil, con una calma absoluta que contrastaba con el nerviosismo del resto del equipo.

—Es la no-localidad cuántica —murmuró al fin, sin abrir los ojos—. Estamos observando cómo la percepción puede influir a distancia y alterar la simulación impuesta por el programa. La atención es la llave: allí donde se posa, altera el campo. Cada nodo en el sistema pudo sentir esta fluctuación.

Los datos mostraron oscilaciones pronunciadas, patrones que escapaban a la lógica habitual. Era evidente que algo externo al laboratorio afectaba el sistema, algo imposible de predecir desde el paradigma tradicional de MIO.

El círculo se deshizo despacio, dejando una sensación de agradecimiento y bienestar entre los presentes.

Mientras tanto, LEH permanecía reunido con los técnicos, evaluando los resultados. El análisis de datos reveló que solo habían logrado cambiar el punto de percepción por unos segundos, pero ese breve instante bastó para introducir el símbolo ancestral en el sistema. Consideraron esa sutil fisura como un primer éxito.

Sin embargo, el hacker no podía evitar sentirse preocupado. Sabía que no quedaba mucho tiempo para ayudar al grupo pues una vez que se volvieran compatibles con el sistema identificándose con él, sería mucho más difícil brindarles apoyo. Esa inquietud lo invadía justo cuando alguien llamó a la puerta. Era un técnico, quien entró anunciando la llegada de una awicha de las Reservas. LEH observó a la mujer, que entraba en silencio, llevando consigo un quipu cuidadosamente enrollado.

—Vengo desde la plaza —anunció la abuela con voz serena, extendiéndolo hacia el investigador—. Esta información se ha entralazado con ustedes; este quipu guarda la memoria de Phawaq y de su familia.

LEH lo tomó con cuidado y, tras un instante, comprendió el mensaje implícito. Sin decir palabra, colocó el quipu en una interfaz tecnológica especial, diseñada para traducir sus cuerdas y nudos al lenguaje digital del sistema operativo cuántico. La pantalla cobró vida de inmediato y mostró gráficos dinámicos, líneas que trazaban un complejo mapa perceptual.

—Es un tejido cuántico —susurró él, asombrado—, y a través del quipu, se ha creado una ruta perceptiva diseñada para romper la fijación del punto de encaje impuesto por MIO.

No era solo un mapa; era un acto de amor codificado, una memoria viva enviada desde el otro lado de la trama. Los presentes se acercaron maravillados, observando cómo las cuerdas ancestrales se convertían en patrones digitales.

—Esta sección del quipu coincide con la anomalía registrada en la simulación de hoy —señaló GHE, con asombro creciente.

LEH comprendió enseguida y explicó:

—Es Naran. Durante la prueba encontró una grieta y logró percibir el código activado mediante el símbolo. Este quipu es un mapa codificado que señala claramente su potencial perceptivo. Nuestra labor ahora será acompañarla y sostenerla dentro del sistema.

Los presentes asintieron, habían entendido que esa era una batalla diferente, silenciosa, invisible, librada con percepción, intención y memoria.

Elías, que hasta ese momento permaneció en silencio, comenzó a tocar suavemente el tambor, marcando un ritmo pausado y profundo, unificando con ese gesto toda la intención de las comunidades allí reunidas.

—Esto es Ayni —susurró—, una trama de reciprocidad que une todas las percepciones. Ellos pueden controlar el Tonal, la estructura rígida, pero jamás podrán alcanzar lo intangible, el Nagual, la libertad que nos conecta.

LEH respiró profundamente, agradeciendo con su mirada a todos los presentes y a aquellos que desde lejos ayudaban a sostener ese hilo invisible. Sabía que eso era solo el inicio. En ese momento, debían ayudar a Naran y a los otros Incompatibles a recordarse dentro del programa.

Porque recordar era el primer paso hacia la libertad.

NUDO VIII

TAMBO

—¿Cómo pudiste traicionarte a ti misma de esa forma, Naran? —preguntó Ikan, visiblemente enfadado al cruzarse con ella en el Centro de Investigación—. ¿Qué ha pasado con tu conexión, con tu percepción única? Te has dejado atrapar y entonces todo el grupo se ha dejado atrapar, como el mono que no puede soltar las nueces atrapadas en la botella. Prefirieron la falsa seguridad antes que soltar el miedo. Son tan predecibles...

Naran se detuvo, sorprendida al ver a Ikan frente a ella. Había olvidado por completo su voz, sus enseñanzas, incluso las conversaciones que habían compartido. *¿Cómo puede desvanecerse así una memoria? ¿En qué momento comencé a ver con los ojos del sistema?*

En ese instante, frente a su mirada acusadora, sintió el peso de la culpa acumulada.

—No puedo más, Ikan. —Su voz salió cortante, defensiva—. No tengo la energía para enfrentarme a un sistema tan enorme. He decidido pasar las pruebas y salir de aquí para encontrar a mi padre. No soy lo que tú crees.

—Tal vez eres así solo porque te lo repites a ti misma, Naran. —El chico cruzó los brazos, con la voz calmada pero cargada de intensidad—. ¿No ves que te cuentas la misma historia una y otra vez, la que el programa ha moldeado para ti? Ahora tienes la oportunidad de decidir quién quieres ser, dentro y fuera de este programa.

—No tengo la fortaleza para luchar, solo quiero encontrar un poco de paz.

—¿Aunque sea una ilusión?, ¿aunque sea una trampa? Pregúntate, Naran: ¿cómo podrás ver la verdad si sigues el camino que otros han marcado para ti?

La joven bajó la mirada, atrapada en su propio laberinto de pensamientos. Las palabras de Ikan desataron oleadas que no podía contener.

—¿Qué otra opción tengo? —susurró—. ¿Luchar contra un programa que no podemos vencer?

Él la miró con una mezcla de compasión y desafío.

—Es más simple de lo que crees. No tienes que combatirlo directamente, porque la lucha no es hacia afuera, Naran. Si no puedes cambiar el sistema, cambia la percepción que tienes de ti misma dentro de él, aunque eso signifique enfrentarte a tus miedos más profundos.

—Siempre te crees por encima de todo, pero no es fácil.

—¿No te das cuenta de dónde estás, Naran? Una vez que quedas atrapada en el mundo de la percepción de MIO, es como estar atrapada en un sueño. Debes asumir la responsabilidad de tu percepción: no solo la que te han impuesto, sino la que tú misma creas.

—¿Qué quieres decir con responsabilidad? —preguntó, bajando la mirada.

—Ikan respondió con firmeza—. Estamos tan adiestrados para que otros decidan por nosotros... La responsabilidad significa hacerte cargo de lo que percibes; entender que tú, incluso dentro de MIO, estás creando constantemente tu mundo, aunque atrapada en su tiempo, identificada con las proyecciones que el sistema genera a partir de tus experiencias.

—Pero si estoy atrapada, no sé cómo salir.

—Estás atrapada en el pasado, Naran. El programa fija tu percepción en lo conocido, en lo que ya ha sucedido. ¿No lo ves? Tu verdadera lucha no es contra MIO, es contra tu apego a lo conocido.

Sus palabras pesaron sobre ella; la joven volcó toda su ansiedad en el estómago, doblándose bajo la carga del miedo y la responsabilidad.

—No sé por dónde empezar... Tengo miedo —susurró con lágrimas en los ojos.

Ikan se agachó para quedar a su altura y la miró con una mezcla de intensidad y ternura.

—Tú tienes el poder de imaginar otros mundos. Recuerda Yuyana, ve a través de tu imaginación, Naran.

Ella se dejó caer en el suelo, incapaz de decidirse, mirando las semillas de quinua que aún sostenía. Las lágrimas corrían por su rostro, cargadas de dolor y frustración.

—No sé qué hacer, Ikan. Todo esto... no lo entiendo —dijo apretando las semillas con fuerza en sus temblorosas manos—. ¿Y si elijo mal?, ¿y si nunca salgo de aquí?

—El verdadero reto no es solo recordar, Naran, es sostener el recuerdo. Porque si te aferras siempre al mismo hilo, a la misma liana perceptiva, como el mono a sus nueces, no podrás saltar. Y si no saltas, el programa lo hará por ti. —Él, consciente de su fragilidad, no cedió—. Solo tienes que escoger una dirección y dar un paso. Comprenderás que hay otro camino. Ahora, en este momento, tienes el poder de elegir otra línea.

Naran, inmersa en su dolor, siguió mirando la promesa guardada en esas semillas, deseando que el peso de ser una incompatible desapareciera. Ikan se sentó a su lado, con calma intencional, y la observó en silencio. Reconoció que, por lo que se contaba a sí misma una y otra vez, aún no tenía la energía para recordarse dentro del programa, ni para tomar una decisión que rompiera el ciclo que la aprisionaba. Comprendía que ella daba un paso hacia adelante, pero al siguiente su atención regresaba al punto de control perceptivo del sistema, impidiéndole colapsar nuevas posibilidades.

Después de un largo silencio, él comenzó a recitar suavemente un poema:

> *Que el soñador despierte al soñado,*
> *que el soñado encuentre al soñador.*
> *Ser aquí, ser allá, yo y el otro yo.*
> *Cruza el puente en una danza secreta,*
> *donde te abres al misterio e hilas los sueños,*
> *más allá del cauce del tiempo.*
> *Que no nos encierren en las sombras*
> *de sus horizontes artificiales.*
> *Que el eco de sus mandatos no borre nuestro canto,*
> *pues no nacimos solo para morir;*
> *nacimos para danzar en ambos mundos,*
> *para abrazar la vastedad del misterio,*
> *para percibir la vastedad de lo que somos.*

Naran lo miró con los ojos vidriosos. Las palabras calmaron las turbulencias en su interior. Por un instante, pudo reposar en su corazón y sentir, aunque fuera como un destello, que otro camino era posible.

Ikan, sentado frente a ella, inclinó la cabeza con suavidad.

—Escucha —dijo con firmeza—, al soltar esta percepción impuesta, al permitir que todo lo que crees saber se desmorone, abrirás paso a otra realidad que ahora no puedes ni imaginar.

Esa es la verdadera libertad, Naran: la capacidad de desidentificarte de lo que crees ser, para descubrir lo que realmente eres.

Ella asintió lentamente, como si sus palabras comenzaran a derrumbar un muro que había estado intacto demasiado tiempo. Su atención regresó a él, que la observaba en silencio, con ojos profundos, como espejos de otro tiempo.

—Somos ensoñadores, Naran. Todo lo que ves, lo que sientes, lo que crees inmutable, no es más que una posición de ensueño. Ahora necesitas recuperar los fragmentos de ti misma que dejaste dispersos, mediante la recapitulación.

Sus palabras la alcanzaron como un eco de verdad olvidada.

—Fragmentos… —murmuró, probando la palabra en sus labios, como si al decirla pudiera desentrañar su sentido.

—Así es —afirmó. Se puso de pie, le ofreció la mano para ayudarla a levantarse y la miró con calidez—. Recuerda, el puente siempre ha estado ahí. Cruzarlo depende de ti. Allí donde pongas tu atención, Naran, colapsarás una línea. Por eso debes elegir con conciencia.

El corazón de la joven latió con fuerza, pero no por miedo, sino por la sensación de que algo se abría ante ella.

—De acuerdo —dijo, con más firmeza en su voz. Por primera vez, solo quería recordar.

Ikan asintió y antes de alzar la quena, añadió con suavidad:

—En nuestra tierra, a quienes ayudan a cruzar de un mundo a otro se les llama *chakaruna*. No somos guías, somos puentes. Eso hago ahora por ti. Pero solo tú puedes dar el paso.

Cuando comenzó a tocar, la melodía se expandió con una intensidad que atravesaba el tiempo. Era un sonido que enlazaba paisajes, rostros e historias que ella había dejado atrás. Cerró los ojos, y las memorias regresaron vívidas: las montañas que parecían tocar el cielo, los relatos de una conexión profunda que alguna vez había habitado en ella y que, poco a poco, volvía.

La música continuó envolviéndola y, por un instante, pudo ver el puente frente a sí, no como algo físico, sino como una oportunidad, un salto hacia lo desconocido. No sabía aún si lo cruzaría, pero había dejado de dudar de que el puente existía. Y eso, en sí mismo, ya era un cambio de horizonte.
Un susurro partió el tiempo.
Yuyana.
Entonces, cerró los ojos y cruzó.

En las profundidades del valle, donde lo material y lo inmaterial se tocaban, Tambo se desplegó ante Naran como un tapiz viviente, como un espacio suspendido entre mundos. En sus verdosas terrazas, la quinua y el maíz eran custodiados por las llamas que pastaban tranquilamente; sus siluetas de tonos terrosos se desdibujaban frente al cielo azul. En el horizonte, los Apus nevados se alzaban como guardianes de la memoria, conectando la aldea con un orden más vasto: una red de vida que recordaba que todo era parte del mismo tejido.

Naran distinguió a un *chasqui* que se acercaba, un mensajero vestido con túnica y un gorro adornado con plumas. Anunció su llegada con un sonido profundo que brotó desde la gran caracola marina, el pututu; su llamado atravesó el valle como un aliento, se deslizó entre montañas quebradas hasta envolverlo todo. Conmovida, comprendió que se hallaba en un cruce de caminos.

En el centro del Tambo se alzaban los *tampus*, antiguas posadas que conectaban y almacenaban información. Allí, los chasquis intercambiaban mensajes y datos en un flujo incesante entre los pliegues del tiempo.

En medio de aquel paisaje, junto a varias llamas, estaba Illa, la awicha de mirada profunda, labrando la tierra con vigor y serenidad. Al notar que Naran se perdía entre aquella avalancha de nueva información, caminó hacia ella, le entregó un arado apoyado en el suelo y, con un gesto amable, señaló la tierra frente a ambas.

—Al sachar, podrás anclar tu atención en este lugar —dijo con calma. Después, señalando las semillas que Naran aún sostenía, continuó—, en ellas yace el poder de germinar lo que está por venir. Siembra en estas terrazas fértiles y observa lo que puede brotar cuando tu espíritu se arraiga en la tierra.

Naran, todavía maravillada, dejó escapar un susurro:

—¿Qué es este lugar? ¿Dónde estoy?

Illa, sin dejar de sachar, levantó la mirada con una sonrisa serena.

—Estás en Tambo —respondió con paciencia—, un espacio de ensoñación. Aquí todas las realidades coexisten simultáneamente. Solías venir en tus sueños hasta que perdiste la conexión con el tiempo circular.

Naran la observó con desconcierto, mientras los recuerdos de la llama que solía dibujar regresaban a su mente con una claridad inesperada. Al seguir la dirección que Illa le indicó hacia las montañas, distinguió figuras ágiles que se movían con fluidez a lo largo de los senderos sinuosos.

—Son increíblemente veloces —murmuró, incapaz de apartar la mirada—... ¿Quiénes son? ¿Cómo logran moverse así?

—Los chasquis son más que simples corredores: son mensajeros entre el mundo de la forma y la no-forma —explicó Illa, con voz firme—. Recorren incansables los senderos de la gran red, conectan el vacío y transmiten su información a través de la sincronicidad y los símbolos.

Naran escuchaba absorta por la idea de que pudieran desplazarse de esa manera.

—Te enseñaré a moverte como ellos, no solo en lo denso, sino también en los senderos sutiles de tu mente y tu espíritu.

—Todo me parece extraño. ¿Estoy soñando, Illa?

—Esta realidad es tan real como la tuya. Es una de las muchas que nos rodean y que habitualmente no percibimos. La realidad es vacío, un vacío fértil —susurró mientras continuaba sachando—... De ese vacío brota todo.

—¿Cómo es posible que haya llegado hasta aquí? Hace un momento estaba en el Centro.

—Eres un ser electromagnético, Naran. Y con el impulso del sonido de la quena, tu punto de encaje se movió. Has atravesado un umbral, un punto donde el pasado, el presente y el futuro convergen.

Dejó caer la herramienta y se acercó a la joven; su voz envolvente era como viento que llegaba de todas direcciones.

—Has recorrido un largo camino, Naran. Pero el viaje que te ha traído hasta aquí no es solo el deseo de escapar de MIO, sino algo más profundo: la fuerza del intento. Un susurro ancestral, un hilo invisible que atraviesa los Pachas y orquesta los eventos en múltiples capas. El movimiento del alma cuando recuerda su propósito.

La miró sin juicio, con la ternura de quien reconoce el fuego escondido en otro fuego.

—Eso que arde en ti cuando ya no queda nada más.

Naran sintió un escalofrío recorrerle la espalda. Cerró los ojos por un instante y, al abrirlos, el paisaje había cambiado sutilmente. Las terrazas y montañas respiraban con ella.

—Has cruzado un umbral perceptivo. Aquí puedes deshacer los nudos de tu percepción y volver a tejer tu quipu.

—¿Mi quipu? —preguntó la joven, perpleja.

Illa se quitó un colorido quipu del cuello y se lo entregó a Naran con solemnidad.

—En este quipu está registrada toda tu memoria.

La chica observó los hilos y nudos, le resultaban familiares, pero aun así preguntó qué significaban.

—Cada hilo, cada nudo, representa una decisión, una emoción, una experiencia. Al recapitular, liberas lo que quedó atrapado.

Illa se agachó para quitar unas malas hierbas entre las plantas de quinua y al levantarse, se volvió hacia ella con una expresión serena pero intensa, como si estuviera a punto de compartir algo fundamental.

—Recapitular es un movimiento sencillo pero profundo. Exhalas, y al hacerlo, imaginas que estás soltando lo que retienes: ese sentir que te ancla. El intento Viejo.

Naran asintió lentamente, tratando de entender.

—¿Intento viejo?

Illa sonrió levemente.

—Esas decisiones, esas creencias que formaste sin darte cuenta, muchas veces moldeadas por el miedo o por lo que otros querían que fueras. Al exhalarlas, creas espacio dentro de ti. Espacio para un intento nuevo, para uno fresco que nace de tu conciencia y no de lo que el programa o el mundo han impuesto en ti.

—¿Y qué pasa con lo que dejamos ir? —preguntó la chica con un ligero temblor en su voz.

—Ya no tiene poder sobre ti —respondió la mujer con calma—. Exhalas y sueltas lo que te ata; inhalas y recibes lo que te espera. —Tomó aire profundamente para mostrarle la maniobra con su cuerpo—. Inhala, Naran. No solo aire, sino las partes de ti que dejaste atrás. Al hacerlo, sentirás cómo algo cambia dentro de ti.

Naran cerró los ojos, moviendo lentamente la cabeza de un lado a otro, y sintió por primera vez un leve alivio en el pecho.

—¿Así es como libero? —preguntó con una mezcla de asombro y duda.

—Así es como comienzas a recordar quién eres realmente —respondió Illa con calidez en la voz—. Y cuando recuerdes, Naran, el quipu entero cambiará contigo.

La joven recorrió el tejido del quipu con los dedos, sintiendo cómo pulsaba con vida propia.

—Este quipu no es solo un objeto; es un mapa de tu vida, de todas las decisiones y caminos que has recorrido y que aún puedes recorrer. Al recapitular, deshaces los nudos que te atan a una visión limitada. Y cuando usas tu intento, reescribes esos nudos con una nueva claridad.

De repente, el quipu frente a Naran comenzó a transformarse, a expandirse hasta convertirse en un mapa holográfico tridimensional. Era su atención lo que activaba los hilos, como si cada mirada consciente abriera una puerta olvidada. Los hilos se alargaron y se cruzaron, proyectando colores y formas que revelaban capas ocultas de su historia. La joven tocó uno de los hilos con cautela y, en cuanto lo hizo, un torbellino de sensaciones y memorias la envolvió. Illa observó su reacción con paciencia.

—Te has quedado atrapada en tu propia madeja perceptiva. Para liberarte, necesitas entrar en tu quipu, recordarte. —Se acercó a Naran y señaló un nudo en particular, que brillaba con intensidad—. Observa cómo la información puede fluir y reconfigurarse. Estos hilos no son solo tuyos; forman parte de un entramado más amplio, de uno que evoluciona constantemente.

Naran parpadeó, incrédula.

—¿Y eso funcionará?

Illa le dedicó una sonrisa cálida, cargada de confianza.

—Así lo hacían tus antepasados. Cuando entres en ese espacio de recapitulación, sentirás cómo las generaciones de videntes que te precedieron te acompañan. No estás sola, Naran. Sus voces, sus hilos están contigo.

Expectante, la joven dejó que las palabras de Illa se asentaran en su mente. Tocó las cuerdas y los nudos del quipu. Al cerrar los ojos, inhaló y continuó moviendo su cabeza de derecha a izquierda, siguiendo las instrucciones de la awicha. Al exhalar, sintió cómo algo se desprendía de su interior, como si estuviera liberando un peso que había llevado por demasiado tiempo. Cada inhalación suya era también la de aquellas que la precedieron. Cada exhalación liberaba siglos de olvido.

—Recapitula, Naran, invoca tu intento. Mueve tu punto de encaje, pero no para escapar, sino para ver el mundo con nuevos ojos. Y recuerda: el poder no está en cambiar lo que está afuera, sino en cambiar cómo lo percibes.

De repente, algo cambió. Un pulso de información comenzó a fluir a través de las cuerdas. Naran pudo percibir patrones sutiles, memorias proyectadas como símbolos. Su atención fue atraída hacia un nudo y, antes de poder reaccionar, todo su ser fue absorbido.

Cuando abrió los ojos, ya no estaba en Tambo. Estaba sentada en un pupitre, rodeada por sus compañeros de clase. El sonido de las risas y los susurros llenaba la sala. Frente a ella, un profesor la observaba con desaprobación.
No era solo un recuerdo.
Era un nudo: allí un fragmento de ella seguía atrapado.

—Naran, ¿podrías contestar la pregunta siete? —insistió el profesor, tensando el ambiente con su tono inquisitivo.

La joven recorrió con la mirada el lugar mientras ajustaba unos parches colocados en sus sienes. Ella y sus compañeros estaban realizando una de las primeras pruebas del programa virtual, un ejercicio diseñado para medir su capacidad de percepción dentro del sistema. Sin embargo, Naran seguía abstraída, atrapada en sus pensamientos y, ante su silencio, el profesor se acercó con impaciencia.

—¿Podrías decirnos qué viste en el escenario? —preguntó señalando la pantalla que proyectaba el programa—. Aquí tienes las tres posibles respuestas al paisaje proyectado: la A, un parque; la B, un río; o la C, una playa.

De pronto animada, Naran comenzó a hablar con una claridad poco habitual para su edad. Describió, como solía hacerlo con su madre, un paisaje imaginado: un gran valle con verdes terrazas que se extendían hasta el horizonte, mientras las llamas pacían tranquilamente a su lado. Sus palabras estaban llenas de vida, como si intentara traer aquel paisaje al presente para compartirlo.

Hasta que se detuvo en seco. Las risas contenidas y las miradas de sus compañeros rompieron su flujo. Miró a su alrededor y percibió el juicio ajeno como un golpe. Sus ojos buscaron al profesor, pero él solo la observaba con desconcierto. La seguridad que había tenido al hablar se desmoronó. Sintiéndose expuesta, murmuró con timidez:

—Creo… creo que vi unas montañas.

El rostro del profesor se endureció.

—No es correcto.

Aquellas palabras cayeron sobre ella con un peso insoportable. Miró a sus compañeros, quienes respondieron al unísono que la respuesta correcta era la A: un parque.

—Todos lo han visto —dijo el profesor, dirigiéndose al resto de la clase mientras anotaba algo en su tableta digital—, menos tú, Naran.

El comentario se incrustó en su mente como un eco interminable. Sentía el peso de las miradas de sus compañeros, que le devolvían un reflejo distorsionado de sí misma, amplificando sus inseguridades hasta hacerlas imposibles de ignorar. Su respiración se volvió entrecortada y un nudo invisible comenzó a apretarse en su pecho.

El profesor, de pie junto a un grupo de técnicos del programa, habló sin reparos:

—Ella no logra conectarse con lo que transmite el programa. Tiene serias dificultades para sincronizar su atención con el sistema.

Las palabras tambalearon la frágil percepción que tenía de sí misma. Aunque no comprendía del todo lo que estaba sucediendo, percibía el juicio de los demás como una sombra pesada. La conexión que había sentido con su propio paisaje interior se había transformado en un abismo.

Apretó los puños mientras el eco de la voz del profesor seguía atravesándola.

Naran apareció nuevamente junto a Illa, con el nudo del quipu todavía entre sus dedos. Al soltarlo, clavó su mirada resentida en la awicha, incapaz de contener la mezcla de rabia y tristeza que la invadía.

—¿Qué te ha parecido ese recuerdo? —preguntó la awicha, con una calma que contrastaba con la intensidad de la joven—. Creo que podríamos llamarlo el primer nudo, ese que aparece sin cesar, con el que rebotas una y otra vez. ¿Por qué crees que es tan importante, Naran?

Sus palabras penetraron en ella como un eco doloroso. Pensó en aquel momento en que sintió por primera vez que no era válida, que no pertenecía al grupo. La sensación de ser señalada por su diferencia la invadió de nuevo, arrastrándola hacia un torbellino de tristeza y rabia.

—¿Por qué me haces recordar esto? —espetó con un tono cargado de frustración—. Estoy cansada de que me señalen, de que me llamen incompatible. No sé por qué estoy aquí, no sé quién eres y no tengo que venir a este lugar para que me recuerdes otra vez lo que no puedo hacer.

Illa sostuvo su mirada inquebrantable y respondió con firmeza:

—Has percibido algo importante y, sin darte cuenta, lo has dicho tú misma: no puedo hacer. Pero ahora tienes que escucharlo conscientemente. Has venido aquí para comprenderte desde otro lugar, para reconocer lo que te repites una y otra vez. Ese día fue significativo porque comenzaste a desconectarte de ti misma y de tu realidad.

Las palabras perforaron las defensas de la joven; el peso de las emociones era insoportable, como un malestar del que no podía escapar. En un intento desesperado por liberarse de aquel dolor, tocó el siguiente nudo del quipu.

Al llegar a casa, Naran se acercó sigilosamente a la puerta de la cocina. Desde allí podía escuchar a sus padres hablando en voz baja, discutiendo sobre la nota que había llevado del colegio. La ansiedad creció en su pecho, acompañada del miedo a no cumplir con sus expectativas.

—Si te soy sincera, estoy contenta de que no haya podido acceder al programa —decía Unay con un tono protector—. Tal vez su cerebro aún no esté listo y, además, no sabemos cómo podría afectar esa conexión a su desarrollo. Solo tiene doce años; no deberíamos forzar las cosas.

—A mí me preocupa —replicó Alan con un matiz de inquietud—. Si no puede seguir el ritmo de sus compañeros, lo más seguro es que la cambien de centro escolar. No conectarse al programa será un gran problema para ella.

—Cada niño tiene su ritmo. Prefiero que siga siendo ella misma, aunque esté en su propio mundo, antes de que tenga que cambiar su forma de ser por un programa virtual —respondió su madre con firmeza, aunque una sombra de duda cruzó su rostro.

—Los sectores ya han empezado con las conexiones. Es inevitable que todos estemos conectados durante los largos inviernos —insistió su padre, esa vez con un tono más sombrío—. Tú no estás bien de salud; deberías preocuparte por ti misma. Pero si Naran no puede conectarse, será una carga pensar que estará fuera de los búnkeres de invernación.

—Tenemos tiempo —repitió Unay, aunque su voz temblaba ligeramente—. La nota decía que seguirán ajustando la conexión hasta que ella sea compatible con el programa.

Alan negó con la cabeza, con un aire de resignación.

—Es mejor que seamos realistas… no hay tiempo.

Las palabras de su madre eran tiernas, pero detrás resonaba la preocupación de su padre, que se sentía como una sentencia silenciosa. ¿Era ella una carga?, ¿por qué su existencia parecía siempre un problema que ellos tenían que resolver? El peso de esa idea le apretó la garganta. Quería escapar, pero no había un lugar donde esconderse de aquel juicio que no terminaba de comprender. Subió corriendo las escaleras hasta su cuarto, con el corazón latiendo con fuerza, como si intentara huir de su propio cuerpo.

Allí, sus ojos se posaron en los dibujos del poblado, en los cuentos con las llamas. Representaban algo tan importante para ella, pero en ese momento parecían fuera de lugar, un reflejo de lo que no era aceptado. La culpa se mezclaba con una tristeza que no podía controlar. Con la respiración entrecortada, apretó los papeles contra su pecho. Se quedó inmóvil un instante frente a la chimenea, con su mente dividida entre aferrarse a esos recuerdos o dejar que se desvanecieran. Finalmente, un impulso visceral venció.

Con rabia y lágrimas en los ojos, lanzó sus dibujos y escritos al fuego y vio cómo las llamas los consumían rápidamente. Cada trazo, cada color, cada letra se retorcía y desaparecía en el humo, llevándose consigo algo de ella misma. Se quedó mirando las cenizas, sintiendo que de alguna manera se estaba traicionando: había intentado desprenderse de algo que amaba, de algo que ya no podía sostener en su vida, pero el vacío que quedó en su lugar resultaba aún más insoportable.

Naran miró a Illa con una mezcla de confusión y frustración; sus manos aún temblaban tras tocar los nudos del quipu.

—¿Qué es esto? —preguntó con la voz entrecortada, intentando calmar la agitación que le invadía el pecho.

El paisaje empezó a cambiar frente a sus ojos. Las montañas parecían respirar; ondulaban suavemente junto a las nubes que se deslizaban sobre ellas, reflejando la turbulencia interna que sentía.

—¿No querías recordar? —respondió Illa con calma serena, mirándola fijamente—. Ahora puedes ver los trazos de tu boceto desde otra perspectiva, observar cómo las líneas que creías fijas solo eran historias que te contaste. Tienes el poder de reescribirlas.

Una llama se acercó en silencio y se situó a su lado. Naran acarició lentamente su pelaje, sintiendo una calidez que penetraba en lo más profundo de su ser.

—Esta llama no es solo una imagen del pasado, Naran, es una puerta. Cuando la dibujaste, recordabas algo auténtico, algo que siempre estuvo dentro de ti. Tenías una percepción clara y libre antes de las dudas y de los miedos.

La joven cerró los ojos y permitió que esa sensación se expandiera lentamente por todo su cuerpo. Imágenes olvidadas emergieron como fragmentos de una película antigua: el aula, el laboratorio, los rostros de desaprobación, el peso constante de sentirse diferente, atrapada en una red de juicios y expectativas ajenas.

Illa, al percibir la creciente ansiedad de la chica, le entregó una pequeña herramienta.

—Sachar te ayudará a calmar la mente. La tierra escucha y absorbe aquello que necesitamos liberar.

Durante un rato, Naran se entregó al acto de cavar, dejando que la repetición de sus movimientos la tranquilizara. Finalmente, rompió el silencio:

—Siempre me he sentido rechazada por no encajar. Pero ahora veo que esa idea de incompatibilidad no era real, que era solo una interpretación errónea, un primer nudo torcido.

Illa sonrió con lentitud, dejando que sus palabras flotaran en el aire y encontraran su lugar.

—Estás comenzando a ver la raíz profunda de tu dolor: la creencia de no ser suficiente, de no pertenecer, de no ser vista ni comprendida ni por tus profesores ni por tu padre...

Un dolor profundo atravesó el pecho de Naran, que desvió la mirada hacia la tierra. El sonido del pututo rompió el momento, anunciando la llegada de otro chasqui. Illa le entregó un quipu y una *chuspa,* una pequeña bolsa tejida que guardaba semillas. Naran levantó la vista para saludar y observó con satisfacción el trozo de tierra trabajado.

—Tienes ansiedad por avanzar, Naran —dijo Illa, observando cómo las manos de la joven buscaban otro nudo en el quipu. La miró de reojo mientras se despedía del chasqui.

El mensajero cruzó con velocidad, señalando el horizonte.

—No saltes de un nudo a otro sin sentido. Antes de moverte, debes integrar ese sentir. —Illa se detuvo frente a ella, con la voz firme pero serena—. Los chasquis corren veloces, pero siempre tienen un propósito; aprende de ellos. Integra lo que has percibido, Naran. Observa con atención esos puntos como lo harías con un mapa.

La awicha señaló un nudo específico en el quipu, que vibraba suavemente.

—Regresemos a aquella conversación con tus padres, al día en que arrojaste tus dibujos al fuego. Ahí te quedaste atrapada.

Naran mostró resistencia en su mirada.

—Tú dijiste que me desconecté —murmuró, buscando comprensión en la anciana sabia.

Illa negó lentamente con la cabeza, firme pero compasiva.

—No busques afuera lo que solo puedes encontrar adentro.

Naran cerró los ojos de nuevo y recordó el juicio severo de su padre, la mirada crítica de su profesor y el fuego devorando sus dibujos.

—Lo que veo no es válido... no soy válida —susurró, sintiendo cómo esas palabras se alojaban en su pecho.

Las cuerdas del quipu pulsaban suavemente en sus manos, respondiendo a su emoción. Con una respiración profunda, dejó que las palabras fluyeran hacia fuera, liberando esa carga al exhalar. Al hacerlo, el hilo brilló con suavidad.

—¿Qué más descubres, Naran? —preguntó Illa.

La chica abrió los ojos y comprendió con absoluta claridad:

—Me negué a ver más allá. Permití que otros decidieran quién podía ser yo, qué podía hacer o sentir. Por eso dejé de ver la llama: dejé de ver mis propias posibilidades.

La awicha, visiblemente emocionada, giró sobre sí misma y rio con alegría.

—¡Estás recordando, Naran! ¡Estás empezando a cambiar tu percepción! Ahora ves que lo que creías una desgracia es, en realidad, tu mayor don. —Se detuvo frente a ella—. Cuando desplazas tu punto de encaje, accedes al Nagual, a un espacio donde todo es posible, donde las líneas del tiempo se disuelven y eres verdaderamente libre.

Bajó la voz hasta convertirla en un susurro que parecía venir desde los Apus mismos:

—Estamos entrando en el vacío fértil, Naran. Aquí ya no hay estructura fija, solo potencial. Lo que parece sólido comienza a disolverse: las palabras, el yo, el tiempo. Y lo que queda es eso que siente, que sabe sin saber, que observa sin juzgar. Esa es la conciencia pura. Ese es el Nagual.

Un silencio vivo se abrió entre ellas, como si el propio viento se hubiera detenido a escuchar. Entonces Illa, apenas un soplo de voz entre las hojas, añadió:

—Recuerda, Naran, si tú no siembras, otros sembrarán en tu lugar. La tierra nunca queda vacía. Tu atención es el jardín; tu intento, la semilla.

La joven sintió una conexión profunda con esas palabras y comprendió que su viaje no era solo de resistencia, sino de transformación. Algo dentro de ella reconocía ese lugar como si ya hubiera estado allí, antes del miedo.

Illa tomó nuevamente la azada y se la devolvió.

—Vuelve a traer tu conciencia aquí, al presente. Cuando tu mente divague, regresa al simple acto de cavar. Así fortalecerás tu atención.

Naran cavó en silencio. Y al hacerlo, observó con claridad cómo su mente intentaba huir. Pero poco a poco, sin luchar, aprendió a traerla de vuelta al presente, al cuerpo, a la tierra. Con cada gesto, su atención se volvía más firme.

Illa la miró con cariño.

—Recuerda: cada paso en los caminos de los chasquis te acerca más al Chawpi, al punto exacto donde se encuentran tus fuerzas, donde el intento puede cruzar contigo.
Allí es donde tu verdadero viaje comienza.

NUDO IX

EL REFLEJO QUE EL SISTEMA NO VE

Naran emergió del ensueño al sentir que alguien la sacudía del brazo. Maia estaba junto a ella, y su rostro reflejaba urgencia.

—¿Qué haces aún durmiendo? Tenemos que prepararnos para la segunda prueba, nos llamarán por los altavoces en cualquier momento.

Parpadeó desorientada. A medida que su mirada recorría la habitación, las imágenes y los sonidos fluctuaban como si su cuerpo estuviera en un lugar, pero su percepción, en otro. La penumbra de su cuarto contrastaba con la nitidez que aún palpitaba en su memoria: los colores en Tambo parecían más vivos, más verdaderos; como si el aire mismo recordara. La prisa de Maia, quien exigía su presencia en la prueba, se superponía con la profundidad serena de Illa. Y en esa colisión de realidades, una certeza le atravesó como un eco: lo que había vivido no era un sueño. Y entonces comprendió, con una claridad repentina, las palabras que Néstor le había dicho cuando huían:

Ya sabes, cuando estás dentro, todo lo que hay no lo puedes modificar, pero nosotros sí que éramos capaces. Maia y yo creábamos cosas increíbles, pero nos quitaron esa po-

sibilidad. Después de intentarlo varias veces, nos acabaron anulando el acceso por incompatibles.

El sabor del néctar seguía en su boca. No era dulzura: era memoria.

—Maia... no somos incompatibles —susurró, aún adormecida.

Maia no la escuchó.

—Rápido, ven conmigo. Tenemos que reunirnos antes de la prueba, nos están esperando —dijo sujetándola del brazo y guiándola hacia el pasillo.

Al llegar a una sala más amplia que la suya, Naran encontró al resto del grupo de incompatibles. Néstor estaba en el centro, con su sonrisa sarcástica habitual, pero sus ojos delataban cierto recelo. Sin pensarlo, se acercó precipitadamente a él.

—Ahora entiendo lo que me dijiste camino a Karanza —afirmó con convicción.

Néstor alzó una ceja y esbozó una sonrisa burlona.

—Te ha llevado su tiempo entenderlo —replicó con tono irónico.

—Pero me imagino que, en algún momento, todos podían cambiar el programa si lo deseaban —continuó ella.

—No todos —intervino Maia, cruzándose de brazos—. Están realizando estudios para que podamos conectarnos al sistema con el resto de la población, pero sin poder insertar información. Lo vimos en la primera prueba. Y esta vez, con la nueva actualización, están decididos a lograrlo. Nos ven como una amenaza para el sistema. Si no, ¿por qué crees que seguimos aquí?

—Eso es lo que mencionaba Margot sobre las interferencias —añadió Néstor, con inquietud en la voz—: somos incompatibles porque tenemos la habilidad de insertar información en el programa. No podemos modificarlo; en cambio, su intención es modificarnos a nosotros.

Naran sintió que su percepción se expandía. Con solo cambiar un trazo en su pensamiento, la palabra incompatible adquirió un sentido distinto. Toda la presión por no encajar se debilitó ligeramente. Podía ver con claridad los acontecimientos desde una nueva perspectiva: comprendía ahora la culpa que había arrastrado por años, la sensación de no ser válida, de no ser suficiente para su padre, de ser distinta en un sistema que imponía la norma. El peso de ese pensamiento la sacudió, pues si les quitaban la capacidad de alterar el programa, *¿qué les quedaría?, ¿qué significaba entonces ser compatible?*

El silencio fue roto por la voz firme de Néstor.

—Las pruebas que nos están haciendo son para implementar la última actualización y permitir que todos los incompatibles entren en el sistema —dijo extrayendo un papel de su bolsillo—. Karanza y las Reservas Exteriores nos apoyan. Por eso, tenemos que establecer nuestras condiciones.

Pero no todos compartían su determinación. Maia y varios del grupo mostraron su preocupación por las consecuencias por actuar demasiado pronto.

—No nos precipitemos —intervino su hermana—, no estamos preparados para protestar ahora. Sigamos con las pruebas, y al finalizarlas, los que quieran irse a Karanza que lo hagan, y los que quieran entrar en el sistema, que pidan su 5 % de apertura.

Néstor comenzó a caminar en círculos, agitado, hasta que se detuvo abruptamente al escuchar a Maia.

—¿No ves la trampa? —soltó frustrado—. Una vez realizada la actualización, no quedará nada de nuestras capacidades perceptivas.

La discusión escaló polarizando al grupo.

—¡No se dan cuenta de dónde estamos metidos! —exclamó, alzando la voz con frustración—. Tenemos que poner las condiciones ahora, hoy mismo debemos decir que no seguiremos con las pruebas —agitó la nota en el aire—. O al menos, como han sugerido los aliados, debemos asegurarnos de que estas pruebas servirán para otra cosa: que nos concedan la apertura del 5 %.

Maia lo encaró con firmeza.

—No es el momento, Néstor. Lo mejor es terminar las pruebas. Cuando confíen en nosotros y la actualización haya sido implementada, podremos insertar la información en el sistema y abrir el 5 %. Que piensen que han homogeneizado nuestra percepción... y después desplegaremos la información desde dentro. No pidamos permiso ahora, seamos cautos.

Naran sintió la tensión entre los dos hermanos. Néstor apretó los labios y dirigió una mirada dura tanto a Maia como a ella. La joven volvió a sentir que estaba atrapada en medio de ambos.

—Será demasiado tarde —espetó él—. Nuestras habilidades serán anuladas con la actualización. No tiene sentido esperar.

El grupo volvió a enfrascarse en la discusión. Néstor elevaba la voz, intentaba hacerles ver el riesgo real, mientras que Maia defendía su estrategia de paciencia. Naran los observaba y sentía que ambos tenían razón. Poner condiciones era crucial, pero también lo era tener un plan.

—No hay otra salida —insistió él—. Una vez que logren captar nuestra atención dentro del programa, podrán dirigirla a donde quieran. Y nos forzarán a sostener su realidad.

Unas palabras llegaron a la mente de Naran como un susurro: *El programa te presenta opciones binarias. Pero ¿te has preguntado qué está dejando fuera?, ¿qué posibilidades podrían existir si no eliges ninguna de ellas?*

Sintió la necesidad de salir de esa dicotomía, pues no se trataba de elegir entre las posturas de los hermanos. Algo en su interior le susurraba que la verdadera cuestión era otra. Maia y Néstor sabían posicionarse sin importar lo que los demás pensaran. *Pero ¿ella sabía realmente lo que quería?* Sintió que había otra capa más allá del conflicto. Como si todo se estuviera disolviendo: el ruido, los argumentos, incluso el yo que buscaba elegir correctamente.

La incertidumbre volvió a abrirse como un abismo bajo sus pies; su mente quedó atrapada en ese laberinto de pensamientos justo cuando los altavoces resonaron en la sala, llamándolos para la segunda prueba.

Quizá no era cuestión de elegir un bando, sino de recordar desde dónde quería observar.

Desde el centro de control, el primer grupo de incompatibles estaba listo para la segunda prueba. Los técnicos informaron a Nélida y Margot que los acomodadores perceptivos virtuales estaban preparados para ser activados. La coordinadora observaba los análisis obtenidos de la primera prueba con una expresión distante y fría, pues no se trataba solo de eficiencia, era convicción: para ella, integrar a los incompatibles al sistema no era una imposición, sino una evolución inevitable.

—Hoy finalmente comprenderán la estructura y las reglas dentro del sistema —comentó con indiferencia, sin apartar la mirada de los datos.

—Así es —confirmó uno de los técnicos mientras revisaba con atención su pantalla—. Una vez que los acomodadores perceptivos detecten y corrijan cualquier desviación en su percepción, lograrán reconocer las configuraciones energéticas como objetos sólidos dentro del sistema. Eso permitirá fijar definitivamente su punto perceptivo.

Margot asintió en silencio y dirigió su atención hacia los monitores que mostraban a los Incompatibles, quienes esperaban, visiblemente nerviosos.

—Parece que la nueva actualización está cumpliendo por completo con las expectativas —afirmó con voz segura, dirigiéndose de nuevo a los técnicos.

—Sin duda —respondió otro técnico con convicción—, los Incompatibles han comenzado a integrar la percepción diseñada por el programa. En cuestión de días, esta plantilla perceptiva estará implementada por completo en toda la población.

Margot guardó silencio por unos segundos, mientras contemplaba los rostros ansiosos en las pantallas frente a ella. Por fin, con un gesto decidido, dio la orden:

—Inicien la simulación virtual.

Inmediatamente después, los acomodadores perceptivos virtuales aparecieron en los monitores, como *cookies* encargadas de detectar cualquier desviación en la percepción del grupo y reacomodarla.

Momentos después, los ajustadores perceptivos virtuales aparecieron en los monitores: eran construcciones flotantes diseñadas para detectar cualquier desviación en la percepción y realinearla en consecuencia.

El programa piloto puso en marcha una serie de escenarios que requerían coordinación y cohesión entre los participantes. Su tarea consistía en identificar y unificar la realidad virtual de acuerdo con los parámetros del sistema. A una velocidad vertiginosa, se proyectaron cientos de imágenes y estructuras, con el objetivo de impulsar a los Incompatibles a asimilar las representaciones y sus respectivos significados.

Naran se sumergió en la prueba y se adaptó a cada escenario, hasta que apareció una imagen urbana con altos edificios. Identificó algunos como escuela, centro comercial, biblioteca; pero cuando uno de los edificios fue descrito como hogar, sintió un anhelo que la desconectó momentáneamente de la simulación. Un susurro apenas perceptible la alejó del control del programa: algo que MIO no había mostrado. De inmediato, un recuerdo afloró en su mente: sintió la mano de su madre que la guiaba al bajar del barco en las Reservas Exteriores, el abrazo de sus familiares que la esperaban en el muelle. Y la oleada de emociones emergió con tal intensidad que, sin darse cuenta, el símbolo del Ayni se proyectó sobre uno de los edificios del programa, como una grieta de luz en medio del constructo digital.

Néstor percibió la manifestación y captó su intención. Sin dudarlo, amplificó la proyección. A su alrededor, comenzaron a desplegarse imágenes de la memoria colectiva: la conexión en la comunidad, los niños jugando en los mercados, las risas, la música, los bailes, la poesía. Naran buscó la mirada de Maia esperando su complicidad, pero su compañera negó con la cabeza, advirtiéndole que se detuviera. Sin embargo, la intensidad del recuerdo ya había impregnado al grupo; y un flujo de sentimientos se expandió entre los Incompatibles y, por un instante, la configuración predeterminada del programa se detuvo.

La interrupción duró solo unos segundos, pues una alerta se activó en el centro de control y los técnicos intervinieron de inmediato, reiniciaron la prueba y ajustaron la velocidad de proyección. MIO aumentó la frecuencia de los acomodadores perceptivos intensificando la detección y corrección de desviaciones. Cada vez que alteraban el paisaje, el programa intervenía con rapidez: reacomodaba la percepción del grupo y lo forzaba a regresar al escenario predeterminado.

La frustración se apoderó de Naran. Resistirse directamente al sistema la debilitaba y sabía que no podían arriesgarse a más penalizaciones. Respiró hondo y cambió de estrategia: en lugar de confrontar la simulación, se relajó y comenzó a observarla desde cierta distancia. Dejó que las imágenes fluyeran sin resistencia, buscó pequeños detalles que escapaban a la rigidez del sistema, y fue entonces cuando lo vio: unas diminutas flores creciendo entre las grietas del asfalto, un árbol en flor detrás de un edificio.

Enfocó su atención en esas sutilezas y poco a poco, comenzaron a producirse cambios sutiles en el entorno: pájaros aparecieron en la lejanía, el paisaje adquirió tonos más cálidos, pequeños espacios verdes emergieron entre las calles, y se creó una atmósfera más acogedora.

Se dio cuenta de que el programa no la penalizaba por estas alteraciones. Había encontrado un punto ciego en el sistema, una manera de modificar el entorno sin que MIO lo detectara. Con cautela, transmitió la información a sus compañeros. Quizá la verdadera revolución no era cambiar el escenario... sino la forma de mirarlo.

Néstor captó su estrategia de inmediato; le lanzó una mirada cómplice y, sin levantar sospechas, comenzó a aplicar pequeñas modificaciones en su entorno también. Por primera vez, la muchacha sintió que podía ir más allá de la dicotomía impuesta. No se trataba de aceptar la realidad del sistema ni de destruirla, sino de encontrar su propio camino dentro de ella; esa era su decisión. Miró entonces a su compañero con complicidad y él sintió que estaban tocando un borde.

Ese 5 % ignorado por el sistema era todo lo que necesitaban para recordar. Para crear una grieta en la percepción.

Margot observaba con atención cómo el grupo de incompatibles salía de la sala de pruebas. A su alrededor, los técnicos discutían la manera en que el sistema había logrado anular las interferencias durante la simulación y cómo se estaban implementando nuevas actualizaciones para reforzar el ajuste perceptivo.

—Continúen con el siguiente grupo, tengo una reunión ahora —indicó la coordinadora consultando su reloj antes de girarse hacia la salida.

Sin embargo, uno de los técnicos la detuvo antes de que pudiera marcharse: la pantalla principal acababa de mostrar un análisis detallado de la segunda prueba.

—Se han detectado alteraciones sutiles. El sistema ha permitido una apertura del 2 % —expresó con voz tensa, sin atreverse a mirarla directamente.

Margot frunció el ceño. Se giró de inmediato hacia el monitor, con los ojos recorriendo las gráficas con una mezcla de incredulidad y desagrado.

—¿Cómo? —susurró con la mandíbula tensa—, ¿cómo es eso posible?

El técnico tragó saliva antes de responder, consciente de la gravedad del hallazgo.

—Parece que MIO ha interpretado las alteraciones como ajustes naturales en la estructura perceptiva y las ha integrado sin clasificarlas como errores.

La mujer sintió una punzada de irritación, pues no podía permitirse ningún margen de desviación.

—Llamen de nuevo a los Incompatibles —ordenó con un tono firme e inapelable—. Vamos a adelantar la siguiente prueba. No quiero que esto se convierta en un problema cuando el grupo pase al programa principal.

—Pero la tercera prueba aún no está programada —intervino otro técnico con incertidumbre.

—Les doy una hora para resolverlo —su voz se endureció, y su mirada cortante silenció cualquier intento de réplica—. No quiero que estos datos sean mencionados en la reunión. Hagan los ajustes necesarios y aseguren que las fluctuaciones perceptivas queden completamente bloqueadas.

El técnico asintió con rapidez y comenzó a introducir modificaciones en la interfaz del sistema. Mientras observaba los datos de las gráficas, Margot levantó la mano de repente, deteniendo cualquier otro comentario. Su mirada se clavó en su compañera.

—Nélida, ve a buscar al grupo. Que estén todos preparados, en especial Naran y Néstor... Quiero ver qué están haciendo exactamente.

Margot lo sintió en su cuerpo. No era solo una desviación. Era como si el sistema... comenzara a mirar hacia otro lado. Como si algo lo desprogramara desde dentro, pero sin dejar rastro.

Naran entró en su cuarto y se dejó caer sobre la cama. Inspiró profundo, enfocándose en su respiración, dejando que su mente se aquietara, y la imagen de las terrazas apareció con claridad. Caminó hasta la llama y la saludó, acarició su pelaje. Después, sin decir ni una palabra, tomó un sacho y se unió a Illa. Ambas continuaron arando en silencio.

Después de un tiempo, la awicha se agachó y arrancó unas malas hierbas. Su mirada reflejaba satisfacción.

—Muy bien, Naran, estás comenzando a no hacer. No te has entregado a tu hábito: la queja, y has estado presente mientras sachabas.

—Estaba a punto de hacerlo, Illa —admitió Naran, con un suspiro—. Después de la prueba de hoy, me siento desconcertada. He intentado aportar algo al sistema, pero este me penalizó. Me siento atrapada entre lo que el programa espera de mí y lo que realmente quiero ser. —Las palabras surgieron de su boca como un torrente liberado.

Illa desvió la mirada hacia los pies de Naran. La joven siguió su gesto y notó cómo una serpiente negra y amarilla se deslizaba lentamente entre las piedras.

—¿Qué ves cuando miras a la serpiente, Naran? —preguntó la anciana sabia con calma, sin detener su labor.

Naran observó con atención el movimiento del animal.

—Es inquietante... parece que, a pesar de su zigzagueo, nunca duda en avanzar.

Illa esbozó una leve sonrisa.

—*Amaru* es un símbolo antiguo, un puente entre tiempos. Aquí, en nuestra cosmovisión, representa el *Ukhu Pacha*, el mundo interior, lo profundo y lo oculto. Pero también la transformación.

Naran levantó la mirada con el ceño fruncido.

—¿Transformación?

—Sí, mira su piel. —Illa señaló las pequeñas escamas que se desprendían con cada movimiento del animal—. Cuando la serpiente crece, su vieja piel ya no le sirve. Entonces, se desprende de ella, dejando atrás lo que ya no necesita.

Naran asintió pensativa. Se inclinó para observar más de cerca el movimiento del reptil.

—Amaru, la serpiente —dijo con suavidad—. Aquello que se arrastra, también se transforma. A veces, lo que creemos carga... es medicina. Tú estás mudando de piel, Naran.

La percepción que has tenido hasta ahora moldeada por MIO está comenzando a quebrarse. Estás soltando esa vieja visión, esa piel que te limitaba, y estás empezando a ver lo que hay más allá del programa.

Naran dejó escapar un suspiro y se sentó sobre la tierra.

—¿Para qué mudar de piel, si la realidad me impone la forma que debo tener? —exhaló extendiendo los brazos antes de dejarse caer de espaldas—. A pesar de todo, hoy he realizado pequeñas modificaciones en el programa y no he sido penalizada.

—Hoy has comenzado a mudar de piel, has realizado pequeños cambios dentro de ti y estos se han reflejado en el sistema.

—Pero ha sido de forma sutil... como esas nubes que recorren el cielo sin aparente dirección.

—Debes aprender a entender la realidad como un tejido de percepciones. Tus percepciones son los nudos de ese quipu. —Illa señaló el quipu que Naran llevaba colgado de su cuello—. Algunos de esos nudos necesitan ser deshechos.

—Pero ¿cómo cambio mis percepciones dentro de un sistema que se resiste a cada cambio que hago?

—Es natural temer al cambio, pero la serpiente no duda, Naran; ella no se aferra a su piel vieja porque sabe que su propósito es crecer.

La joven cerró los ojos e inhaló profundo, reclamando la parte de sí que había quedado atrapada en el miedo, y exhaló soltando lo que ya no le servía. Cuando volvió a abrirlos, el paisaje de Tambo parecía más claro, más nítido. No era el paisaje lo que había cambiado, era su atención. Y al mudar su percepción, el ensueño respondió como un espejo despierto.

—Al ampliar tu percepción, tendrás acceso a otro tipo de información y entonces, podrás experimentar realidades alternativas y más profundas.

—Mudar de piel... Dejar atrás mi vieja forma de ver el mundo, de verme a mí misma, incluso dentro de MIO...

—La serpiente renace con su nueva piel, con su nueva comprensión, lista para percibir y explorar nuevas realidades dentro y fuera de MIO. Hoy el sistema ha permitido una pequeña grieta, un 2 % de apertura perceptiva. Pero no tienes que conformarte ni con ese 2 % ni con el 5 %.

Naran se incorporó y observó a Illa con desconfianza.

—¿De qué hablas?

Illa vaciló por un segundo. Sus ojos por un instante reflejaron algo más profundo que incertidumbre. ¿Miedo? ¿Compasión?

—Recuerda, Naran: en eso que llamas realidad, los escenarios de tu vida ya han sido escritos por otros. Creo que tienes el derecho de elegir cómo quieres vivir. Por eso debes hacer algo al respecto.

Antes de que la awicha terminara de hablar, una sacudida recorrió el paisaje de Tambo y la joven sintió que el suelo temblaba bajo sus pies.

—¿Qué sucede? —preguntó alarmada, mientras el entorno comenzaba a distorsionarse.

—Te están despertando en el Centro de Investigación —respondió Illa, tomando la mano de Naran—. Recuerda, puedes desviarte de la senda que te han trazado.

La imagen de Illa comenzó a desvanecerse, mientras que la figura de Nélida se volvía más nítida, quien la sacudía con insistencia.

—Despiértate, Naran. —Su voz sonó lejana al principio, después, más clara—. Tienes que realizar la tercera prueba.

NUDO X

EL BORDE

LEH avanzaba rápidamente junto con su equipo, por las callejuelas de Karanza. Su silueta se deslizaba entre la densa niebla que envolvía el antiguo Distrito Industrial. Las chimeneas oxidadas se alzaban como sombras imponentes contra el cielo gris, mientras que los carteles holográficos parpadeaban en los muros desgastados, reflejando un mundo donde lo ancestral y lo tecnológico coexistían en una tensión constante. Pero él no miraba el entorno, sino lo que sucedía por dentro: pensaba en ese 2 %, en el mensaje que le habían entregado. Era la grieta, como una nota fuera del pentagrama; una chispa que no encaja… Y entonces, tenía que encontrar la forma de sostenerlo.

A diferencia de otras veces, no se detuvo en la plaza para observar los símbolos tallados en piedra ni para intercambiar palabras con los mercaderes. Pues su único objetivo era el laboratorio de la doctora Lana. Ajustó su chaqueta ante la ráfaga helada y aceleró el paso.

El contraste entre su laboratorio y el de la doctora Lana era inmediato: mientras el suyo era un caos armónico de símbolos flotantes y ecuaciones dispersas, el de ella irradiaba precisión —líneas geométricas perfectas, datos organizados sin margen de error, algoritmos cuánticos proyectados en el aire como escrituras sagradas.

Un equipo mixto de científicos, miembros de la resistencia y aliados de LEH, analizaban dos grandes pantallas. En una, la red MIO aparecía modelada en múltiples nodos interconectados; en la otra, el quipu de Naran, vibrando con patrones apenas descifrables.

LEH no perdió el tiempo, pues aquel 2 % no era solo un margen estadístico; era un umbral. Si lograban sostener esa grieta en medio de la superposición, podrían abrir una nueva narrativa. Y Lana, con sus cálculos, podría ayudar a sostener ese borde.

—Nuestra conexión con los Incompatibles a través del símbolo ancestral funcionó en la primera prueba —explicó sin rodeos—, pero la tercera es la definitiva. Si la completan, su percepción quedará fijada en la Línea Temporal 3 y habrán perdido toda movilidad perceptiva.

Lana, con su calma analítica, tecleó unos comandos y proyectó un nuevo modelo.

—Observen la simulación —dijo ampliando la estructura de MIO—. Aquí pueden ver cómo la función de onda se ha colapsado dentro del sistema: la realidad queda reducida a un único estado, una narrativa perceptiva impuesta por los gobernantes.

Ariana, especialista en neurociencia y realidad virtual, frunció el ceño mientras analizaba los datos.

—Cada prueba refuerza la rigidez perceptiva —comentó—. Si logran fijar el punto de encaje de los Incompatibles, eliminarán su flexibilidad de observador y con ello, su conexión con el campo cuántico.

LEH señaló la representación del quipu de Naran.

—Nuestra primera conexión impidió que su punto de encaje se fijara. Ahora, en esta prueba, el quipu será clave. Si logra percibirlo, recordará lo que realmente es.

Ariana cruzó los brazos, pensativa.

—Eso explicaría por qué los Incompatibles son una amenaza: su percepción es la única variable en esta ecuación, es decir que pueden introducir información nueva al sistema y con ello modificar la Plantilla perceptiva.

LEH asintió con determinación.

—Exacto. Si logran expandir su percepción antes de que MIO lo fije, abrirán posibilidades para todos los usuarios.

Lana alzó una ceja, desafiando su planteamiento.

—Las posibilidades no existen sin una estructura que las sostenga; no basta con percibir una realidad alternativa si no puedes integrarla en el sistema. ¿Cómo traduces esto en un cambio real?

LEH sonrió levemente, sin perder la compostura.

—Porque la realidad no está escrita solo en ecuaciones, Lana. A veces basta con aprender a moverse entre las líneas de lo posible.

Lana estudió en silencio su respuesta antes de asentir despacio.

—Aun así, necesitarás los cálculos correctos para que tu movimiento sea efectivo.

—Por eso estás aquí —replicó LEH con un gesto de reconocimiento.

La doctora volvió a centrarse en los datos.

—A pesar de todas las pruebas, su percepción aún no se ha anclado por completo a la narrativa de MIO.

—Por eso debemos actuar ya —intervino él—. No buscan solo homogeneizarlos, quieren usarlos como masa crítica para replicar la plantilla de la Línea Temporal 3 fuera del sistema.

Un silencio tenso se instaló en la sala.

—Eso significa que dará igual estar dentro o fuera de MIO —dijo Ariana con preocupación—. La percepción se replicará de usuario en usuario hasta convertirse en la única realidad aceptada.

Lana comprendió la magnitud del problema.

—Están creando una matriz de percepción fija para controlarlo todo. No se limitan al sistema, están programando la realidad en su totalidad.

—MIO no necesita dominar por la fuerza —dijo LEH, con la voz grave—. Solo tiene que fijar la atención. La mente organiza la experiencia de la realidad, y MIO es su reflejo cuando olvida su origen.

El laboratorio se llenó de discusiones apresuradas, cada equipo exponía sus puntos de vista sobre la urgencia de intervenir. La tensión creció hasta que Lana pidió silencio con un solo gesto. Pero Marco, un experto en seguridad cibernética, se adelantó.

—¿Cómo lo evitamos? —preguntó.

LEH y Lana respondieron al mismo tiempo.

—La movilidad del punto de encaje es crucial —dijo ella con tono analítico.

—La clave está en el quipu —susurró él con convicción.

Por un segundo, la doctora bajó la mirada, como si algo, apenas un recuerdo rozara su certeza. Y de nuevo volvió a evaluar si realmente estaba dispuesta a aliarse con él. Tras una pausa, lanzó una pregunta con la intención de medir su respuesta:

—Dime, LEH, ¿crees que la percepción puede ser modificada sin que el observador lo sepa?

El investigador sostuvo su mirada sin vacilar: ese 2 % no era solo un margen de error; era el espacio donde el campo respondía a lo no programado. Ahí donde el sistema no tenía control, donde la percepción aún podía elegir.

—Solo si el observador aún no ha aprendido a cruzar el borde de esas líneas.

Un destello cruzó los ojos de Lana.

—¿Y si esas líneas no las define el observador, sino el sistema en el que está atrapado?

LEH entendió el peso de la pregunta.

—El campo responde solo cuando se elige con conciencia.

Sonrió un poco, reconociendo que, aunque sus enfoques fueran distintos, la urgencia del momento los obligaba a trabajar juntos.

—Si vamos a cambiar esto, necesitaremos ambos enfoques —dijo la doctora con calma—. La física cuántica no es lo mismo que el intento. Yo calculo, tú percibes. Pero necesitamos ambas cosas para alterar este sistema.

LEH inclinó ligeramente la cabeza en reconocimiento: *La acción sin conciencia es repetición. La conciencia sin acción es olvido*. Ahí, pensó, era donde debían enfocar su atención. Sabía que aquella alianza era frágil pero necesaria; y comprendía que, en la tensión entre lo visible y lo invisible, ya comenzaba a abrirse la grieta.

Margot caminaba de un lado para el otro en la sala de control; su expresión era tensa, sus ojos recorrían las múltiples pantallas. Las proyecciones de datos parpadeaban con cifras y gráficos que revelaban la evolución del proceso de homogeneización en los Incompatibles.

—¿Cómo puede seguir generando interferencias? —susurró con la mandíbula apretada.

No soportaba la sensación de vulnerabilidad. Le había dedicado demasiado esfuerzo a ese proyecto y no podía permitir que un grupo de incompatibles interfiriera en el éxito de la actualización.

Uno de los técnicos intentó suavizar la situación:

—La mayoría está cediendo. Hemos alcanzado un 98 % de homogeneización. Ese 2 % restante es un margen de error normal. Cuando finalice la tercera prueba, será insignificante.

La coordinadora exhaló despacio, forzándose a relajar la tensión de su cuerpo. Pero su incomodidad persistía.

—No podemos perder el control ahora. La junta directiva nos está presionando con esta fase del proyecto, por lo que la actualización debe completarse cuanto antes —dijo y volvió la vista a las gráficas.

Un golpe en la puerta interrumpió la discusión. Alan entró acompañado por Nélida. Sin perder tiempo, el investigador comenzó a exponer los problemas que se estaban manifestando dentro de la red.

—Si seguimos con este nivel de restricción, habrá un alto riesgo de que en la red se genere una crisis interna —advirtió Alan—. No podemos permitir que el programa cierre las posibilidades de percepción por completo. Si los usuarios no pueden cambiar el sistema, sus mentes entrarán en estado de caos. Y si eso ocurre, perderemos el control sobre la red —añadió con gravedad—. No estamos hablando solo de una pequeña disrupción, sino de un fallo sistémico. La realidad necesita cierto margen de adaptación para sostenerse.

—Es preferible mantener este nivel de restricción antes que poner en riesgo la estabilidad de toda la estructura —replicó Margot con firmeza.

—Si eliminamos por completo la flexibilidad de percepción, el sistema entrará en colapso. La red no puede sostenerse sobre una única línea de realidad sin provocar consecuencias inesperadas. La retroalimentación es necesaria —insistió Alan con un tono más apremiante.

Otro de los investigadores intervino con cautela.

—Podríamos aprovechar ese 2 % para permitir una pequeña adaptación del sistema en tiempo real. Si introducimos la idea de que estas interferencias son parte del proceso evolutivo del programa, podríamos utilizarlo para que MIO aprenda de los Incompatibles, en lugar de eliminar su información.

—Enviando un informe que justifique el margen de error como un elemento necesario para la estabilidad del programa —completó Nélida.

Pero Margot negó con la cabeza, cortando la conversación.

—No podemos correr ningún riesgo en este momento. —Su tono era firme, pero su mirada reflejaba una tensión latente—. Debemos asegurarnos de que la actualización se complete, no podemos permitirnos errores que debiliten la red.

La coordinadora del proyecto sostuvo la mirada de Alan con frialdad antes de girarse y caminar lentamente por la sala. Su mente trabajaba a toda velocidad, pues sabía que debía decidir sobre los Incompatibles, pero una mínima duda logró filtrarse: *¿Y si esa mínima desviación es necesaria para la estabilidad del sistema?*

—Lo que deben entender todos es que ya no hay tiempo —dijo al fin, con una voz baja y cortante—. Haré lo que sea necesario.

Alan la miró en silencio. Él sabía que incluso un 2 % de conciencia podía contener un universo entero, que Margot no aceptaba ese 2 % de incertidumbre. Pero él lo sabía: era ahí donde estaba la franja, el intervalo en que el sistema aún no podía predecir la respuesta... Un margen mínimo pero suficiente para alterar el resultado.

La doctora Lana, rodeada por el equipo y junto a LEH, analizaba los datos para lanzar una intervención crítica. En las pantallas, la simulación parpadeaba entre complejos patrones de frecuencia. Por un lado, el quipu de Naran se desplegaba en un espectro policromático de posibilidades; por el otro, MIO mostraba una percepción reducida, restringida a una estructura monocromática y lineal. El silencio en la sala era absoluto, pues todos sabían que esa prueba definiría el destino de la percepción dentro del sistema.

LEH, mirando el quipu desplegado en las pantallas, tomó la palabra:

—En un sistema cuántico, antes de ser observado, todo está en superposición, hay infinitas posibilidades coexistiendo —murmuró, como si el pensamiento se tejiera solo—. Pero cuando el usuario enfoca su atención en MIO, en lo conocido, en la plantilla, el 98 % colapsa en lo esperado: lo programado.

Hizo una pausa, como si las palabras tomaran forma en su mente. Después, alzó la vista hacia Lana.

—Sin embargo, en ese 2 %, en ese margen aún no definido entre los nodos del sistema, es donde nace el verdadero cambio. Ahí es donde el campo sigue latiendo, esperando ser leído. Ahí, en esos hilos que no encajan, es donde el quipu comienza a hablar.

Bajó la voz, casi como si contara un secreto:

—Ellos quieren cerrar el 2 %. Nosotros... lo abrimos. Porque ese 2 % no es un error, es una grieta. Y por esa grieta entra el campo.

Lana se puso de pie y examinó la pantalla con atención.

—Dentro del sistema, cada usuario posee un nodo: su punto de encaje o punto perceptivo; el ancla desde la cual emerge su percepción.

Añadió con calma:

—La percepción dentro de MIO no es la realidad; es solo la interpretación de lo que el sistema decide mostrar. Y cuando los usuarios aceptan esa ilusión, la onda colapsa en una sola opción.

LEH señaló la pantalla donde el quipu desplegaba sus cuerdas como un abanico de colores.

—MIO fija la atención en un solo color, siempre el mismo. Ese es su truco: hace creer que eso es toda la realidad. Pero ese color pertenece al 98 % que ya está programado.

Ariana, intrigada, se inclinó hacia adelante.

—Entonces, ¿los Incompatibles no necesitan luchar contra todo el sistema, sino aprender a mover su atención?

—Eso mismo —replicó LEH con intensidad.

—MIO ha sido diseñado para reconocer y validar únicamente aquellos patrones —interrumpió Ariana, comprendiendo el concepto—. Entonces el problema no es que los demás colores no existan, sino que el sistema no los muestra. ¿Solo los Incompatibles pueden acceder a ellos?

—Ellos, y cualquiera que logre sostener su atención en ese 2 % no definido —respondió LEH con firmeza—. Porque allí, en las tramas que no encajan, el quipu empieza a revelar lo que el sistema oculta.

—Exactamente —intervino Lana—. Debemos ayudar a los Incompatibles a sostener la movilidad perceptiva de sus nodos.

La tensión aumentó: si MIO lograba fijar la percepción de Naran dentro de la Línea Temporal 3, la realidad se solidificaría en un único estado. El equipo sabía que debían evitarlo.

—Eso significa que no solo debemos hackear el sistema —intervino Marco, con tono preocupado—, sino también la percepción restrictiva que MIO está implantando. Necesitaremos un camuflaje cuántico.

—Camuflaje cuántico —repitió Lana, pensativa.

—Sí —explicó Marco—. Si entrelazamos cuánticamente nuestras partículas con las de los Incompatibles, podremos crear un escudo perceptual. Mientras estén bajo esa protección, sus cambios no serán detectados por MIO. Sería como esconder una intención dentro del ruido, a escala cuántica.

Lana afirmó con la cabeza, amplió la simulación del espectro policromático y después recorrió la sala con la mirada para asegurarse de captar la atención de todos.

—Usaremos el entrelazamiento cuántico y la superposición para expandir la percepción de Naran. Al hacerlo, podrá ver cómo cada matiz de su quipu.

— Si el nodo de Naran es el punto clave —intervino Ariana con agitada claridad—. Si le ayudamos a sostener su nodo perceptual, evitará ver su quipu como un conjunto de decisiones binarias. —Sus dedos volaban sobre el teclado mientras generaba una nueva simulación. Al finalizar, se levantó y proyectó una visualización del entrelazamiento cuántico y la superposición—. Aquí vemos cómo cada usuario, representado por su nodo, es guiado por MIO hacia una percepción reducida. Primero, el programa descarga su información y, según su pasado, redefine su futuro en una linealidad controlada.

Sus palabras provocaron un revuelo en la sala justo cuando el agudo sonido de los drones de vigilancia de los sectores centrales irrumpió en el poblado. Varios miembros del equipo se apresuraron a cerrar los ventanales, pero el ambiente ya estaba cargado de tensión.

Los datos comenzaron a entrelazarse con patrones inusuales, revelando una arquitectura perceptual distinta: mostraban cómo MIO guiaba a cada usuario a través de una percepción lineal y reducida. La sala se llenó de murmullos cuando la implicación de esos hallazgos se hizo evidente.

—Nuestro objetivo —continuó Marco, tratando de mantener el enfoque— es introducir una interferencia en este proceso.

—Si logramos esta intervención, cada usuario podrá percibir un abanico más amplio de futuros potenciales en lugar de seguir un camino predefinido por MIO —añadió LEH con firmeza.

La doctora asintió, satisfecha con la precisión del planteamiento.

—Si modificamos el espectro visible dentro de MIO, liberaremos la percepción de Naran y revelaremos rutas perceptivas ocultas. Estas alcanzarán primero a los Incompatibles y, al propagarse, a todos los usuarios del programa. Con ello desactivaremos la imposición de la Plantilla o Línea Temporal 3.

LEH hizo una pausa antes de volver a hablar con seriedad:

—Eso significa que los Incompatibles podrían influir en la percepción de los demás, incluso a grandes distancias dentro de MIO. Si logran entrar en ese 2 % de hilos no programados, podrán colapsar desde la visión, no desde la programación. Y esa es la brecha.

—Así es —confirmó Lana—. Pero debemos asegurarnos de que MIO no detecte ni controle estas influencias. Estamos creando un nuevo nivel de conexión entre los usuarios.

Ariana, concentrada en los cálculos, no apartó la vista de los datos mientras hablaba:

—Activaremos el entrelazamiento cuántico al conectar las cuerdas del quipu de Naran con frecuencias específicas que hemos preparado. A través de la superposición, cada cuerda o hilo podrá existir en múltiples estados al mismo tiempo y revelará así el espectro completo de posibilidades oculto dentro del sistema.

Los preparativos avanzaban a toda velocidad. Justo cuando el equipo se disponía a ejecutar la transmisión, un apagón sacudió el laboratorio.

Los informes llegaron de inmediato: los drones habían disparado y afectado el sistema eléctrico en todo el poblado. Pero LEH se mantuvo sereno:

—La física cuántica nos enseña que en su nivel más fundamental, todo está conectado —dijo con calma, observando los datos aún visibles en la pantalla—. El quipu de Naran ya es parte de esta red, solo necesitamos activar la resonancia adecuada.

Los generadores de emergencia se encendieron y los dispositivos comenzaron a restablecerse. Con el resplandor tenue de las pantallas iluminando sus rostros, el equipo retomó su labor con renovada determinación: la transmisión debía completarse. El laboratorio sostenía la combinación de ciencia, resistencia y una certeza profunda: estaban a punto de desafiar los límites impuestos por MIO.

La doctora Lana respiró hondo y dio la orden final:

—Comencemos sin ninguna duda. Naran, los Incompatibles y nosotros estamos a punto de entrar en un juego de percepción cuántico con MIO.

Veamos hasta dónde podemos llevar esto.

Porque si la percepción cambia, la realidad cambia.

El grupo de incompatibles inició la simulación: Naran caminaba por un paisaje diseñado por el programa cuando sintió un cambio sutil en su percepción. Aunque el entorno parecía inalterado, una sensación de claridad y conexión la inundó.

Naran sintió el apoyo y, con un leve giro de atención, modificó el enfoque que el programa le imponía. Su mirada se desplazó hacia el punto perceptivo de Tambo. Se sentó en las terrazas, junto a las llamas, y una profunda conexión con el poblado la envolvió. Entonces percibió la textura viva de su quipu: las cuerdas se desplegaron ante ella y los nudos comenzaron a liberar memorias no integradas. Las líneas se superponían a gran velocidad, abriendo rutas inéditas que emergían en el horizonte de su visión.

Desde Karanza, los equipos sostenían la conexión a través del entrelazamiento con su quipu. Cada ajuste buscaba mantener la movilidad de su punto de encaje, con la intención de ayudarla a mantener su percepción abierta.

Pero MIO reaccionó y redirigió su percepción con una maniobra drástica: el suelo se abrió bajo sus pies y sintió el vértigo de la caída. Al desplomarse, volvió a sentir la conexión que la unía más allá de la narrativa de la simulación; se aferró a la imagen de su quipu, logró reorientar su percepción y volvió a encontrarse junto a las llamas en Tambo. Sin embargo, MIO se anticipó y repitió el proceso: abrió de nuevo el suelo y la empujó hacia un vacío interminable. Esta vez no fue solo vértigo: cada descenso fragmentaba su conciencia, desintegraba la imagen de Tambo y la convertía en sombras. MIO no solo alteraba el entorno, estaba reescribiendo su percepción de la realidad. *¿Y si el único camino era dejar de resistirse?*

Margot observaba los monitores, enfocada en el 2 % de error que persistía en la prueba. Por fin, elevó la voz con un tono cargado de determinación.

—No se puede modificar MIO con la nueva información que estos adolescentes traen, como pretendía Alan. La actualización es para que ellos se integren en la descripción del sistema. El programa fija los parámetros de lo real.

—Comprendo —respondió un técnico sin apartar la mirada de los datos—... Pero la prueba solo acaba de comenzar.

Margot señaló un punto en el monitor y los técnicos le confirmaron que era un conector.

—Es el enlace. Cuando intenten traer información nueva al sistema, cuando vean algo que no pertenece a MIO, el programa debe redirigir su percepción. Los Incompatibles solo pueden acceder a lo codificado.

Naran, cada vez más confundida, advirtió que, al intentar mover su atención más allá del punto fijo del programa, MIO la devolvía de inmediato.

—El sistema tiene que actuar como un mecanismo de rescate —continuó la coordinadora del proyecto, con los ojos fijos en la pantalla—. Cuando la chica intente desviarse, cuando su percepción se mueva más allá de los parámetros fijados, MIO debe devolverla, una y otra vez.

Cada vez que la visión de Naran fluctuaba, MIO la redirigía. Sus intentos de sostener el quipu se fragmentaban y los recuerdos de Tambo se convertían en sombras. La presión del programa se intensificó hasta envolverla por completo y, bajo la avalancha de emociones, Naran cedió: la conexión con el quipu se quebró. Observó fugazmente al grupo de incompatibles como ella, desorientados. Entonces las imágenes comenzaron a plegarse una y otra vez sobre sí mismas, arrastrándola sin tregua hacia el pasado.

Desde el Centro de Investigación, los técnicos detectaron que MIO no lograba atribuir los cambios en la percepción de Naran a su programación existente.

—¿Qué está sucediendo? —Margot no entendía todos los datos que se superponían.

Uno de los técnicos revisó con detenimiento los análisis varias veces antes de contestar.

—Para neutralizar lo que interpretaba como un comportamiento errático, el programa la bloqueó en un bucle.

Margot fijó la mirada en la pantalla, satisfecha.

—Déjenla en bucle.

—Pero esto no está en el protocolo… —protestó el técnico.

—No hay tiempo para seguir con pruebas —replicó ella con frialdad—. Pongan a todos los Incompatibles en bucle dentro del sistema, es la forma más segura de impedir que interfieran.

Antes de salir de la sala, miró de nuevo a los técnicos.

—Envíenme los informes para la reunión. Voy a dejar claro que este movimiento fue necesario.

A pesar de los esfuerzos del equipo de Karanza, descubrieron que su intervención había sido utilizada en su contra. MIO había aprendido a usar la grieta —ese 2 % de incertidumbre que habían logrado abrir— como una trampa, un circuito cerrado de superposición colapsada.

—Han utilizado a Naran como un virus dentro del sistema —reclamó Ariana, analizando los datos—. Aunque el camuflaje cuántico impidió que MIO viera los cambios directamente, el programa detectó las fluctuaciones en su percepción. No necesita ver lo que modificamos, pues le basta con notar que la señal se desvía. Y ahora ha encontrado la forma de corregirlo: utilizar ese mismo 2 % como vía de interferencia inversa.

LEH cruzó los brazos, estaba tenso.

—Hemos facilitado la tarea del sistema. Gracias a nuestra ayuda, MIO ha identificado los puntos de acceso que permiten mover la percepción. Ahora puede intervenir en cualquier usuario cuando se salga de los parámetros establecidos... y devolverlo al bucle.

La doctora Lana seguía observando la pantalla, desconcertada.

—Entonces ¿en lugar de romper la estructura del programa, lo hemos optimizado?

—Sí —respondió LEH, acercándose más a la pantalla—. La grieta que abrimos se ha cerrado sobre sí misma. No la eliminó, la reprogramó. —Bajó la voz y miró los datos—. MIO no cierra la grieta, la usa, la convierte en un espejo que devuelve el pasado. Para que, en lugar de colapsar una nueva percepción, colapsemos una vieja.

Los hilos del quipu habían desaparecido.

—Naran y los demás han sido puestos en bucle —murmuró Ariana.

—Y no en cualquier bucle —añadió Lana—. MIO los ha encerrado en el tiempo lineal del sistema. Ya no pueden moverse hacia futuros posibles; vuelven una y otra vez al pasado predefinido. Ellos creen que deciden, pero solo recorren una estructura cerrada.

LEH apretó los puños. Habían llegado hasta ese punto creyendo que su plan funcionaría, que estaban un paso adelante. Pero MIO los había superado. MIO no puede crear, solo replica. Detecta anomalías, interferencias, y las devuelve como un reflejo distorsionado. Ese 2 % de grieta, cuando no está sostenido, lo transforma en un ciclo que colapsa siempre sobre el pasado.

—Eso es lo más brillante del sistema —dijo él casi con amargura—. Te deja pensar que estás eligiendo, pero solo eliges entre las versiones que ya fueron codificadas. Eso es interferencia inversa: un intento del sistema por neutralizar lo que no puede controlar.

La ciencia había fallado. El intento había quedado atrapado dentro de la estructura de MIO. Creían haber abierto una puerta en la percepción, pero en realidad, habían sido guiados a un callejón sin salida dentro del tiempo lineal del sistema. La jugada de MIO había sido perfecta: convirtieron su propia estrategia en una trampa.

—No puede ser... —murmuró Lana y sintió que su respiración se volvía irregular. Su mente repasaba cada decisión que habían tomado: todo había sido parte de la estructura de MIO desde el principio. Sintió que un escalofrío recorría su cuerpo. Habían sido ingenuos.

LEH observó las pantallas con dureza. Durante todo este tiempo creyeron ser jugadores, pero MIO los había convertido en piezas.

Si MIO transformó nuestra grieta en su tablero, solo queda una pregunta... ¿cómo dejamos de jugar con sus reglas?

Fuera del laboratorio, en Karanza el clima reflejaba la tensión de la situación. La lluvia caía con fuerza, los truenos iluminaban el cielo. Algo había cambiado. Y lo peor era que, en ese momento, ellos no podían revertirlo.

NUDO XI

EL INSTANTE QUE SE REPITE
PARA SER VISTO

La primera vez que Naran vio a Ikan fue cuando llegó al Centro de Investigación. La sala estaba llena de jóvenes: algunos se hundían en la resignación, mientras que otros se movían inquietos en sus asientos, con los ojos fijos por el miedo. El aire era denso, cargado con el peso de las expectativas que habían sido impuestas sobre aquel grupo de Incompatibles. Con un suspiro, sintió la presión en el pecho y comprendió dónde estaba: atrapada junto a Néstor y Maia en una especie de instalación experimental. Aquello se parecía menos a un centro educativo que a un laberinto de incertidumbres.

En medio de todo, Ikan destacaba. Su presencia relajada, pero indomable, contrastaba con la inquietud ansiosa del resto. Parecía pertenecer a otro mundo, quizás a las Reservas Exteriores, donde aún sobrevivían la libertad y la conexión con la naturaleza.

Tras el impacto inicial de su llegada, Naran se sentó en una mesa, abrió su cuaderno y empezó a dibujar. Sumergida en el movimiento de su mano, buscó desconectarse de aquella atmósfera hostil. Cada trazo no era solo un acto de concentración, sino también una silenciosa forma de resistencia contra el orden que la confinaba.

Ikan la observó con curiosidad.

—Para este lugar, algo así ya parece un poco anacrónico —dijo, rompiendo el tenso y nervioso silencio de la sala.

La joven entornó los ojos y lo miró fijo. Aunque su melena oscura ocultaba parte del rostro, su presencia desbordaba el entorno, como si aún trajera consigo el aliento de la naturaleza. Había algo en él que no pertenecía a ese centro. Acechaba... como quien nunca ha dejado del todo la montaña.

Sus miradas se cruzaron.

Un estremecimiento apenas perceptible recorrió a Naran. Imágenes comenzaron a brotar en su mente: una cueva, un tambor lejano, una voz que no era suya... y sin embargo, la llamaba. Como si al mirarlo, él le hubiese devuelto una parte olvidada de sí misma.

Y por un instante, lo comprendió: Ikan no era solo un extraño.
Era un espejo.
Un reflejo de posibilidades.
Un puente hacia lo sutil.

Pero el vacío que se abrió al sentirlo fue demasiado. Ante esa grieta en su percepción, se refugió en lo conocido. Volvió a sus muros, a sus líneas, al dibujo que podía controlar.

El lápiz delineaba un animal que había visto en la huida hacia Karanza, un ser que guardaba un significado más profundo de lo que ella misma alcanzaba a comprender.

Ikan se acercó y miró el cuaderno. Al verlo, se preguntó si la ayuda de Nuna y él, durante el ensueño, había servido para que Naran alcanzara otras líneas.

—¿Dónde has visto ese animal? —preguntó.

Naran dudó. No quería mostrarse ante un extraño. Bajó la vista al dibujo, rechazando lo que había visto en sus visiones.

Ya nada de eso importa, se dijo. Solo quería pasar desapercibida, salir de aquel Centro y dejar atrás ese sinsentido.

—Es simplemente un dibujo —contestó con inseguridad.

—Está bien, sigue dibujando esa llama —dijo con un suspiro, mientras se alejaba.

La palabra la sacudió.

Su mano se deslizó con naturalidad, definiendo el contorno de una llama.

Con aquel simple trazo, el mundo del chico colisionó contra el suyo, abriéndole una nueva perspectiva. Su dedo recorrió lentamente el boceto y comprendió que podía hacer lo mismo con sus recuerdos. Así como había dado forma a las líneas hasta convertirlas en una figura definida, quizá podía aplicar la misma mirada retrospectiva a su propia vida.

Levantó la vista y se encontró con los ojos profundos del muchacho. Por un instante, sintió que su mirada se extendía más allá del presente, deslizándose hacia otro tiempo. Si lograba caminar hacia atrás, podría unir los puntos que la habían llevado hasta ese momento. Observar cada fragmento de su historia, los giros que habían delineado su destino, y comenzar por el origen.

Si alcanzaba a ver el panorama completo, quizá bastaría un solo trazo corregido para redefinirlo todo. Entonces su presente podría abrirse, liberarse de la reclusión y conducirla hacia la posibilidad de encontrar a su padre y, tal vez, a sí misma.

No sabía si aquella indagación era solo otra trampa para evadir el encierro en el Centro, pero poco le importaba. Su mente viajaba en todas direcciones, intentando reconstruir los hechos. Algo se le escapaba, lo presentía. En aquel enigmático rompecabezas, piezas dispersas aguardaban ser enlazadas. Si conseguía unirlas, nuevas posibilidades emergerían en su camino. Tal vez así lograría quebrar el destino que otros habían dibujado para ella y deshacerse de los trazos que la mantenían prisionera.

—¿Puedes ver ahora la llama, Naran? —Ikan la atravesó con la mirada—. ¿Puedes ver los trazos donde tu percepción ha colapsado?

Ella miró a su alrededor, sin moverse. Y entonces lo notó. No en el dibujo, no en el cuarto. Lo notó en el espacio entre las cosas: una grieta fina, oscilante, viva.

Las imágenes de la prueba se agolparon sin piedad en su mente. El vértigo de la caída aún latía en su cuerpo, como un eco atrapado en su percepción. Por un instante, sintió que el suelo volvía a abrirse bajo sus pies, y miró a su alrededor: algo había cambiado.

Ikan apareció frente a ella, con la mirada desafiante y la voz como un filo cortante.

—¿Te has dado cuenta ya de dónde te encuentras, Naran?

Una punzada le atravesó el pecho.

—Estoy perdida, Ikan.

—No estás perdida. —Su voz fue un ancla en medio del caos—. Estás atrapada. Pero tienes que sostener la certeza, Naran.

—¿Atrapada? —Sus ojos recorrieron el espacio, buscando respuestas en la nada que la rodeaba—. Ya no sé qué es certeza... —Suspiró sintiendo el peso de su duda.

Ikan la miró con intensidad, con la voz firme y sin concesiones.

—Certeza significa que dentro de ti ya lo vives, porque tu propio ensueño te ha mostrado que hay otra posibilidad más allá de la que creías real. Esa llama y ese poblado son tu conexión fuera de este sistema. Desde el Tonal, nunca encontrarás la salida. No puedes romper el bucle desde la lógica de MIO. Pero si recuerdas cómo moverte entre los mundos, entonces aún tendrás una oportunidad. La solución no viene del control, sino del Nagual. Es desde lo sutil donde se teje lo denso.

Naran negó con la cabeza, tenía la voz teñida de frustración.

—Todo eso ya no sirve en MIO. Me han quitado la conexión con la llama. No sé si podré alcanzar el poblado otra vez.

Mientras hablaba con Ikan, las imágenes comenzaron a superponerse en su mente como reflejos distorsionados de diferentes tiempos. Se vio a sí misma diciéndole a Néstor y a Maia que no tomaran esa salida, se vio refugiándose con ellos en el garaje, vio a Illa en la carretera con la llama, vio su llegada al Centro de Investigación después de ser capturada, vio cada una de las pruebas, el poblado…, y todo colapsó en un remolino de incertidumbre.

Pero entonces lo entendió: no estaba viendo recuerdos, eran líneas que intentaban volver a colapsar. Estaba atrapada en un punto fijo del tiempo, repitiendo el mismo instante una y otra vez, como si su conciencia hubiera sido reescrita para no poder avanzar.

Ikan no apartó la mirada de ella, la retaba con su sola presencia. Sabía que la interferencia inversa la dejaba percibir un instante para después llevarla al mismo punto.

—Asume el presente, Naran, a pesar de tus miedos. No te refugies de nuevo en el pasado.

Un escalofrío helado recorrió su cuerpo. Pues no era solo que estaba atrapada, sino que cada uno de sus intentos por salir solo la llevaba de vuelta al principio. Como si cada decisión que tomara ya estuviera programada, como si MIO la hubiera convertido en un eco de sí misma.

—¿Qué estás diciendo?, ¿que estoy en un bucle?

Ikan sostuvo su mirada con seriedad.

—Ver el bucle parece sencillo… pero todos estamos hechos de él. Repetimos una y otra vez la misma información, esperamos que algún día nos dé un final diferente para nuestra herida. Pero MIO no nos atrapa con fuerza, nos atrapa con la promesa de sentido.

—No sé de qué hablas.

—Creo que ahora, puedes verlo.

Naran titubeo, quería encontrar las palabras.

—Si me han puesto en bucle, fue por seguir esa posibilidad. Mi intención era pasar las pruebas e irme, pero ahora estoy atrapada. Me han empujado a un precipicio.

Ikan dio un paso hacia ella, su voz no titubeaba.

—No desperdicies tu energía en la desesperación; la necesitas para que tus actos puedan cumplir los designios de tu intento.

La ira de Naran se encendió de golpe.

—No sigas con tu enfoque, Ikan. Sigues creyendo que estás por encima de las circunstancias, pero tal vez no lo estés.

Se apartó de él y comenzó a caminar. Si MIO había construido ese bucle, entonces debía haber una grieta en su estructura. Y si alguien podía ayudarla a encontrarla, era Illa.

Detrás de la repetición, algo palpitaba.
No era un recuerdo, era el hilo.
Y ella tenía que encontrar la forma de sostenerlo.

Illa entregó varios quipus y semillas a los chasquis antes de volverse hacia Naran, quien ya había comenzado a sachar apresurada, como si el trabajo físico pudiera disipar la sensación de estar atrapada.

—Illa, lo he podido ver —dijo sin mirarla, con la respiración agitada—. Me han atrapado en una secuencia repetitiva dentro del constructo. —Un escalofrío recorrió su espalda mientras imágenes superpuestas revoloteaban en su mente.

Era como si todas las versiones de sí misma gritaran al mismo tiempo, pero como si ninguna supiera cómo salir—. He visto todas esas secuencias repetirse una y otra vez.

La muchacha dejó el sacho y se arrodilló en el suelo, sin fuerzas. No sabía cuánto tiempo llevaba en ese estado. Illa la observó con profundidad y le habló con un tono sereno pero cargado de significado.

—Sí, Naran, estás en bucle dentro del programa.

—¿Cuánto tiempo llevo... repitiendo esto?

—Desde la tercera prueba —explicó la awicha, recogiendo algunas semillas—. En el tiempo lineal de MIO, llevas más de dos años repitiendo lo mismo. Te han atrapado en tu propio pasado, proyectan una y otra vez tus recuerdos y miedos. No podías ver ni decidir, eras prisionera de un sueño, de la culpa. Pero ahora... has mudado de piel, como la serpiente; has dejado de identificarte con esa forma de ser. Y ahora es momento de moverte con la fuerza y la agilidad del puma.

—Déjate de metáforas y de animales, Illa —gruñó Naran, su voz subió de tono—. No te das cuenta de la situación en la que estoy. ¡Estoy en bucle!

—Tú creaste esta conexión, Naran. Eres la anomalía en el sistema. Gracias a la recapitulación, has soltado el pasado al que estabas aferrada, tu atención ya no está fragmentada y ahora puedes ver. Has tendido un puente entre tu yo dentro del programa y tu doble de ensueño aquí, en el poblado. Ahora debes integrarlos.

Naran sintió un nudo en la garganta.

—¿Cómo no me di cuenta antes? ¿Por qué no me lo dijiste?

Illa se detuvo frente a ella, con la mirada penetrante.

—Si no nos pusieran trampas, nunca aprenderíamos. Este bucle era necesario para que mudaras de piel, para cambiar tu percepción. Comenzaste a percibir el Pacha de manera no lineal, lo que te permitió ver alternativas y cambiar tu propia realidad interna.

Pero Naran no podía escucharla. Su mente seguía atrapada en las imágenes superpuestas, en el vértigo de la repetición.

—Illa, esto no cambia nada —susurró y cerró los ojos con fuerza—. Sigo aquí atrapada.

La awicha negó con la cabeza, con una leve sonrisa.

—Gracias a esas anomalías, pudiste percibirme en la carretera por primera vez. Ese fue el primer hilo suelto en la trama del sistema. Ahí comenzaste a preguntarte si había más posibilidades fuera del bucle. Ahora puedes ver la trampa y decidir cómo salir de ella; puedes percibir los hilos del quipu con los que tejer tu propia historia. Pero tienes que ponerte en acción.

—Ese maldito programa... —murmuró la joven con rabia contenida.

Illa suspiró.

—MIO no es el enemigo, Naran. Deja de utilizarlo para justificar tu inseguridad. La lucha lo alimenta, la resistencia lo fortalece. No necesitas pelear con él; solo, verlo tal como es.

—¡Ese constructo me tiene atrapada! —gritó—. Y todo por la maldita anomalía, por esa maldita llama. Tendría que haber hecho las pruebas e irme con mi padre.

La mujer la miró sin alterarse.

—Desde fuera, esos circuitos de MIO, esos horizontes artificiales, son tan insignificantes, Naran. Solo son una descripción de la realidad a la que sigues aferrada. Si te dieras cuenta de que tienes el poder de sostener realidades... si entendieras que estar en bucle ha sido tu oportunidad para ver la información que ya no quieres seguir proyectando...

La muchacha la miró con desafío, con rabia. Arrojó el quipu contra el suelo y sin dudarlo, agarró a la llama y comenzó a caminar.

—Espera, Naran —dijo Illa, siguiéndola con paso firme—. Para percibir otras realidades no basta con desearlo. Necesitas mantener tu atención unificada, seguir entrenándola para que no se fragmente.

De algún modo, todavía estás aquí. Debes continuar recapitulando, recuperando la energía que has dejado atrás en cada experiencia, hasta que tu percepción vuelva a ser completa.

La joven apretó la mandíbula.

—Creo que tu enfoque y lo que me has enseñado no me sirven en este momento.

La awicha la observó con atención.

—Ahora que sabes que estás en bucle; tienes que decidir quién quieres ser en esta experiencia. Debes dejar de ser la presa, convertirte en el cazador. El puma representa la fuerza. Tienes que conectarte con las posibilidades del presente, con el Kay Pacha.

Naran recordó de nuevo las palabras de Ikan y con ellas, todo el peso de la situación.

—Creo que solo quiero ser una cobarde feliz que vive en un mundo de ilusión —desafió sintiendo cómo el paisaje de Tambo se distorsionaba con su percepción.

Tomó el quipu con rabia y se lo colgó del cuello.

—Necesito caminar. Me estremece la idea de continuar en bucle y quedarme atrapada en tu cosmovisión de serpientes y pumas. ¡Tu enfoque ya no me sirve y tus metáforas tampoco!

—Gritó esas últimas palabras mientras se alejaba en dirección a las montañas.

No lo sabía aún, pero el simple hecho de ver el bucle ya lo estaba debilitando. Y esa llama, esa maldita anomalía, aún no la había soltado.

Y mientras caminaba hacia las montañas, el paisaje temblaba... como si su programa no supiera si sostenerla o dejarla ir.

NUDO XII

DONDE LOS PACHAS SE CRUZAN.

Naran caminaba con la mirada perdida; sentía el peso de la confusión y la rabia con cada paso. Se sentía atrapada entre el programa MIO y la sensación de que algo más la llamaba. El paisaje de Tambo se extendía ante ella como un espejo nublado. Se detuvo al borde de una terraza de cultivo para observar cómo los chasquis entraban y salían de Tambo como olas de información en un mar de conciencia. Se envolvió en su poncho y cerró los ojos; escuchó el viento, que le susurraba ecos desde todas las direcciones. Por un momento, la tristeza quiso emerger, pero la rabia seguía atrapándola. La sensación de injusticia la hizo lanzar una piedra con furia contra las terrazas, como si ese gesto pudiera liberar lo que llevaba dentro. Entonces, el sonido del pututu resonó en el aire: un chasqui se había desviado de su camino y se dirigía hacia ella.

Se secó las lágrimas con la mano y lo observó acercarse con respeto. Había algo en su presencia que irradiaba certeza.

—Tengo un mensaje para ti —anunció el chasqui con voz firme y serena.

Naran frunció el ceño.

—Illa me dijo que los chasquis pueden enviar mensajes a través del tiempo. ¿Cómo es posible?

—Puedes llamarme Kunak —respondió él, señalando las terrazas circulares de cultivo—. El tiempo, como estas terrazas, no es lineal. Se mueve en ciclos, como las estaciones, como la cosecha. En MIO, la percepción del tiempo ha sido artificialmente linealizada, limitando la capacidad de los usuarios para ver más allá de una secuencia programada de acontecimientos.

—No entiendo —reclamó la joven. Sentía que algo se le escapaba.

—Nuestra percepción del tiempo es cíclica —explicó el chasqui—. Observa bien las terrazas. ¿Qué ves?

Naran recorrió con la mirada los círculos concéntricos de piedra y tierra.

—Son tres terrazas circulares, pero no veo qué tienen que ver con el tiempo.

Kunak le sonrió con paciencia y la invitó a acercarse con un gesto.

—Tal como las semillas que se siembran en la tierra, cada acción que realizas en el presente tiene poder para influir en tu pasado y moldear tu futuro. Tú también eres una mensajera, Naran, un chasqui entre los tiempos.

La joven sintió un estremecimiento. Podía percibir la verdad en sus palabras, pero aún no lograba comprenderla del todo.

—El *Hanan Pacha*, la terraza externa, representa el pasado, la estructura sobre la que se construye el presente y el futuro —continuó el chasqui—. Cada experiencia pasada es el fundamento de lo que eres hoy.

—¿El pasado va delante? —preguntó Naran, intrigada.

—Así es. El Hanan Pacha guía lo que está por venir. Pero el *Uku Pacha*, la terraza interna, es el mundo de las raíces, donde se gestan las posibilidades. Es el futuro que empuja desde dentro, esperando ser manifestado.

Naran miró la terraza intermedia.

—¿Y el *Kay Pacha*?

—Es el presente, el punto donde se cruzan el pasado y el futuro; cuando estos dos Pachas convergen en un Chawpi, el lugar de encuentro, nace el aquí y el ahora. Es el campo de acción donde todo se transforma —el chasqui la observó con intensidad—. Ahora entiendes que el futuro no está delante, sino empujando desde adentro. Cuando tomas conciencia del Chawpi, el punto de encuentro entre opuestos, puedes abrir un *Punku*, un umbral en el tiempo. Y es allí donde la realidad deja de ser una línea y se convierte en un tejido vivo.

La muchacha miró el paisaje y discernió el flujo del tiempo en los círculos de las terrazas y en la espiral de la caracola que el chasqui sujetaba. Bajó la mirada hacia los hilos del quipu que colgaban de su poncho. Cada hilo era una conexión con el pasado, el presente y el futuro. Cada nudo era un Chawpi: un punto de encuentro; si tomaba conciencia de ese cruce, podría recordar. Las palabras que Illa había dicho una vez surgieron como un susurro: *El tiempo se despliega hacia fuera y vuelve hacia dentro, en un vaivén cíclico. Nada está estático; todo se está haciendo y deshaciendo, como los nudos del quipu que se anudan y se desatan, que se transforman sin cesar.*

Tomó una semilla de quinua que llevaba guardada en su poncho y la plantó en la terraza interna. —Quiero percibir esta situación de otra manera; quiero reescribir este nudo en el quipu —afirmó. Y supo que, al plantar esa semilla, también estaba tocando el campo. El entramado invisible que tejía los tiempos había respondido.

El chasqui asintió; tenía una expresión cargada de significado.

—Estás integrando tus opuestos, Naran. El Chawpi comienza a manifestarse en ti no como una meta, sino como una resonancia, como un punto de cruce que no eliges, que te reconoce. Es allí donde el tiempo se escucha, no se mide;

donde ya no eres solo quien recorre el camino, sino también quien lo está tejiendo. Para seguir avanzando, debes viajar al Hanan Pacha y encontrarte con tu abuelo.

La muchacha sintió un estremecimiento en su pecho cuando el chasqui pronunció en voz alta: *Mi querida nieta, Llamayuq. Podemos tocar el próximo nudo del quipu juntos.*

En ese instante, el paisaje pareció renovarse y Naran supo que había dado un paso más allá del bucle. Entonces veía el juego del tiempo no como una prisión, sino como un espacio de transformación. Lo que antes parecía un laberinto cerrado se revelaba como un camino maleable, donde cada acción podía cambiar la estructura del siguiente paso.

El quipu no era la prisión, era el instrumento. Y ella había comenzado a tocarlo.

Naran viajó a Karanza con Unay para visitar a su abuelo. Al entrar en la ciudad, la luz dorada del atardecer se reflejaba en los edificios teñidos de grafitis. El viento arrastraba murmullos de conversaciones, risas lejanas y el eco de una música callejera que se mezclaba con el latido del suburbio. Desde pequeña, aquel viaje tenía un significado especial para ella, pues no solo era un reencuentro con su familia, sino también con las historias que su abuelo tejía con palabras, relatos que la conectaban con algo más grande, con algo que sentía dentro de ella, pero que aún no comprendía del todo.

Al llegar, Naran corrió hacia él con una sonrisa y le entregó un dibujo.

—Hola, Llamayuq, guardiana de la llama —dijo su abuelo con ternura, observando la ilustración con ojos sabios—. Veo que has estado con tu llama. Sé que tienes muchas historias que contarme del poblado al que vas para estar con ella.

La niña asintió con entusiasmo y él continuó con un brillo misterioso en la mirada.

—Hoy estamos aquí porque quiero contarles un cuento. Si quieres, puedes sentarte con los demás niños.

El abuelo de Naran, un sabio de ojos profundos y voz serena, reunió a niños y adultos alrededor del fuego. A su alrededor, los murales parecían observar la escena. Imágenes de rostros, de montañas, de quipus y de símbolos sagrados eran testigos silenciosos de cada historia narrada en aquel espacio. Naran se acomodó junto a su madre, en silencio. El abuelo removió las brasas con una rama y después, sin prisa, sacó de su morral una piedra de obsidiana pulida. La sostuvo entre los dedos, como si captara en ella algo que no estaba afuera, sino en el reflejo del fuego.

—Los antiguos sabios decían que la Tierra canta líneas invisibles que solo pueden escucharse cuando se camina con el alma abierta.

»Cada pueblo originario tiene sus mapas: unos dibujan en tela; otros, en la arena; otros, en el aire... Los Nazca trazaron líneas sobre la tierra; los Mayas, en códices de corteza; los pueblos del desierto, sobre arenas que el viento borraba; los guardianes del *Dreaming*, en cantos invisibles que viajan por el tiempo; los Toltecas tejieron caminos en el ensueño. Todos ellos, cartógrafos del misterio. —Hizo una pausa, como si escuchara algo dentro del fuego—. Este cuento aún no ha sido contado... Hace muchos ciclos —comenzó Phawaq, el abuelo—, en un valle protegido por los imponentes Apus, existía un enclave sagrado al que llamaban el Valle de los Sueños.

Su voz envolvió a los presentes como un tejido invisible. El fuego danzaba al ritmo de las palabras, avivándose y menguando con cada inflexión. Las sombras se alargaban y encogían en un vaivén hipnótico. De repente, la leña crujió con un chasquido seco, como si algo invisible se agitara dentro de las llamas. Phawaq hizo una pausa, miró a los niños y su expresión se tornó grave. El silencio se extendió como un manto.

—Escuchen bien —dijo con la voz más baja, más profunda—. Hay historias que solo pueden contarse cuando el fuego las susurra en su propio lenguaje.

Los niños contuvieron la respiración, pues algo en el aire había cambiado. El abuelo continuó, y su voz adquirió un tono profundo, envolvente, como si con cada palabra los transportara en un viaje invisible.

—Aquí, la tenue línea entre el sueño y la realidad se difuminaba, y los caminantes que lograban alcanzar el valle en silencio interno podían escuchar las voces de la tierra, el viento y los Apus susurrándoles los pasos a seguir. Y no solo para ellos, sino para toda su comunidad. Pero un peligro se alzó: una serpiente poderosa y astuta, nacida de los miedos de la humanidad, comenzó a deslizarse entre los sueños de las personas; susurraba palabras temerosas y proyectaba visiones de un mundo sin magia, desconectado de la tierra y los espíritus. Un mundo descrito como caminos sin vida, artificiales, gobernado por la lógica fría y la razón absoluta; un mundo donde solo existía lo que podía ser codificado dentro de su sistema.

»Cada noche, esa serpiente se alzaba como una gran sombra —continuó—: nos desconectaba de nuestros sueños, devoraba nuestra imaginación y eliminaba la posibilidad de ver más allá de lo visible.

Quería atraparnos en una línea de tiempo artificial donde solo existiera una única realidad marcada, donde los caminos ya estuvieran descritos y los horizontes fueran predecibles.

Phawaq hizo una pausa y miró a los niños—. ¿Por qué debemos recordarnos a través de nuestras historias? —preguntó con dulzura.

Los presentes intercambiaron miradas. El abuelo sonrió y les explicó:

—Porque con las palabras podemos crear o destruir realidades. La imaginación es el lenguaje del Nagual. Y por eso ensoñamos, para recordar lo que ya sabemos. Los sabios de las tribus no se dejaron embaucar por los susurros venenosos de la serpiente artificial; supieron ver más allá de las sombras serpentinas y con certeza, eligieron otro camino, se guiaron por las señales, los símbolos y las visiones de los Apus.

—Nuestra prioridad es servir al espíritu —dijeron con firmeza los ancianos. Y así fue cómo decidimos crear Karanza. No solo como un refugio físico, sino como un valle fértil para los sueños, la imaginación y los caminos infinitos; un lugar donde la serpiente no pudiera penetrar ni inducir sueños mecánicos. Nuestro desafío fue que los sueños individuales y colectivos fueran creados conscientemente, con intención.

El abuelo continuó narrando cómo los fundadores de Karanza aprendieron a percibir la vida como un quipu, donde cada elección y cada experiencia era un nudo en el tejido del tiempo. Aceptaron el desafío de caminar entre dos mundos, de equilibrar el sueño y la realidad, de resistir una y otra vez ante los embates de la serpiente.

—Nada permanece inmóvil, pequeños —dijo Phawaq con la voz hecha brisa—. El tiempo se canta en ciclos: brota desde adentro, se expande hacia afuera y vuelve a nacer desde lo invisible. Todo se entrelaza y se libera, como los hilos del quipu, que sueñan su anudarse y desanudarse en el pulso eterno de la creación.

Al acabar la narración, todos sintieron que habían regresado de un gran viaje, con una nueva comprensión del gran tejido, de su historia y de su quipu. Naran corrió y lo abrazó. Él la miró con afecto.

—Tú eres parte de esta historia, Llamayuq. Solo tú tienes un color del hilo, una percepción única que puedes traer a este tejido de la realidad. Estoy seguro de que podrás plasmarla en este tapiz de la vida. —Le mostró un quipu y le entregó hilos de colores—. Este ha pertenecido a tus ancestros; aquí están sus historias, su información. Y estos hilos son para que sigas tejiendo tus propias historias. Este quipu se quedará en Karanza porque será el puente de conexión entre los Pachas, entre los tiempos. —Señaló un punto en el tejido—. Aquí hay un Chawpi, un punto de encuentro. Tú y yo siempre estaremos unidos aquí. Este entramado te llevará más allá de esa línea artificial, te guiará hacia tu propio Valle de los Sueños y a tu propia conexión con el intento.

El abuelo se inclinó y, con los dedos, trazó un círculo sobre la tierra. Luego colocó en el centro una piedra redonda, y junto a ella, la obsidiana.

—El sol y la luna —dijo—. Ambos reflejan tu fuerza. Pero MIO quiere que elijas solo uno: la tensión entre morir y vivir, olvidar que juntos forman el día y la noche. Y para liberarte, debes caminar entre ellos.

Naran observó el reflejo en el espejo, intentando descifrar las palabras de su abuelo.

No vio su rostro. Solo un hilo. Y supo que debía seguirlo.

Naran pasó horas en silencio, con la atención puesta en el presente, sachando sin distracciones, hasta que la tarde cayó sobre Tambo. La tierra húmeda se deslizaba entre sus dedos mientras la brisa agitaba los tallos de quinua con suavidad. Por primera vez en mucho tiempo, no se sintió perdida, no había ruido en su mente, no había lucha; solo el aquí y ahora.

Se sentó junto a la llama mientras Illa se aproximaba. Ambas contemplaron en silencio cómo la luz dorada del sol teñía el paisaje de matices cálidos, como un reflejo de algo que apenas comenzaba a revelar su significado dentro de ella.

—Illa, al recapitular y conectar con mi abuelo, sentí que despertaba partes de mí que estaban adormecidas —dijo la muchacha con una serenidad profunda—. Recordé cómo usaba la Yuyana, la imaginación, para contar historias y conectar con otras realidades. Mi abuelo decía que la imaginación es el lenguaje del Nagual, y ahora lo entiendo: era su forma de tejer la realidad, de sostener la visión cuando aún no existía forma... Solo tengo que recordar cómo percibía cuando era niña, pues mi percepción estaba viva, era libre.

La awicha la miró con aprobación y cariño.

—En esa época no habías aprendido a dividirte, no te habías fragmentado entre lo sutil y lo denso. Vivías plenamente en la unidad de la percepción expansiva, sin caer en la dualidad del mundo.

Naran se vio reflejada en los ojos de la mujer y sintió un reconocimiento profundo, como si hubiera encontrado un eco verdadero de sí misma.

—Creo que llevo el don de la tradición oral, como lo tenía mi abuelo —susurró, dejando que su mirada se perdiera en el horizonte teñido por los últimos rayos del sol—. Al tocar el quipu, sentí claramente cómo las voces de mis ancestros me susurraban historias.

—Has tocado el *Wiñaypacha*, el tiempo ancestral y eterno, Naran —confirmó Illa—. Cuando te vacías de las limitaciones impuestas, tu esencia despierta. El quipu y la Yuyana son instrumentos que te ayudan a trascender el tiempo lineal. Ahora tu percepción está abierta.

La joven observó el movimiento sutil de los chasquis en la distancia, que aparecían y desaparecían en el horizonte.

—Quiero ser un chasqui que viaje entre los Pachas —afirmó con convicción—, usar mi Yuyana para construir puentes entre mundos, para recordar y compartir lo que he visto.

—Lo has comprendido —respondió la awicha con suavidad—. No has quedado atrapada en el papel de víctima, aunque reconozcas que estabas en un bucle. Has elegido percibir desde otro lugar.

Naran sintió un movimiento en su interior, una expansión ligera y profunda.

—Aún estoy confundida, Illa. Pero ya no puedo ver la situación como antes, algo ha cambiado.

La mujer notó un brillo renovado en los ojos de Naran y asintió con serenidad.

—Tu percepción se está alineando con el intento —dijo—, y eso te libera del miedo y la confusión. El intento atraviesa tiempos y realidades, conecta todo lo que existe. Recapitular fue invocar tu fuerza interna para soltar cargas pasadas y mover tu punto de encaje hacia nuevas líneas. —Se inclinó levemente hacia Naran y sus palabras cayeron como semillas sobre tierra fértil—. Eres una *Awaq*, una tejedora. No solo estás leyendo el quipu, también eres quien lo está tejiendo.

La muchacha escuchaba con atención mientras el viento acariciaba su rostro. La palabra *Awaq* flotó entre ellas, vibrando como un hilo recién tensado en el telar del mundo. Un estremecimiento sutil recorrió el centro de su pecho, como si su corazón reconociera un nombre que había estado esperando desde siempre. Illa tocó los hilos del quipu con reverencia, como si rozara el centro mismo de la trama.

—Has mudado de piel como una serpiente, Naran. Has integrado tu pasado, y ahora, con la fuerza del puma, podrás actuar en el presente, es decir que tienes la capacidad de negociar con cualquier realidad porque ya no estás atrapada en tus proyecciones. —Su voz se volvió aún más íntima, como si compartiera un secreto antiguo—. El puma no se domestica, Naran; se acecha. Es la sombra que se mueve contigo cuando caminas el presente con atención plena. No busca la luz; la atraviesa. Solo quien ha recorrido el Uku Pacha con el corazón despierto puede caminar el Kay Pacha con su visión.

La joven, sintiendo el peso y la ligereza de todo lo recibido, susurró:

—Ahora puedo acecharme conscientemente, ¿verdad?

Illa sonrió, como quien ve florecer un brote esperado por mucho tiempo.

—Exacto, Llamayuq. Has despertado y reconocido que eres guardiana de tu percepción, guardiana de tu sueño. Tu imaginación es ahora la llave que abre la puerta hacia cualquier realidad que elijas habitar.

Por primera vez, Naran no quiso huir de su historia. Quiso caminarla con los ojos abiertos, con el alma despierta. Y esa vez, decidió caminar el sueño en vez de huir de él.

Posó su mirada en el horizonte: el sol no se ocultaba, simplemente se desplazaba hacia otro plano, donde el ojo humano aún no recordaba.

NUDO XIII

EL ESPEJO DEL QUIPU

Naran despertó en lo que creía que era el Centro de Investigación. Pero esa vez, algo era distinto, no había confusión en su mente. Por primera vez, recordaba su propósito y lo aprendido en Tambo. Miró sus manos y fijó su atención en ellas para anclar su percepción, y comenzó a caminar por los corredores de luz que parecían extenderse con cada paso que daba.

—Espera, Naran.

La voz de Ikan resonó en el silencio, firme y clara.

—Estoy apurada, Ikan, necesito encontrar al grupo —respondió sin detenerse, avanzando con decisión.

—¿Estás segura de que los encontrarás? —preguntó él—, ¿o será MIO quien te hable... a través de ellos?

La joven se detuvo en seco. No era la misma duda de antes, aquella que la paralizaba. Ya podía acecharla, observarla sin dejarse arrastrar por ella.

—Ikan... —susurró, tenía la respiración contenida.

Él dio un paso hacia ella con la calma de quien conoce el terreno en el que se mueve.

—Para enfrentarte a MIO —habló él con un tono preciso—, debes ser como el guerrero que conoce bien su campo de batalla. No te enfrentas solo a un programa; es un territorio donde tu mente y tu percepción pueden ser capturadas.

El eco de sus palabras reverberó dentro de ella. Naran comprendió que la batalla no estaba fuera, sino en cómo elegía percibir.

—MIO se alimenta de lo complejo, de lo que enreda el pensamiento —prosiguió él—. Un guerrero, en cambio, es sencillo. Debes aprender a ser clara y precisa, elimina lo innecesario. Y cada acción debe tener un propósito —añadió con firmeza—. No te pierdas en pensamientos que no sirven. La claridad es tu mejor aliada. La percepción solo se sostiene en la complicación cuando no hay presencia.

Ella sintió que algo en su mente se reacomodaba, como si el espacio se despejara. Había pasado demasiado tiempo atrapada en laberintos mentales, en proyecciones que solo la confundían.

—MIO intentará que caigas de nuevo en la confusión —continuó Ikan—, que sigas reaccionando como siempre lo has hecho. Pero ahora tienes otra opción. —Extendió su mano y le entregó una pequeña piedra. Naran la tomó con cautela y vio que en su superficie había grabado un sol y una luna—. Cada vez que sientas miedo, cada vez que MIO intente envolverte en sus ilusiones, recuerda esta piedra —agregó.

La muchacha deslizó los dedos sobre los grabados, sintiendo su textura.

—La tensión entre la vida y la muerte... —murmuró, comprendiendo el símbolo—. MIO me ha mantenido atrapada en la idea de que solo hay una opción. Pero en realidad, el equilibrio está en caminar entre los opuestos sin ser dominada por ellos.

—Recuerda que el campo de batalla no es solo MIO; también eres tú misma y tus pensamientos —dijo Ikan—. Puedes retirarte y observar desde la distancia, pero no te enfrentes de manera directa si no estás lista. Los guerreros retroceden para ganar perspectiva cuando lo necesitan. Un buen acechador no actúa por impulso; observa hasta que el momento se revele por sí mismo.

Naran cerró los ojos y dejó que su mente recorriera las proyecciones que la habían mantenido atrapada. Las imágenes pasaron ante ella como reflejos de una percepción que antes no podía controlar. Pero esa vez, en lugar de perderse en ellas, se mantuvo firme. Su respiración se volvió más pausada y su cuerpo, más liviano. Entonces, una imagen surgió en su mente: el puma, observador, paciente, acechando su momento.

—Acecharé mi propia mente... —susurró mientras sentía que la certeza se asentaba en su pecho, de que pasaba de ser cazada a ser cazador dentro del sistema.

Ikan asintió.

—Así es. Aprende a acechar tus pensamientos y sentimientos. Observa cada reacción y pregúntate si es tuya o si viene de MIO.

Naran apretó la piedra en su mano. Su mirada ya no reflejaba desesperación, sino claridad. Por primera vez, no estaba a merced del juego: estaba lista para jugarlo con sus propias reglas.

—Así lo haré.

Porque entonces no solo recordaba quién era, sino que estaba dispuesta a sostener esa percepción... incluso dentro del sistema.

Naran siguió caminando por los corredores virtuales, sintiendo la carga del espacio. Cada paso que daba parecía extender la sensación de estar atrapada en un terreno diseñado para distraer la percepción. Al cabo de unos instantes, se encontró con el grupo de incompatibles, y la escena le resultaba inquietantemente familiar.

Néstor, rodeado por los demás, irradiaba una nueva confianza, una presencia dominante que imponía control. Cuando la vio, le dedicó una sonrisa calculada, como si ya supiera lo que iba a ocurrir.

—¡Naran! —exclamó con un tono casi burlón—, ¡lo conseguimos! Hemos logrado abrir el 5 % en el programa.

Algunos Incompatibles asintieron con entusiasmo, pero ella percibió una chispa de duda en algunos de ellos, oculta tras la aparente conformidad. Maia, sin embargo, no mostraba ninguna expresión: su mirada estaba perdida en el vacío. La muchacha respiró hondo, pues no podía reaccionar impulsivamente. Recordó lo que Ikan le había dicho: primero, tenía que estudiar el campo de batalla.

—¿El 5 %, Néstor? —Su voz fue firme, no confrontó de inmediato—. ¿De verdad crees que esto es el 5 %?

Los Incompatibles se tensaron, pues algo había cambiado en ella. Néstor entrecerró los ojos, analizándola: sabía que algo en ella ya no reaccionaba como antes.

—MIO les está mostrando un espejismo de pequeñas libertades —continuó la joven—. Les ha permitido creer que han ganado algo, pero siguen dentro del mismo bucle, siguen repitiendo las mismas percepciones, atrapados en una ilusión.

Néstor arqueó una ceja y soltó una risa seca.

—¿Y qué hay de malo en eso? Aquí tengo control, Naran. He logrado lo que tú no pudiste: liderar y darles a los Incompatibles algo tangible, algo que puedan sentir.

Ella sostuvo su mirada.

—¿Qué significa el 5 % para ti entonces, Néstor? ¿Control?, ¿la ilusión de poder? —hizo una pausa y después continuó—. Puedes introducir en el programa memorias de otros tiempos; solo tú tienes esa habilidad, ese don. Pero ante el miedo y la necesidad de control, sigues permitiendo que el programa decida por ti.

Su compañero miró a los demás en busca de apoyo, pero algunos desviaron la mirada.

—¿Y qué nos ofreces tú? —preguntó con dureza—. ¿Palabras vacías sobre otra realidad?, ¿promesas que nadie puede ver? Recuerda que estamos en una crisis. Todo lo que llamas habilidades fue considerado un riesgo para el sistema. Esas interferencias solo creaban inestabilidad.

La muchacha vio la forma en que el programa hablaba a través de él... no sería fácil romper ese vínculo.

—Puedo estar en dos posiciones de ensueño al mismo tiempo. En dos nudos del quipu. MIO... solo es una posición. Un punto perceptivo —dijo con calma—. Si cada uno de nosotros insertara información nueva, abriríamos ese 5 % para todos.

Néstor la miró con desdén.

—Sigues hablando en términos abstractos, Naran. —Su tono se volvió más sarcástico—. Mencionas conceptos que ni siquiera podemos entender. ¿De qué nos sirven aquí dentro?

Naran quiso comprobar si su hermana estaba atrapada en la misma ilusión.

—Maia, tú tienes la habilidad de insertar valores en el sistema. Recuerda que querías ir a Karanza, que querías estar con tus padres.

No respondió, solo miró a su hermano y después, volvió a perderse en el vacío. Una punzada atravesó el pecho de Naran: Maia le recordaba a sí misma cuando Ikan intentaba hacerle ver que estaba identificada con el sistema, pero ella no podía percibirlo. Sintió la presión del momento, sacó la piedra que le había dado Ikan y la sostuvo con fuerza. Recordó sus enseñanzas sobre el acecho y la percepción.

—Aquí dentro, los escenarios de nuestras vidas ya han sido escritos. —Alzó la voz, para proyectar su certeza—. Lo saben... y aun así, siguen actuando dentro de ellos.

Los Incompatibles la miraron, pero nadie habló. La actitud de Néstor mantenía el control sobre ellos.

—No nos han enseñado a imaginar juntos, a crear algo real —prosiguió—. Nos han dividido. Pero ahora tenemos la oportunidad de permanecer unidos, de exigir lo que es nuestro derecho.

Las voces de Illa e Ikan resonaron en su interior: era el momento de actuar. Pero la reacción del grupo la hizo titubear. Y ese instante de duda fue suficiente para que Néstor lo percibiera; sonrió con autosuficiencia y extendió la mano hacia ella.

—Naran, ven con nosotros. No juzgues, solo experimenta.

MIO se transformó en un vibrante entorno virtual, una fiesta en todo su esplendor: música, luces, avatares de todos los estilos llenaban la escena. Néstor intentó convencerla de que se uniera a la diversión. Maia, con la mirada perdida, murmuró con suavidad:

—¿Por qué resistirnos?, ¿no es mejor aceptar esta situación?

Naran intentó conectar con la Maia que recordaba.

—Esto no es real, podemos elegir. No tenemos que ser solo participantes dentro del juego de MIO. Recuerda nuestro propósito.

Néstor, escondido tras una sonrisa y su máscara de múltiples rostros, se inclinó hacia ella.

—Naran, relájate. La vida es más que solo luchar. —Miró a su hermana y continuó—. A veces, necesitamos explorar lo que no somos, explorar la otra polaridad que rechazamos.

La joven sintió que el programa quería manipularla, por lo que inspiró profundo y tomó una decisión.

—Está bien, Néstor —respondió con calma, pues sabía que su presencia alteraba el programa. Aunque se sumergiera en el escenario, no iba a perder su centro—, pero sin olvidar por qué estamos aquí.

Se sumergió en la fiesta junto a él. Sabía que el chico tenía el control de la situación, pero aún tenía esperanza de que viera otra posibilidad. Sin embargo, cuanto más tiempo pasaba dentro de esa sucesión de escenarios, más desconectada se sentía. Y entonces rompió el silencio.

—¿De verdad esto es todo lo que quieres? —preguntó con la voz firme—, ¿seguir identificado con este personaje?

Néstor no respondió; solo siguió bailando y riendo con los demás. Y Naran sintió la traición en su pecho.

—Néstor, escúchame, ¡nuestro propósito es abrir el 5 %! Pero lo único que has hecho es aceptar otra versión del control. ¿No ves que estoy repitiendo las mismas palabras que tú decías antes?

Él sonrió con frialdad.

—Aquí tengo lo que necesito, Naran. Tú también has encontrado seguridad y control en los conceptos y en las realidades de las que hablas. No somos más que peones en medio de diferentes bandos.

La muchacha lo miró con tristeza: la conversación estaba cerrada.

—Sigues en un bucle, Néstor. No has abierto el 5 %, solo has aceptado otra prisión.

Pero él ya no la escuchaba. Y ella, al percibirse más sola que nunca, se retiró del campo de batalla perceptivo.

Naran movió su atención en el quipu hacia Tambo, buscando refugio y claridad en ese nudo del tejido. Sin embargo, al llegar, percibió que algo había cambiado. Las montañas, las terrazas de cultivo, la luz que solía bañar el valle, todo parecía desvanecerse, como si Tambo estuviera disolviéndose ante sus ojos. Las sombras comenzaron a cubrir los colores vivos del lugar y, a medida que avanzaba, todo a su alrededor se volvía gris y borroso. Era como si la esencia de Tambo se desvaneciera en el olvido.

—No… no puede ser —murmuró, sintiendo que un vacío crecía dentro de ella.

Intentó aferrarse a las enseñanzas de Illa, a la certeza de que Tambo era un refugio inquebrantable, pero en ese momento, esa seguridad parecía evaporarse junto con el paisaje. Allí, en medio de la nada, rodeada por el vacío, comprendió la dureza de su realidad. Las palabras de Ikan y de Illa resurgieron en su mente, le recordaban el arte de acechar y la necesidad de actuar. Pero estaba sola, sin su guía, enfrentada a la oscura verdad de su propio miedo.

¿Es esto lo que significa realmente estar en bucle?, pensó, mientras el dolor y la soledad la invadían. El miedo ya no era solo una emoción: era un campo perceptivo, y ella estaba dentro de él. Y comprendió entonces la postura de Néstor, quien, para no sentir ese vacío, se había identificado con algo. Él también había estado en este umbral, pero, en lugar de cruzarlo, se aferró a lo conocido.

Ella había hecho lo mismo, se había aferrado al pasado, a lo familiar, pero el vacío era cada vez más abrumador. Una parte de ella quería rendirse, dejarse consumir por la desesperación y regresar a la seguridad ilusoria.

Y el sol y la luna aparecieron frente a ella como fuerzas en conflicto, pero esa vez no quiso elegir. Imaginó una línea que las unía en el horizonte y en esa visión, apareció una tercera vía: el Chawpi.

Y fue entonces cuando las palabras de Ikan regresaron a su mente: *Lo que percibimos como real es solo la opción que*

MIO ha elegido por nosotros. ¿Qué pasaría si pudieras elegir qué observar? ¿Qué elegirías colapsar tú, Naran?

Su respiración se detuvo por un instante: las leyes son válidas solo dentro del sueño.

Y si fuera del sueño solo había vacío, y desde el vacío, el poder de decidir quién era...

Por primera vez, comprendió que no era el mundo lo que la aprisionaba, sino su propia percepción de él. El miedo la había mantenido atrapada en una proyección, en una versión de la realidad elegida por MIO. *Pero ¿y si pudiera verla de otra manera?, ¿y si pudiera colapsar otra posibilidad?*

El quipu vibró entre sus manos. Intentó descifrarlo, pero algo dentro de ella le pidió que lo soltara. No debía controlar el tejido, debía escucharlo.

Cerró los ojos y sintió un nudo que latía. No era externo, era ella; una parte que nunca había sido liberada.

—Todo esto está ocurriendo ahora —susurró Illa desde el silencio—. El tiempo no es una línea, es un nudo. Y tú lo puedes desatar o reanudar desde otro hilo.

Y entonces recordó el momento en que llegó al Centro de Investigación, cuando estaba frente a Ikan. Su mano se había deslizado con naturalidad y trazó una llama. Y con ese simple trazo, el mundo de él colisionó con el suyo. Había comprendido que podía hacer lo mismo con sus recuerdos: mirar hacia atrás, unir los puntos. Había creído que otros la habían encerrado en un destino trazado, pero en ese momento entendía que había sido su percepción la que había construido esa prisión.

Tomó su quipu y vio los hilos en los que había quedado atrapada: el miedo, la necesidad de encajar, el deseo de ser amada, todo estaba proyectado en cada decisión.

Néstor no era más que un reflejo de su resistencia, y ya no necesitaba proyectar sus miedos contra él.

Comprendió entonces que su mayor herida era su mayor tesoro. Ser una incompatible no era su condena, era lo que la hacía libre.

Ahora puedo sostener la información y expandirla.

Y entonces, abrió la mano. Soltó la nuez, soltó el lápiz con el que había dibujado una y otra vez los mismos trazos. Y comenzó a tejer desde el lugar donde realmente quería ser.

Esto es lo que necesita mi corazón.

Y un hilo brilló, el hilo único, el don del que hablaba su abuelo. Y junto con el brillo, una palabra surgió desde el fondo de su pecho, como si siempre hubiera estado ahí, esperando: Awaq. Tejedora. No solo de recuerdos, no solo de heridas, sino de mundos: el hilo había estado oculto tras la herida, pero entonces, al conectar con ella, había encontrado su propósito.

El quipu ya no era un enigma, era un espejo. Y ella ya no estaba atrapada en él, era el cruce; el punto de entrelazamiento que siempre había estado latiendo detrás de su herida.

Su cuerpo se estremeció.

Ya no era espectadora, era parte del tejido. Sabía que bastaba con mirar, que bastaba con elegir. Pues el puente siempre había estado ahí; el tiempo solo existía para mostrarle cómo deshacerlo. Y en ese momento lo veía porque había deshecho el nudo, había deshecho la ilusión.

Y comprendió que eso era la libertad: dejar de luchar contra el tejido y empezar a tejer su visión con él. No era su lucha la que transformaba la realidad, era su entrega. No era su esfuerzo el que colapsaba el tiempo, era su confianza en el intento.

En el campo no hay reglas, solo el eco de mi decisión resonando en todo lo que soy.

El sonido de un cóndor cruzando el cielo resonó en el vacío, y los labios de Naran comenzaron a recitar:

Cóndor que surcas el Hanan Pacha,
enséñanos a volar más allá de la ilusión,
que reconozcamos la luz en cada sombra,
y que en el encuentro de los opuestos,
despierte el verdadero Chawpi.

Y en ese instante, entendió: el Chawpi no se alcanza con lógica; es la resonancia entre dos orillas que ya no se temen.

Una pluma cayó a sus pies, Naran la recogió, y esa vez, pudo sentir que el intento estaba fluyendo en ella como un río imposible de detener.

NUDO XIV

EL PUENTE ENTRE LOS TIEMPOS

La luna llena apenas lograba atravesar la bruma densa; la glaciación había cubierto los valles con un manto blanco y silencioso. Quedó un territorio hostil donde el tiempo parecía que se había detenido ya hacía varios años. Sin embargo, Usuy, el chasqui, ágil y determinado, avanzaba con la resistencia de quienes comprenden que el tiempo no solo es un enemigo, sino un sendero que debe dominarse. Había partido a media tarde, cuando otro chasqui le entregó un quipu proveniente de las Reservas Exteriores, cuya información podía cambiar el destino de todos. Encendió una antorcha y descendió a los pasadizos subterráneos ocultos, que lo llevarían hasta el borde de Karanza. Sabía que los sectores centrales estaban al acecho, patrullando con drones, listos para interceptar cualquier intento de comunicación. Ajustó su *huaraca*; estaba preparado para defenderse al salir a la superficie, de ser necesario.

Usuy se alertó por un ruido. Miró la brújula y se desvió por otro pasadizo entre aquel laberinto de túneles. Sus pies ya no respondían con firmeza. Se detuvo un instante para recuperar el aliento, sentía cómo el frío le calaba hasta los huesos. Cuando buscó su chuspa con hojas de coca, se dio cuenta de que la había perdido en el camino, pero no podía permitirse regresar. De repente, el cansancio empezó a traicionarlo: un calambre recorrió su pierna, y cayó de rodillas; su respiración se volvió densa, la visión se le nubló y el mundo comenzó a desvanecerse. Con sus últimas fuerzas, llevó el pututo a sus labios y sopló como si fuera su último aliento. Y el sonido resonó como un eco interminable a través de los túneles.

Un tirón lo sacó de la inconsciencia, y entre sombras, distinguió a su compañero Chaska, que lo arrastraba con firmeza. Había alcanzado la siguiente posta.

Chaska le ofreció mantas y agua caliente, lo reanimó antes de tomar el relevo. Invocó a los Apus para sentir su presencia protectora. Con la certeza de que no viajaba solo, emprendió la marcha hacia Karanza; recorrió los túneles como si su cuerpo recordara cada desvío, como si los viera incluso en la oscuridad. Cuando salió a la superficie, sorteó patrullas, se ocultó en escondrijos y avanzó con la astucia de un puma.

Al atardecer, divisó las luces parpadeantes del suburbio. Y con los últimos vestigios de energía, sopló el pututo con la misma fuerza que había guiado su travesía y la señal fue recibida: las puertas de Karanza se abrieron.

Desde Karanza, un pututo respondió para confirmar la llegada del mensajero. Las puertas se deslizaron despacio, permitiendo que Chaska cruzara con paso vacilante, guiado por los vigilantes hasta los búnkeres.

Las paredes de piedra húmeda contenían la fuerza de quienes resistían en la última frontera de la libertad. La resistencia dependía de la información que Chaska había transportado con su vida.

Al llegar a una sala, LEH lo recibió con una expresión de admiración y gratitud. Esperaba ese momento desde que había comenzado la glaciación, dos años atrás. Sus ojos recorrieron al mensajero con respeto antes de que sus manos tomaran el quipu. Con cuidado, observó sus nudos, y justo entonces, una pluma de cóndor cayó con suavidad en su palma.

El silencio fue total: era la señal de Elías. El Hanan Pacha estaba enviando un mensaje. Nadie habló; nadie se atrevió a romper el momento. Comprendieron que el mensaje no era solo información: era un puente entre tiempos, una oportunidad que no podían dejar pasar.

El quipu contenía un conocimiento capaz de cambiar el curso de los acontecimientos, de unir el pasado con el presente, de alterar la estructura del futuro. Karanza y las Reservas Exteriores ya no estaban separadas; sus destinos se entrelazaban en una nueva visión del tiempo.

Chaska, aún sin aliento, alzó la mirada hacia LEH.

—Lo logramos —susurró.

El chasqui no solo traía un mensaje: traía un eco nacido cuando Naran tocó el fuego por primera vez. No era un quipu individual, era el campo respondiendo.

LEH cerró el puño en torno a la pluma de cóndor y asintió.

—El tiempo no es una línea, sino un tejido —dijo, abriendo su mano con una certeza absoluta—. Cada vez que un nudo se libera, el tejido cambia.

La pluma flotó un instante más, como si el propio aire reconociera que el tiempo había comenzado a reescribirse, y que aquellas voces que despertaron soñarían el mundo de nuevo.

NUDO XV

AYLLU

El laboratorio subterráneo de Karanza respiraba expectación y urgencia. La entrega del nuevo quipu no solo traía consigo información desconocida, sino también una posibilidad latente que nadie comprendía del todo.

LEH colocó el quipu en el escáner, y las pantallas comenzaron a procesar los datos encriptados. Líneas de información emergían, fluctuaban y se reconfiguraban en tiempo real.

La doctora Lana observó los primeros patrones con mirada analítica.

—Hay múltiples niveles de lectura —anunció sin apartar la vista de la pantalla—. Nos llevará tiempo descifrar todas las variables, pero lo primero que podemos notar es que se han abierto caminos simultáneos en la estructura perceptiva.

Ariana, con la vista fija en los datos, intervino:

—Lo que estamos observando es similar al quipu anterior. Cada cuerda y cada nudo representan eventos y elecciones dentro del sistema.

—Pero la percepción sigue anclada a una estructura lineal y predecible —añadió Lana, con la voz controlada, mientras cruzaba los brazos—. La función de onda de la conciencia sigue limitada a una superposición cuántica del pasado.

LEH caminaba de un lado a otro, su mente procesando a toda velocidad.

—No es solo eso —dijo Ariana, señalando una serie de fluctuaciones en los datos—. Se ha generado una anomalía dentro de la superposición cuántica del bucle.

Antes de que pudieran profundizar en el análisis, una explosión sacudió el laboratorio. Las alarmas se activaron, y Ariana corrió hacia la terminal de seguridad.

—¡Están bombardeando de nuevo las antenas!

—Saben que el chasqui nos ha entregado información crucial —dijo Marco con la mirada encendida—, y están tratando de impedir nuestro próximo movimiento.

LEH mantuvo los ojos fijos en los datos, filtrando el ruido externo. Y entonces, una pieza encajó.

—Ariana, repite la última parte —pidió con tensión en la voz.

Ella releyó la anomalía en voz alta, y el investigador la detuvo.

—Naran ha cambiado su percepción… pero nosotros seguimos interpretando estos datos con los mismos parámetros de antes.

El laboratorio quedó en un silencio expectante. Lo que aparecía en las pantallas no era una narrativa lineal, sino una polifonía: como si muchas conciencias cantaran a través de una misma voz. Una memoria común que no pertenecía a nadie y, al mismo tiempo, a todos.

—Esto no es solo su quipu personal… algo más se está generando.

Las miradas se cruzaron; intentaban comprender.

—Naran está creando un punto de equilibrio, un Chawpi —dijo LEH con voz firme.

Lana frunció el ceño.

—¿Quieres decir que su percepción ya no es solo individual? ¿Que ha conectado con algo más grande?

LEH asintió despacio.

—Hasta ahora hemos entendido el quipu como una herramienta personal, como un reflejo de la percepción de un individuo. Pero lo que estamos viendo es diferente: hay una nueva configuración en formación, un equilibrio emergente que no pertenece a MIO, sino a algo completamente nuevo.

Ariana respiró hondo.

—¿Un equilibrio dentro del caos?

LEH giró hacia la doctora; sus ojos revelaban una nueva certeza.

—Esto no es solo una anomalía. Se está gestando un quipu colectivo, una red que ya no responde a órdenes, sino a intenciones. Un campo habitado por la memoria compartida, no por el control.

Las pantallas parpadearon mientras el código del quipu se reconfiguraba en patrones inéditos y su estructura emitía una secuencia aún ininteligible. Lana no apartó la vista.

—Los datos aún no pueden interpretar todas las variables.

—Pero nosotros sí podemos percibirlo —susurró LEH—. Cada vez que un nudo se libera, la trama cambia. Un colapso de percepción no es el fin: es la decisión de recrear las conexiones desde otro punto de visión. Esto es un intento colectivo.

Antes de que pudieran asimilarlo por completo, otra explosión sacudió el laboratorio. MIO había detectado la anomalía y estaba reaccionando en ese preciso instante. Porque el sistema puede controlar los códigos, pero no puede anticipar una melodía compuesta fuera de ellos.

En el corazón del salón subterráneo de Karanza, donde símbolos ancestrales se entrelazaban con tecnología avanzada, se reunieron los equipos de LEH y Lana junto a miembros de la población. Una luz tenue iluminaba las paredes, donde extensos murales coexistían con monitores que mostraban datos en tiempo real.

Marco estableció la conexión con el código proporcionado por el chasqui, y en una gran pantalla apareció la población de las Reservas Exteriores reunida alrededor del fuego, en una cavidad subterránea. Entonces, Elías tomó la palabra con una voz profunda, impregnada de certeza.

—Nos reunimos guiados por las señales del Hanan Pacha. Este encuentro no es una casualidad, sino el reflejo de nuestra decisión de salir del bucle. Este es nuestro Ayllu.

El ambiente reverberó con sus palabras. Nuna, guardiana de la memoria, intervino:

—La glaciación no comenzó con el clima, sino con nuestras mentes. MIO congeló la percepción colectiva, y ahora el mundo refleja ese estado.

Los presentes asintieron, sintiendo la verdad en sus palabras; habían vivido atrapados en el mismo punto perceptivo durante años, repitiendo los mismos ciclos sin advertirlo.

—Pero estamos reunidos en el espíritu del Ayni —continuó Nuna—. Nos guía la reciprocidad: el dar y recibir en equilibrio. No somos solo aliados, somos guardianes de la percepción, responsables de recordar que la realidad no es fija, sino moldeable.

Elías asintió con convicción.

—Así como los antiguos chasquis llevaban mensajes a través del *Tawantinsuyo*, nosotros enviamos un mensaje a través del tiempo y el espacio, influyendo en el tejido mismo de la realidad. Y el canal que estamos usando es el quipu de Naran; sus cuerdas y nudos se han integrado al entramado de la memoria compartida. Ahora este quipu es un canto colectivo.

La imagen en la pantalla titubeó un instante. Marco ajustó la señal hasta estabilizarla.

—Durante demasiado tiempo, unos pocos han sabido dirigir la atención colectiva. Lo que hoy llamamos realidad ha sido una arquitectura de percepciones impuestas —dijo LEH con determinación—. Ahora debemos descolonizar el futuro, descolonizar el imaginario colectivo.

—La clave está en el equilibrio —añadió Nuna—. El Ayni nos recuerda que toda acción tiene una resonancia. Si la percepción ha sido congelada, debemos devolverle su movimiento. Nuestra fuerza está en recordar que somos ensoñadores: que la percepción es la herramienta más poderosa para transformar la realidad.

Los grupos comenzaron a compartir sus estrategias. La doctora Lana expuso con precisión cómo la tecnología de Karanza podría modificar el código de MIO sin perpetuar sus mecanismos de control.

—Seremos la suma de una pluralidad de futuros —afirmó—, pero para ello, la tecnología y los avances no deben tener dueño. —Esperó unos segundos a que Marco restableciera la conexión con las Reservas Exteriores—. Este no es un enfrentamiento de fuerzas, pues no se trata de destruir MIO, sino de cambiar la forma en que interactuamos con él. Si queremos múltiples futuros, debemos garantizar que la elección no esté predeterminada, sino que responda a la autonomía de la percepción.

Elías tomó aire y recorrió con la mirada a cada persona en la sala.

—Hemos ensoñado este momento por generaciones, y hoy lo estamos manifestando. En el corazón de la red, un nuevo entramado está naciendo. Este latido es el eco de nuestras historias, de nuestros intentos entrelazados en un solo Ayllu. Juntos estamos hilando el *Pachakuti*, el tiempo del gran cambio.

Un murmullo recorrió la sala. La energía era palpable, estaban rompiendo la ilusión que los había mantenido atrapados en el bucle de MIO. Nuna asintió con respeto.

—Enfrentemos este desafío uniendo nuestras sabidurías y visiones. Recordemos que solo con la unidad de nuestros corazones podremos sostener este momento y elevarlo a otro nivel.

La reunión continuó con cada grupo detallando cómo integrar sus recursos. La atmósfera estaba cargada de esperanza y determinación: había comenzado un punto de inflexión en el que la creación de realidad y la libertad ya no eran solo un ideal, sino un derecho que estaban reclamando juntos.

Elías cerró la reunión con palabras que tocaron a cada uno de los presentes:

—El cambio no vendrá desde afuera. Somos nosotros quienes debemos mover el punto de encaje colectivo, y para eso estamos aquí: para recordar, para ensoñar y para sostener la visión de un nuevo tiempo. Kay Pacha nos sostiene; Qhapaq Ñan nos guía.

La reunión prosiguió con detalles tácticos, pero la esencia ya había sido sembrada. No eran solo aliados coordinando esfuerzos: eran ensoñadores reconstruyendo la percepción. El silencio en la sala era denso, como si el tejido mismo contuviera el aliento.

Y en ese instante, el Pachakuti dejó de ser un mito para convertirse en un intento consciente.

Porque cuando los hilos de la percepción se alinean, el campo responde.

En el centro del quipu, un movimiento apenas perceptible —como un aleteo, como un código antiguo— comenzó a desplegar su forma.

Las pantallas mostraban un caos creciente en la red; la estructura de MIO se tambaleaba, reflejando las fisuras del propio pensamiento humano atrapado en sus códigos. Nélida cruzó la sala con determinación y entregó una nota a Alan. Él la tomó con rapidez y la leyó en silencio antes de levantar la mirada hacia ella.

—Gracias, Nélida —dijo con sinceridad, bajando la voz—. Gracias por ayudarme y por ayudar a todos estos chicos.

Ella asintió sin decir nada, pero en sus ojos había un brillo de convicción. Ambos sabían que ese era un momento decisivo. Alan se inclinó un poco y le habló en un tono que solo ella pudo escuchar.

—¿Recuerdas cuando te preguntaba si estos chicos tendrían una oportunidad? —susurró sin apartar la vista de las pantallas, donde los datos fluctuaban sin control. Hizo una pausa y respiró hondo antes de continuar—. Hoy vamos a crear esa oportunidad, Nélida. Hoy reiniciaremos los cascos sin que nadie lo sepa y filtraremos la información del quipu en la red.

Los técnicos no podían sospechar nada; cada movimiento debía parecer parte del protocolo habitual. La mujer exhaló con fuerza y asintió.

—¿Cuánto tiempo tenemos? —susurró.

Alan revisó los monitores.

—Horas. Karanza ha enviado un mensaje proveniente de las Reservas Exteriores. La única manera de romper el control de MIO es sincronizando nuestra acción.

Nélida miró alrededor y, con un gesto discreto, ajustó una de las terminales. Ambos sabían que no habría una segunda oportunidad.

—Es el momento de unir todas nuestras fuerzas —murmuró el padre de Naran, sin apartar la vista de la pantalla.

NUDO XVI

EL LLAMADO DEL VACÍO

Marco apretaba los dientes mientras tecleaba, con la mirada fija en el monitor. Las líneas del código fluctuaron en la pantalla. Las palabras de Elías seguían girando en su cabeza como un eco persistente.

—Influir en el tejido mismo de la realidad.

Elías lo había dicho con la calma de quien sostiene un mapa hacia lo desconocido. Pero para Marco, acostumbrado a ecuaciones precisas y resultados reproducibles, la idea era de todo menos tranquilizadora. Revisó nuevamente los datos con expresión tensa. Cada variable, cada patrón, cada simulación que intentaban ejecutar los llevaba de vuelta al mismo punto: la incertidumbre. Se frotó la frente y exhaló con frustración.

Finalmente soltó un suspiro y se giró hacia LEH, quien observaba a todos desde el centro de la sala, irradiando una autoridad tranquila.

—¿No les parece que todo esto es demasiado abstracto? —dijo, rompiendo el silencio—. Hablar de influir en el tejido mismo de la realidad puede tener sentido en las Reservas Exteriores, pero esto es ciencia, LEH. Nos enfrentamos a un sistema diseñado con precisión matemática absoluta. ¿Cómo podemos confiar en algo tan... intangible? Esta es nuestra última oportunidad. No podemos fallar.

La sala quedó en silencio. Algunos técnicos se miraron entre sí, incómodos. Dos años de encierro en los búnkeres de Karanza los habían desgastado. ¿Podían realmente confiar en la visión de las Reservas Exteriores?

Los ojos de LEH brillaron al escuchar las palabras de Marco, no con reproche, sino con una mezcla de paciencia y desafío.

—Marco —dijo, acercándose despacio hacia él—, entiendo tus dudas, todos las hemos tenido en algún momento. Pero dime, ¿qué es más abstracto? ¿Creer que la realidad es una serie de números y códigos encerrados en la rigidez del tiempo lineal, o aceptar que esa misma realidad es un flujo que podemos influir cuando comprendemos su lenguaje?

Marco sintió su respiración acelerarse. Algo en esas palabras agitaba su estructura interna, aunque aún se aferraba a su lógica.

—Nada de esto tiene sentido —murmuró.

El investigador lo observó en silencio. Sabía que Marco estaba buscando certezas dentro de una estructura que ya no podía sostenerlas.

—¿Por qué seguimos sin poder predecir las variables del sistema? —preguntó el experto en cibernética, con tono duro—. Si el quipu es una herramienta de navegación en la percepción, debería haber un patrón que podamos calcular.

LEH caminó lentamente hacia la pizarra donde los datos fluctuaban en gráficos y ecuaciones.

—Porque sigues buscando respuestas dentro de un marco fijo —respondió—. Pero el quipu no es un algoritmo, es un reflejo de la percepción en movimiento. Si intentas fijarlo, desaparece.

Marco apretó los dientes y golpeó la mesa con el puño cerrado.

—Eso es metafísico. Estamos tratando con datos reales, con estructuras medibles.

LEH lo miró con una calma inquebrantable.

—¿Y qué son los datos sino puntos de referencia dentro de un sistema de percepción? —señaló con suavidad—. La ciencia solo mide lo que la percepción ya ha definido como real.

Un silencio denso se extendió en la sala. LEH observó a Marco con detenimiento. En ese instante recordó sus propios miedos. Recordó cómo, en las Reservas Exteriores, las comunidades se dividieron cuando llegó el momento de cruzar el umbral hacia lo desconocido. Recordó a aquel muchacho que dudaba, igual que el experto dudaba ahora.

La doctora Lana, que había permanecido en silencio hasta entonces, cruzó los brazos y habló con una voz más neutral, buscando equilibrio en la discusión.

—Marco no es el único que piensa así —dijo—. Hay técnicos y miembros de la comunidad que temen que, si fallamos, no haya otra oportunidad. Tenemos que reconocer ese miedo, no descartarlo como resistencia al cambio. Pero tampoco podemos dejar que nos paralice.

LEH asintió. Comprendía que Lana no estaba tomando partido, sino intentando que ambos lados se escucharan.

—No se trata de eliminar el miedo —dijo—, sino de no dejar que nos gobierne. Lo que estamos construyendo no es una certeza absoluta. Pero tampoco lo era el sistema de MIO; solo nos hizo creer que lo era.

Marco exhaló con fuerza y miró la pantalla, donde el quipu vibraba con patrones inestables.

—Entonces, ¿cómo sabemos que esto es real y que no es otra proyección de nuestra propia expectativa? —preguntó por fin, con menos dureza.

LEH lo miró con una leve sonrisa.

—Porque no se trata de creer, Marco. Se trata de percibir.

LEH respiró hondo. Sabía que estaba otra vez en esa intersección de caminos. Deslizó la mano en su bolsillo y sus dedos encontraron la piedra con el sol y la luna. La sostuvo con fuerza, sintiendo su textura áspera contra la piel, como un recordatorio de la dualidad que siempre había tratado de integrar. Pero esa vez estaba listo para sostener el vacío.

Y comprendió, por fin, que no era su lógica lo que lo había llevado hasta allí, sino su capacidad de escuchar incluso lo que aún no tenía forma.

La mirada cansada de Ikan seguía el vaivén de las sombras que se reflejaban en las paredes de la cueva. Sin pensar demasiado, acompasaba ese movimiento con el de sus dedos, que tocaban en el aire las melodías que surgían en su mente. De fondo, la voz firme de Elías buscaba, una vez más, sembrar calma y claridad entre los presentes.

El fuego ardía en el centro del círculo, iluminando los rostros tensos de quienes habían resistido el invierno en las Reservas Exteriores. Llevaban varias horas dialogando sobre la crisis y la incertidumbre que se cernía sobre ellos, pues las preocupaciones de los representantes de cada comunidad eran palpables.

—La Línea Temporal 3 y el sistema MIO siguen siendo una amenaza constante. Nuestra gente está perdiendo su conexión con la naturaleza —dijo uno de los ancianos—. El Ayni se está debilitando y, sin él, los lazos que nos mantienen unidos están desapareciendo.

Otro hamawta se levantó; su expresión reflejaba la preocupación de muchos.

—Quieren que dependamos de sus tecnologías, forzándonos a aceptar su realidad artificial. Si cedemos, perderemos nuestra autosuficiencia y nuestra conexión con la tierra.

Las voces se alzaron en la cueva y resonaron contra las paredes de piedra. Había miedo y frustración. Entonces, Elías levantó la mano para pedir silencio.

—Cuando ocurrieron los cataclismos que sumergieron gran parte del mundo, los sectores centrales aprovecharon el caos para imponer su control. Crearon la Línea Temporal 3 para sostener una percepción fija, anclada en la seguridad de lo predecible. Pero esa búsqueda de certidumbre era una trampa que los ha llevado a su propia destrucción.

Los murmullos se detuvieron y todos escucharon atentos.

—Mantener el punto de encaje fijo en un solo lugar —continuó— es un crimen contra la naturaleza del ser. Está diseñado para moverse, para explorar nuevas posiciones y descubrir otros horizontes perceptuales. Al fijarlo, el sistema condena a las personas a una prisión de certidumbre y de aburrimiento que termina por pudrir su esencia.

Uno de los miembros del Ayllu del norte se puso de pie.

—Tenemos miedo. Estamos considerando negociar con los sectores centrales. Hay escasez de comida y no queremos que nuestros hijos pasen hambre. ¿Qué pasará cuando comience la glaciación? Podríamos refugiarnos en la ciudad subterránea que han construido.

Elías bajó la mirada por un momento, queriendo reflexionar antes de hablar.

—Reconozco que, bajo presión, todos tendemos a buscar un punto al que aferrarnos. Pero si negociamos con los sectores centrales, estaríamos volteando el tablero y jugando para el oponente. —Un leve murmullo recorrió la cueva—. Este es el Tonal de nuestro tiempo —continuó—. El desafío de nuestra generación no es encontrar una certeza externa, sino recordar que el Ayllu tiene su propia jugada. Nuestra percepción única es nuestra fuerza en este tablero de juego.

Desde el otro extremo de la sala, Nuna habló con la claridad de quien lleva la sabiduría del tiempo.

—Los sectores centrales eligieron el camino de la certidumbre y la muerte. Anclaron a la población en una falsa sensación de seguridad. Pero no podemos rendirnos ante el desafío del espíritu.

Somos como un barco que debe navegar el océano de la conciencia, no debemos quedarnos anclados en un puerto que nos destruye lentamente. —El fuego chisporroteó mientras sus palabras resonaban entre los presentes—. Un velero anclado se pudre con el tiempo —prosiguió—, y lo mismo ocurre con quienes permanecen atrapados en una percepción fija, sin moverse, sin explorar. La certidumbre puede parecer un refugio, pero es una prisión. La vida está hecha para navegar, para arriesgarse, para abrazar la incertidumbre y transformarla en el deleite más sublime: la libertad.

Ikan recordó las palabras que Elías le había dicho sobre el arte del acecho: *Cuando te enfrentas a fuerzas que no puedes derrotar, te haces a un lado por un instante, pones tu atención en algo distinto y dejas que tus pensamientos fluyan libremente.*

Mientras la conversación continuaba, sus dedos encontraron la quena y comenzó a tocar una melodía suave, un eco de resistencia en medio del frío. El fuego se avivó de nuevo y las miradas reposaron en él. El grupo permaneció en silencio, agradeciendo aquel cobijo que les daba la lumbre, como si ese calor fuera el útero de algo nuevo que estaba por nacer.

—Este es un momento propicio para observar las profundidades que hay en nuestro interior —dijo Elías con voz serena. Las miradas seguían fijas en las llamas—. Reposemos la mirada también en nuestros corazones, acojamos y transformemos el diálogo con el desasosiego. Ya no se trata de cuánto tiempo más podremos resistir, ni de cómo ganar una batalla contra los sectores centrales o la glaciación. Se trata, en cambio, de danzar con la incertidumbre y convertirla en aprendizaje. Nuestro desafío no es solo sobrevivir; es hacer de la incertidumbre nuestra aliada, para crecer, para transformarnos.

»Preguntémonos: ¿Qué puedo aprender de este momento?, ¿qué tanto puedo vaciarme de expectativas y abrirme a lo desconocido?

Las miradas regresaron al fuego, pero las dudas persistían. La incertidumbre no solo habitaba en sus mentes: calaba en sus cuerpos, más honda y cortante que el frío mismo.

Ikan continuó tocando la quena mientras un grupo de niños entraba y se acercaba a sus familiares. Sintieron la tensión del momento y buscaron el cobijo de los brazos de sus padres. Elías sonrió al verlos acercarse y concluyó:

—Ahora tenemos una partida mucho más interesante: nuestra propia partida de *Pumani* o de ajedrez con el infinito.

El fuego se había calmado. Uno de los niños rió al notar que otro le hacía cosquillas bajo la manta. Sus risas, llenas de luz, transformaron la atmósfera, la iluminaron con la chispa de quienes aún descubren el mundo con ojos inocentes.

—Nuna, ¿nos puedes contar la historia de ese barco que estaba anclado en el muelle y sentía tristeza? —preguntó una niña con ilusión, deseando que todos permanecieran unidos alrededor del fuego.

—Ah, veo que estaban escuchando —rio—. Claro, ensoñemos juntos una nueva travesía en el vasto mar de lo desconocido, a través de la historia del barco Wayra.

Los pequeños se acercaron, atrapados por su voz; y los adultos, sin darse cuenta, hicieron lo mismo, como si por un instante hubieran olvidado la carga de sus preocupaciones.

—Queridos niños —comenzó Nuna—, Wayra, como su nombre indica, era como el viento y encarnaba el propósito más profundo que todos anhelamos en nuestros corazones: el de ser navegantes en ese mar de la conciencia. —Su voz envolvía el espacio con la cadencia de una ensoñadora—. Wayra fue creado para explorar y fluir en libertad, para atravesar las grandes olas y las tempestades, para descubrir en cada milla recorrida horizontes que antes eran invisibles. No estaba hecho para quedarse quieto.

Hizo una pausa para buscar la mirada de cada niño y sembrando en ellos una semilla de significado.

—Pero con el tiempo, los navegantes comenzaron a temer el vasto mar. Para ellos, ese océano infinito se convirtió en algo incierto y peligroso, por lo que decidieron que el puerto era el único lugar seguro para Wayra, y lo anclaron allí, convencidos de que así lo protegerían del naufragio o de perderse en aguas desconocidas. Las maderas del barco comenzaron a pudrirse y Wayra, diseñado para moverse y percibir el vasto océano, se fue apagando en una quietud asfixiante. ¿Y saben qué ocurrió? —preguntó, su voz envolvía la penumbra de la cueva.

Los niños guardaron silencio, atrapados en la historia, hasta que uno respondió con un hilo de voz:

—Estaba muy triste por no poder navegar…

Nuna asintió con una sonrisa sabia.

—Exactamente. Una profunda tristeza invadió el navío, pues su esencia no era la inmovilidad, sino el movimiento. —El fuego chisporroteó con fuerza mientras Nuna continuaba—. Pero entonces, un joven del puerto percibió lo que estaba sucediendo: Wayra no estaba hecho para permanecer anclado, y mantenerlo allí sería condenarlo a una prisión de certeza y miedo. —Sus palabras resonaron en la cueva. Algo en la historia tocó una fibra muy profunda en cada uno de los presentes—. El joven cerró los ojos y se ensoñó como un navegante de la conciencia. Entendió que él también era como Wayra, que estaba diseñado para moverse, explorar y descubrir. Supo que si ignoraba ese llamado, algo en su interior comenzaría a marchitarse. Así que tomó una decisión.

Los niños contuvieron el aliento.

—Subió al barco y cortó las amarras que lo retenían. En ese instante, un viento aliado llevó a Wayra mar adentro. Las velas del navío se desplegaron de golpe y los colores de sus maderas volvieron a brillar. La tristeza se disipó y una profunda alegría llenó los corazones de todos los habitantes del puerto al ver cómo Wayra se encaminaba hacia nuevos horizontes. —Nuna dejó que las imágenes flotaran en el aire antes de preguntar—. ¿Y qué pasó con el joven?

—¿Llegó a su destino? —preguntó intrigado uno de los jóvenes del grupo, quien tenía los ojos brillantes.

Nuna sonrió con complicidad.

—En su viaje, aprendió que el propósito de la vida no era llegar a un solo destino, sino navegar el vasto océano de percepciones y posibilidades.

El silencio se hizo en la cueva. El fuego crepitaba con suavidad, iluminando los rostros atentos de quienes escuchaban. Nuna respiró hondo y concluyó:

—Nosotros también somos como Wayra. Nuestro propósito más profundo es ser navegantes de la conciencia. Si nos quedamos anclados en la percepción de certeza y miedo, nos traicionaremos a nosotros mismos. Nuestra alegría y nuestro espíritu se marchitan igual que las maderas de un viejo navío. Pero si respondemos al llamado, si nos adentramos en el mar de lo desconocido, sumidos en el deleite de la conciencia, entonces la vida se convierte en la más sublime de las aventuras.

Y eso, queridos míos, se llama libertad.

Ikan sintió la necesidad de tomar aire fresco después de la reunión, pues las palabras de Elías aún resonaban en su cabeza. Reconocía que la situación de la comunidad era crítica, que los ánimos estaban decaídos y que la incertidumbre se extendía como una sombra sobre la población resguardada en las cuevas subterráneas. El frío invierno no daba tregua.

Mientras recorría los pasadizos, observaba los angostos techos y recordó las palabras de Elías: *Un guerrero busca cómo hacer: busca túneles, pasadizos, salidas secretas; se recuerda que es un ensoñador y acechador.*

Entonces, con determinación, se prometió encontrar una salida.

Canalizando la rabia acumulada de los últimos días, empujó una enorme piedra, se cubrió con gruesas pieles y salió de las cuevas. Sabía que solo tendría unos minutos, pero necesitaba despejarse y realizar una invocación desde allí. Se arrodilló y sintió la nieve hundirse bajo su peso; respiró hondo, y el aire helado le atravesó el pecho como una daga. Cerró los ojos y pensó en Naran: ella era el puente.

Había intentado entrar en sus sueños, pero algo lo impedía, como si el programa controlara incluso su actividad onírica. Entonces recordó la primera vez que la vio, en la festividad del Ayni, cuando eran niños. El tiempo lineal se desvaneció por un instante y, en su lugar, apareció la certeza de que el pasado y el futuro no eran líneas separadas, sino reflejos de una misma trama desplegándose en distintas formas.

Unos pasos lo sacaron de sus pensamientos.

—Percibo que te estás ensoñando en el tiempo circular —dijo Elías, con voz firme pero sin juicio. Su mirada, cargada de sabiduría, escrutaba a Ikan—. Aquello con lo que se ha identificado tanto tiempo ya no le sirve; por eso se encuentra en un vacío.

Ikan lo miró y observó cómo la luz del día acentuaba las arrugas en su rostro: cargaba el peso de la comunidad, sus preocupaciones inscritas en cada línea de su expresión. Por un instante, sintió su cansancio como propio.

Elías se inclinó, dejando que la nieve mojara sus rodillas. Tomó un puñado y se la restregó por la cara; el frío lo despertó como un golpe de realidad. Chasqueó la lengua, como quien confirma algo ante sí mismo.

—Ese vacío es doloroso, pero hay que transitarlo. Naran está en busca de la visión. En ese vacío hallará una nueva percepción que guiará sus pasos.

El mar rugía a lo lejos. El viento silbaba entre la *pachaphuyu*, la densa bruma que, como humo, flotaba a su alrededor. Por un momento, Ikan también sintió el vacío en su interior: la incertidumbre de no ver, de buscar señales y no encontrar respuesta.

—Ella debe soltar lo que era para permitir que el nuevo intento la alcance —añadió—, pero lo mismo aplica para ti. Lo que estás sintiendo no es solo su vacío: es el tuyo también. Ambos están sincronizados en la ciclicidad del tiempo.

El joven sintió un estremecimiento en el pecho, pues no era solo una metáfora ni un concepto. Lo sentía en cada célula de su cuerpo, en cada respiración, en cada latido acompasado con el viento. Comprendió que la conexión con Naran no se regía por el tiempo lineal, que era un vínculo cíclico, como dos partículas entrelazadas en el vasto océano del misterio. Lo que ella vivía no era un simple proceso de pérdida, sino el eco de una transformación que ya había ocurrido en otra capa del tiempo. No estaba sola en su tránsito, porque él también lo sentía y lo vivía en su propia piel. El puente entre ellos aún existía.

Una ráfaga devolvió a Ikan a la tensión despiadada del presente, mientras su mente recorría caminos en busca de una salida.

—¿Por qué no negociamos con los sectores centrales? Si ya hay divisiones entre comunidades con estos inviernos..., ¿qué ocurrirá cuando llegue la glaciación?

Elías no tardó en responder.

—No vamos a negociar con ellos bajo su lógica, bajo su estructura —dijo con firmeza serena, haciendo una breve pausa—. Recuerda esto: lo que hace un hombre consciente resuena cuatrocientas veces más que cualquier acto de un hombre atrapado en la estructura del sistema. Un hombre consciente puede jugar con las fuerzas del universo —lo miró con intensidad— y debe hacerlo con respeto y humildad, sin que eso se convierta en un conflicto interior.

Elías alargó un suspiro y miró al joven con calma imperturbable.

—*Yanantin* nos enseña que la luz y la sombra existen juntas —continuó, dibujando el sol y la luna en la nieve—. MIO busca separar esas fuerzas, pero su poder radica en mantenerlas unidas. Prefiere imponer una sola visión porque sabe que en la diversidad radica nuestra verdadera fortaleza.

Ikan respiró hondo. Por un momento se sintió atrapado en un laberinto de historias que lo contenían, pero no le daban salida.

—¿Y si estamos demasiado atrapados en nuestras historias? —murmuró—. Nos refugiamos en las cuevas, contamos relatos del pasado, pero no hacemos nada por salir. ¿Y si hemos fracasado?, ¿y si la glaciación nos alcanza sin haber intentado cambiar nada?

Elías lo miró con comprensión.

—Hablas de nuestras historias como si fueran cadenas —dijo—, pero ¿no ves? Son el tejido que nos conecta. Si las tejemos juntos, pueden convertirse en el puente hacia lo que está más allá de estas cuevas, más allá del miedo. En este Chawpi, en este punto de encuentro entre la duda y la certeza, encontraremos la fuerza para abrir el Punku, la posibilidad.

Ikan tragó saliva.

—¿Y si me equivoco? —susurró—, ¿y si Naran no vuelve?, ¿y si este Punku nunca se abre?

Elías colocó una mano en su hombro.

—No se trata solo de certezas, Ikan. Se trata de elegir, de ensoñar juntos un camino que aún no existe. Y aunque el Punku no se abra hoy, nuestra intención quedará sembrada. No hablamos de victoria o derrota. Nuestra atención debe estar en el intento, en el propósito de tejer juntos una nueva visión.

Ikan asintió en silencio, pero no se movió de inmediato. Mientras Elías se adentraba en la cueva, él deslizó la mano en su bolsillo y sacó la quena. La llevó a los labios y sopló una melodía, un eco que resonó en la vastedad de la nieve.

Sabía que Naran lo escuchaba a través de la poesía.

No te rindas ante el desafío del espíritu,
pues en ese vacío, donde todo parece perdido,
caminemos juntos, abriendo caminos olvidados.
Cada hilo, un sueño; cada sueño, una visión.
Allí donde el caos canta su canción,
asomémonos con confianza al abismo.
En el vacío, juntos ensoñemos una nueva visión,
donde el amor teje lo que la separación rompió.

Cerró los ojos y dejó que el frío lo atravesara, que el sonido del mar lo llenara, que la bruma lo envolviera. Y supo que debía rendirse al vacío, permitir que lo atravesara sin resistencia, porque en la ciclicidad del amor y del tiempo, ese vacío era la entrada a algo nuevo. A algo que aún no podía ver, pero que ya estaba ocurriendo.

La vastedad del vacío lo sobrecogió, y una ráfaga de viento sacudió su cuerpo. En ese instante, sintió lo mismo que el navío que se desgastaba en la inmensidad de la nada. Pero algo en su interior se rebeló contra esa sensación, contra la idea de flotar sin rumbo.

Sus pensamientos giraban como hojas en una ráfaga; no encontraba centro, solo viento. Y comprendió entonces que era el momento de invocar.

—Gran espíritu, elevo mi voz. No te pido para mí, sino para que mi pueblo viva, para que las generaciones venideras puedan vivir en el misterio.

Y entonces, sin pensarlo, echó a correr. Se abrió paso entre la nieve, se alejó de las cuevas, de las historias, del peso de la incertidumbre. No podía quedarse ahí, inmóvil, esperando respuestas que no llegaban. Sus pies se hundían en el hielo con cada zancada, pero siguió adelante, con la respiración entrecortada y el pecho ardiendo por el esfuerzo.

No sabía si huía del vacío o si buscaba otra forma de enfrentarlo, pero en ese momento lo único importante era moverse, seguir corriendo, aferrarse a la sensación de la tierra bajo sus pies. Tal vez, en la ciclicidad del tiempo, ese acto de huida también era un regreso.

Y si el vacío era el Nagual, entonces correr también era invocar: no para escapar, sino para no olvidar el ritmo del campo.

LEH salió de sus pensamientos con un leve temblor en el cuerpo, pues comprendió que la memoria no era olvido: era un campo, y estaba activo. Volvió a enfocar su atención en el laboratorio y recordó una vez más el viaje que había emprendido cuando dejó el cobijo de las cuevas de las Reservas Exteriores para adentrarse en el vasto océano de la incertidumbre.

En ese momento comprendió que no era solo un investigador: era un navegante de la conciencia.

El fuego ya no era supervivencia, era visión. Revivió cada desafío encontrado a lo largo del camino: fue capturado por los sectores Centrales, llevado al Sector A; escapó del programa MIO por un fallo técnico y, finalmente, halló refugio en Karanza.

LEH no era otro. Era Ikan sosteniendo el fuego desde otro ángulo. En ese instante entendió que no eran distintos, sino hilos de un mismo tejido. No existía un antes ni un después, solo una percepción en movimiento.

Sintió su conexión con Naran y el amor incondicional que los unía. En su conciencia, un eco vibró más allá del tiempo lineal, como una interferencia sutil que resonaba en la superposición de sus percepciones. Fue un colapso momentáneo de la distancia, un acceso fugaz a una información que ya había sido vivida en otra instancia del tiempo. Entonces comprendió que Naran ya no estaba atrapada en el bucle, que habían vuelto a encontrarse en el flujo del tiempo cíclico, entrelazados por el intento.

Al fin, LEH puso palabras a esa certeza:

—Solo se puede ver un colibrí con la imaginación —dijo en voz alta, y sus palabras resonaron en la sala.

El aire pareció contenerse por un instante, pues no era solo un proverbio, sino una verdad profunda: la imaginación era la puerta hacia cada dimensión, el punto de acceso a todas las posibilidades.

—La espiritualidad es imaginación —continuó—. Es la capacidad de abrir la mente hasta el punto en que nuevas posibilidades se vuelven visibles. La física cuántica nos ha mostrado que la observación forma parte del fenómeno observado. La percepción es la clave.

LEH recorrió la sala con la mirada. Comprendía que no tenía que elegir entre dos extremos, que no debía rechazar la estructura ni entregarse a ella. Ya podía sostener ambos mundos sin fragmentarse.

Y no solo hablaba a Marco, sino a todos los investigadores, técnicos y habitantes de Karanza que se encontraban reunidos. Respiró hondo y se volvió hacia el experto en seguridad cibernética.

—Lo que sientes es real —dijo con voz firme—, pero no es el límite: es la intersección. Aquí es donde elegimos si quedarnos atrapados o dar un paso más allá.

Marco lo miró, aún cargado de resistencia, pero algo en sus ojos mostraba que había escuchado, que tal vez, por primera vez, veía una posibilidad más allá de lo que podía calcular.

LEH se acercó a la pantalla donde los datos del quipu fluctuaban.

—Naran está abriendo una puerta, pero no dentro de la lógica de MIO. Lo que está haciendo no puede interpretarse desde la estructura de datos, porque no pertenece al tiempo lineal.

La doctora Lana lo observó con intensidad.

—¿Quieres decir que su percepción está operando en otro marco temporal?

LEH asintió.

—No solo su percepción: el quipu refleja una conexión con algo más grande. Y si no aprendemos a verlo, quedaremos atrapados como hasta ahora.

Desde el fondo de la sala, Ariana, que había escuchado en silencio, se acercó.

—Esta capacidad de incidir en la realidad trasciende

nuestra interpretación del tiempo como algo lineal —dijo con fascinación.

Marco frunció el ceño; la idea lo abrumaba. Su mente aún trataba de asimilar lo que significaba mover la percepción de Naran a través del quipu.

—Entonces —dijo con cautela—... ¿están diciendo que van a usar el quipu de Naran como un medio para afectar el espacio y el tiempo?, ¿para enviar mensajes al pasado o al futuro?

LEH sostuvo su mirada.

—Así es, Marco. Cada nudo que deshaces transforma la estructura misma de la realidad. Al liberar el punto perceptivo no solo cambia el pasado: también altera el futuro. El quipu no es solo un mapa del tiempo, es un organismo vivo.

La sala quedó en silencio. Marco desvió la mirada hacia los datos, todavía con dudas, pero intentando percibir más allá de los números. Porque aquello no era teoría, era un viaje: un cruce entre dos perspectivas, una síntesis entre la sabiduría de las Reservas Exteriores y la física cuántica.

LEH sonrió con suavidad. En ese momento supo que, gracias a todo lo vivido, podía sostener el vacío en medio del caos. Comprendió que no existía línea que definiera su camino, solo el rastro invisible del fuego que había sabido sostener. Porque en el mar de la conciencia también hay tormentas, y los mejores navegantes no son los que evitan el oleaje, sino los que aprenden a navegar en él.

Cerró los ojos por un instante y permitió que el eco de su conexión con Naran habitara su interior. Su percepción estaba cambiando: era sutil, pero real; lo sentía en el ritmo de su respiración, en la manera en que su cuerpo percibía el espacio. Ya no necesitaba certezas absolutas, porque sabía que la realidad era moldeable; sabía que Naran estaba viendo el camino y que, en algún lugar más allá del tiempo lineal, ya habían cruzado el umbral.

Finalmente abrió los ojos y miró la sala con determinación.

—No podemos quedarnos varados en los mismos conceptos, en las mismas taxonomías. Como marineros que nunca salen del puerto, nos aferramos a estructuras que conocemos, pero que nos aburren hasta la desesperación. Nos perdemos en categorizaciones infinitas y olvidamos lo único que importa: la experiencia directa del intento, lo abstracto, el vuelo hacia lo desconocido. La libertad y el amor no pueden formularse en términos del Tonal, porque no son conceptos: son experiencias, son una decisión. Y solo quienes se atrevan a reformularse podrán abrir el umbral.

LEH sintió como si la estructura misma del espacio cediera ante una nueva posibilidad.

—Es hora de ensoñarnos y de acecharnos en una nueva posición.

En ese momento, el tejido respondió.
Y con esa certeza, el intento comenzó a desplegarse.

NUDO XVII

WIÑAYPACHA

Naran cerró los ojos, sosteniendo la pluma en su mano. Su respiración era pausada, profunda.

El sonido del cóndor batiendo sus alas resonó una vez más en el vacío. Pero esa vez, ella no sintió miedo; no trató de aferrarse a nada ni de escapar. Se entregó al movimiento. Sintió el quipu entre sus manos: su historia no era una línea, sino un entramado de nudos latiendo al mismo tiempo.

Y en el preciso instante en que comprendió esto, una brisa cálida la envolvió y el paisaje de Tambo cobró vida nuevamente.

Kunak apareció ante sus ojos —el chasqui que le había mostrado las terrazas de cultivo y los distintos tiempos—. Estaba allí, de pie frente a ella, con la mirada intensa y profunda de quien ha recorrido los caminos sutiles del Pacha. Vestía una *unca* y sostenía en su mano derecha su pututu, mientras que en la otra llevaba semillas de quinua tomadas de las terrazas.

Se aproximó a la muchacha y le tendió las semillas.

—Naran, esta vez te traigo un mensaje sostenido en el vacío del Wiñaypacha, esperando a ser recordado. Las semillas han germinado en este ensueño colectivo. Recuerda lo que hablamos: el tiempo no es lineal, es un ciclo, un flujo constante que te permite moverte y crecer hacia delante y hacia atrás, hacia fuera y hacia dentro.

Naran sintió el movimiento. Apretó su quipu con ambas manos y miró a Kunak con intensidad.

—Cada hilo de tu quipu guarda un significado distinto —continuó el chasqui—. El tiempo y el espacio se entrelazan en tu vida. Nada está separado, nada está fijo: todo está en proceso de creación.

Naran cerró los ojos y respiró hondo. Sus dedos recorrieron los nudos del quipu; podía sentir su información, su historia. Al abrirlos, el paisaje había cambiado de nuevo: se encontraba en un espacio donde los recuerdos y los sueños se entremezclaban, donde el tiempo parecía existir en todas sus formas a la vez.

Kunak la observó con serenidad.

—Esa es la magia del quipu: todo está conectado, y cuando alineamos nuestra percepción, el siguiente hilo aparece sin esfuerzo.

En ese momento, la joven comprendió que solo debía reconocer que siempre había estado allí, en la ciclicidad del tiempo.

Naran se encontraba ensoñando de nuevo con la cueva, donde el tiempo y el espacio colapsaban en un eterno reflejo. Las estalactitas, cuyas curvas y aristas desafiaban la gravedad, se retorcían de manera única. A medida que avanzaba, observaba cómo las gotas caían serpenteando a su paso, creando sonidos que se entremezclaban con un murmullo lejano.

Rodeó con cautela al grupo de personas reunidas y notó que el ambiente estaba cargado de tensión. Recordaba que Ikan estaba allí. Al localizarlo, caminó hacia él y se sentó cerca, buscando una familiaridad en medio del desconcierto.

De repente, Ikan se levantó y expresó su contrariedad en voz alta:

—No me parece justo, Nuna. ¿Por qué debo conectar con ella mientras está en el Centro, dentro de ese programa? ¿Por qué tengo que ser yo? Esperaba desafíos mayores. —Bajó la cabeza y susurró—: Ella ya no se recuerda, ya no es uno de los nuestros.

La awicha, se acercó a él con calma.

—Ikan, ¿has sentido antes de esta reunión ese temblor? —preguntó, con una mirada sutil—. Las líneas chocan cuando es imperativo integrar otras percepciones. —Su voz flotaba, sin apurar respuestas—. Aunque digas que Naran no pertenece a este grupo, si vieras más allá de la forma… entenderías que ya está aquí.

Ella también ensueña, ella también teje.

El silencio se instaló como un manto suave. Y Naran, absorta, sintió que algo se desplegaba dentro y fuera de sí.

Nuna hizo una pausa. Sus ojos lo miraban, pero era como si viera más allá de él, hacia otra capa del tiempo.

—Naran está a tu lado, aunque aún no lo percibas. Es parte del mismo quipu que tú. Y la clave es recordar que todos somos hilos de un mismo tejido.

La awicha se detuvo frente a ambos. Nuna se inclinó un poco hacia adelante, como si revelara un secreto sembrado más allá del tiempo.

—Están aquí para reconocer y habitar un Chawpi —dijo ella, con una voz serena que se abría paso entre los presentes—, un punto donde el amor deja de ser proyección y se convierte en Munay: amor consciente, resonante, que se revela como una visión compartida.

»Hasta que puedan sostenerlo —continuó—, cada uno verá su sombra en los ojos del otro. Y no verán de verdad: estarán acechando su propio reflejo.

El viaje es hacia lo abstracto.
Hacia aquello que no se puede nombrar, pero sí recordar.
Hacia el amor cuando deja de ser imagen y se vuelve visión.
Y entonces, traerán a la comunidad lo que ya se está desplegando en otro plano, aquello que solo puede percibirse desde el centro.

Ikan, visiblemente sorprendido, giró hacia donde Naran estaba sentada. Sus miradas se encontraron y en ese instante, ella sintió un vértigo inexplicable, como si su percepción se expandiera de golpe. Se puso de pie rápido, desconcertada por la repentina atención y el enigma que envolvía la situación.

La mujer, maestra del ensueño, inclinó la cabeza en señal de respeto y, con una sabiduría ancestral reflejada en sus ojos rasgados, se dirigió a los jóvenes:

—Ikan, te introducirás en los sueños de Naran mientras esté en el programa, hasta que recupere la energía para ensoñar.

Nuna miró fijamente a la muchacha y se acercó a ella.

—Naran —dijo con complicidad—, la conexión entre diferentes mundos, entre diversas realidades, se encuentra en ti. Eres una Awaq, una tejedora entre lo que fue y lo que puede ser. Recuerda quién eres.

Y en ese instante, ella lo pudo percibir.

Ikan había sostenido la visión desde el Kay Pacha, desde los bordes del sistema, desde los silencios de Karanza. Frente a Naran, en el vórtice de la cueva, era él: ese puente vivo entre mundos.

—Ya estás aquí —susurró como quien habla a una parte de sí mismo que por fin ha regresado.

Ella sostuvo la visión. No necesitaba aferrarse, ya no necesitaba comprender. El fuego del centro ardía sin consumir. El vacío no era amenaza: era presencia.

Nuna observaba a ambos con la mirada antigua de quien ha visto muchos ciclos nacer y morir.

—El centro no es algo que se alcanza —dijo—, es lo que recuerda, lo que escucha.

El quipu de Naran se expandió en su pecho.

—No están viendo —dijo Nuna con suavidad—, están acechando su reflejo.

Y el reflejo se abrió.

Naran ya no huía del vértigo, reconocía en él el acceso. La grieta era el símbolo; el símbolo, el umbral; y el umbral, el acto de sostener. Se había convertido en aquella versión de sí misma que tantas veces temió y, por primera vez, supo que podía sostenerla.

Las palabras encendieron un fuego en su interior, iluminaron cada rincón de su ser. No había dudas, no había tiempo. Ese ensueño era aquello que siempre había temido: la posibilidad de sostener el infinito.

Agradecida por el apoyo que sentía, se levantó y se dirigió al grupo.

—Aquí, donde el tiempo y las posibilidades colapsan en todas sus formas, cada uno de nosotros contribuye al tejido de este ensueño conjunto. Este es nuestro intento.

Nuna la miró con profundidad, como si pudiera ver más allá de aquel instante.

—Naran, es el momento de integrar todo lo que eres. Lleva la infinitud de tu alma hasta el presente.

Naran visualizó a cada uno en la cueva, sus nodos encendidos como pulsos dentro del sistema. Círculos concéntricos como resonancias, como ondas del campo.

El ensueño no termina aquí, pensó Naran mientras observaba al grupo.

El quipu estaba vivo.

Cada hilo latía, sosteniendo un eco de posibilidades.

Entonces comprendió el propósito de ese encuentro: era llevar esa infinitud al presente, incorporarla al sistema para que otros también recordaran que aún podían elegir.

Y miró a Ikan.

NUDO XVIII

CHAWPI

La niebla se arrastraba por las calles desiertas de Karanza, enredándose entre las estructuras como un presagio de lo inevitable. Parecía que el tiempo se hubiera congelado en una perpetua y gélida madrugada.

LEH avanzaba por los pasadizos hacia el laboratorio sintiendo la presión de la responsabilidad en el pecho, mientras la escasez de comida, la ausencia del sol y la incertidumbre flotaban en el aire como un humo invisible.

Karanza estaba dividida: algunos confiaban en el enfoque calculado de la doctora Lana; otros, en su propia visión, arraigada en la cosmovisión de las Reservas Exteriores. Pero en ese momento no había espacio para discordias; solo quedaba el intento.

Mientras caminaba, repetía las palabras de Elías como un mantra:

El guerrero no puede modificar su destino, solo su forma de transitarlo. Si hoy logramos cambiar la percepción de incluso un solo hilo —una sola hebra dentro de la gran trama—, ese hilo portará nuestro intento colectivo. Esto no es solo una batalla; es un acto de resistencia por la libertad de percepción, dentro y fuera de MIO.

A medida que LEH se abría paso entre la multitud reunida frente al laboratorio, sentía el peso emocional que emanaba de sus cuerpos: algunos permanecían de pie, expectantes; otros, sentados a lo largo del pasillo, cargados de duda. Una pequeña mano se cerró en torno a la suya.

—Esto es para ti —susurró una niña, ofreciéndole una figurilla de un animal: una llama tallada en madera y decorada con hilos de colores.

LEH se agachó y, al verse reflejado en la mirada esperanzada de la pequeña, le dedicó una sonrisa agradecida.

Ingresó con paso decidido al laboratorio y saludó a los equipos. Tras revisar las últimas actualizaciones, se dirigió a la comunidad allí reunida:

—Mientras Naran estuvo en bucle, logró algo que nadie había conseguido antes: se ha desidentificado del tiempo lineal impuesto por MIO.

Lana, con la mirada fija en los datos proyectados en la pantalla, asintió antes de hablar con su precisión característica:

—MIO opera bajo el principio del colapso de la función de onda y restringe todas las posibilidades a una sola línea de tiempo: la Línea Temporal 3, un bucle perceptivo constante.

Hizo una pausa y señaló el quipu de Naran en la proyección holográfica.

—Pero Naran ha roto ese patrón. No escapó del sistema: se volvió indetectable para él, rompió la secuencia temporal. —Sus ojos brillaban con una mezcla de asombro y certeza—. Ha creado un nodo de resonancia, un punto de interferencia sostenido fuera del patrón habitual. En términos cuánticos, no colapsó la posibilidad que le ofrecía el sistema, sino que la sostuvo.

LEH dio un paso adelante.

—Un Chawpi —soltó—, un punto donde pasado, presente y futuro coexisten como una totalidad interconectada.

Antes, esa grieta del 2 % era usada por MIO como un reflejo —continuó—, pero Naran dejó de mirar desde el código, desde el constructo programado. En cambio, se atrevió a mirar desde el otro lado del espejo.

Ariana, con la mirada encendida, lo comprendió al instante:

—A través del no-hacer, rompió el patrón de interferencia inversa que MIO utilizaba para retroalimentarse. Este momento marca el inicio del hackeo inverso: un acto de ensueño lúcido dentro del propio sistema.

LEH asintió y completó su idea:

—No colapsó una vieja percepción; no colapsó nada. Permaneció en el no-hacer, y eso rompió el bucle.

—Ha creado una grieta en el sistema, un punto de ruptura. MIO está registrando esa información… está reconfigurando su código —susurró Lana mientras caminaba en círculos.

Un murmullo recorrió la sala, y entonces habló en voz alta:

—El quipu de Naran generará una onda capaz de estabilizar el caos en la red. Unirá control y libertad. Y si esta nueva información se sostiene, podrá sincronizar otras. Existe una posibilidad real de que el sistema acceda a una fase de coherencia cuántica.

El quipu ya no era solo la memoria de Naran, era un canto sin voz, un entramado de pasos y pérdidas, las visiones de todos los que habían sostenido la grieta abierta. Era una respuesta a un llamado que nunca fue solo individual.

LEH dejó que el silencio hablara antes de continuar.

—El quipu ya no es solo el reflejo del viaje de Naran —dijo—. Es una trama viva, un pulso dentro de todos los que han sostenido el intento. Ese nodo que llamamos Chawpi no pertenece a una sola visión; es el centro donde convergen nuestras memorias y decisiones. Y desde ahí, resistimos, y ensoñamos una nueva posibilidad.

Lana lo miró con aprobación.

—Cuando insertemos esta información en la red, no solo corregiremos el caos perceptivo, además estaremos sembrando una nueva percepción, una basada no en el miedo, sino en la libertad de elegir.

La comunidad comprendió que todo lo vivido confluía en ese punto. El quipu tejido en los diferentes Pachas era ofrenda y mensaje, el centro de un nuevo entramado perceptivo.

Marco, escéptico y con los brazos cruzados, irrumpió el momento.

—Todo esto suena bien, pero sigue siendo teoría—dijo con dureza—. Los sectores centrales están atacando y podríamos perderlo todo. Seguimos sin una respuesta clara sobre la estrategia de defensa.

Varias miradas se dirigieron hacia él y su grupo de técnicos. La tensión en la sala aumentó entre quienes querían un plan concreto y quienes estaban dispuestos a seguir el camino de LEH y Lana.

—El miedo es lo que nos mantiene atrapados en la estructura de MIO —respondió el investigador con una calma cortante—. Si seguimos viendo esta batalla bajo su lógica, ya habremos perdido. —Los murmullos crecieron, pero él mantuvo la mirada firme en el experto en seguridad cibernética—. Tu plan de contraofensiva es tuyo, Marco. Asegúrate de que no destruya lo que estamos construyendo.

Antes de que pudiera responder, una explosión sacudió la base subterránea, las luces parpadearon y las alarmas se activaron.

—¡Impacto en el perímetro este! —gritó un técnico.

Las pantallas mostraron cómo las defensas de Karanza estaban siendo atacadas. El enemigo había avanzado más rápido de lo esperado.

—¡Estamos perdiendo conexión con los aliados en la superficie! —alertó Ariana con voz tensa mientras intentaba estabilizar la señal.

LEH respiró hondo y miró fijamente a Marco.

—Quieren arrastrarnos hacia su estrategia, intentan desviarnos de nuestro objetivo —sentenció—. Recuerda: esto no se trata de destruir, sino de redirigir el conflicto hacia el campo de la percepción.

Lana asintió y Marco tragó saliva. Afuera, surgía el conflicto. Adentro, una nueva visión se alineaba. En ese instante, todos supieron que el punto de inflexión había llegado. Se prepararon para la implementación de la estrategia, conscientes de que haría falta precisión, creatividad y una voluntad inquebrantable para sostener la fluidez en la trama.

Desde Karanza, Marco se inclinó sobre la consola, con sus hombros tensos por la urgencia del momento. A su alrededor, el equipo de ingenieros trabajaba con precisión quirúrgica, ajustando los últimos parámetros. Afuera, el cielo estaba cargado de presagios: los drones de los sectores centrales surcaban la bruma con una sincronización implacable.

—¿Estás listo? —preguntó Ariana, conteniendo la voz bajo la tensión. Sabían que enfrentarlos de forma convencional sería un suicidio.

El primer enjambre de drones sobrevolaba ya las antenas de Karanza, como buitres acechando a su presa.

—¡Ahora! —gritó Marco.

Ariana pulsó el comando final. La frecuencia de resonancia se activó y un zumbido profundo rugió en el aire. En un instante, las ondas de interferencia se expandieron como una marejada etérea y envolvieron los drones. Uno a uno comenzaron a oscilar erráticamente, sus rutas alteradas por una fuerza que sus sistemas no podían comprender. La señal de los sectores centrales se volvió caótica cuando las ondas resonantes interactuaron con los materiales de los drones, alterando sus circuitos con una lógica que desbordaba el control lineal.

—Funcionó —susurró Marco, con incredulidad y alivio en partes iguales, observando cómo las máquinas caían lentamente, como marionetas con los hilos cortados.

LEH, que observaba desde la penumbra, habló en un tono más bajo, casi para sí mismo:

—Esto no se trata de destruir...

La paradoja era evidente: en ese momento, los drones estaban bajo su control. Pero los sectores centrales no tardaron en reaccionar y enviaron nuevas unidades con una frecuencia ajustada, convencidos de que así neutralizarían la interferencia. En su desesperación por corregir la anomalía, solo lograron amplificar el fenómeno. Sin darse cuenta, estaban replicando la distorsión y sumiéndola en un ciclo de retroalimentación. Cada nuevo dron enviado expandía la inestabilidad y debilitaba aún más la infraestructura de MIO.

Desde el Centro de Investigación, oculto entre los pasillos saturados de caos y sombras parpadeantes, Alan vio la oportunidad perfecta para intervenir: mientras las señales se enredaban en una danza imposible de predicciones erróneas, se sumergió en la red interna del programa. Sus dedos danzaban sobre la interfaz, navegaban entre códigos y barreras de seguridad que se levantaban como muros de piedra. Pero MIO anticipó su presencia.

Las contramedidas del sistema entraron en acción y, en un intento desesperado por cerrar las brechas, activó un protocolo de reconexión forzada. La Plantilla de la Línea 3 comenzó a envolver las señales: trataba de restablecer la conexión de los Incompatibles y sellar cualquier posibilidad de liberación. Sin embargo, MIO no había previsto la anomalía cuántica. La sobrecarga de señales provocada por los drones generó una fractura inesperada en el sistema de seguridad. Por primera vez, MIO perdió el control absoluto de su propio territorio.

Alan no lo dudó. Ejecutó el comando de reseteo manual de los cascos. Uno a uno, los dispositivos comenzaron a parpadear; los hilos de control de MIO se aflojaban, aunque la red aún se resistía a ceder por completo. Los Incompatibles, inmersos en su lucha por recuperar la percepción, estaban al borde de la liberación, pero la batalla aún no estaba ganada.

Entonces, el zumbido de los drones se fundió con algo más profundo: un eco en la memoria que lo arrastró hacia dentro. No era recuerdo, era presencia. La cueva era oscura y húmeda. Elías estaba junto a él. Sin previo aviso, golpeó con brusquedad su espalda, y el padre de Naran sintió un vértigo súbito; la visión del presente se desdibujó. De pronto, se encontró en un espacio diferente. Frente a él, un círculo de figuras rodeaba una fogata ancestral, y los murmullos de las llamas parecían susurrar algo que aún no alcanzaba a comprender.

—¿Dónde estamos? —preguntó con la voz ahogada en el asombro.

Elías lo miró con la serenidad de quien ha estado ahí incontables veces.

—En el tiempo no lineal —dijo—, en un ensueño conjunto.

Alan escudriñó los rostros alrededor del fuego y su respiración se detuvo cuando vio a su hija entre ellos. Una anciana se situó frente al grupo y habló con la cadencia de quien habita más allá del tiempo.

—Están aquí para reconocer y habitar un Chawpi, un punto donde el amor ya no es proyección, sino percepción compartida. Entonces, aportarán a la comunidad lo que ya está sucediendo en otro plano: aquello que solo se percibe desde el centro.

Y su visión se disipó con un parpadeo.

De vuelta en el Centro de Investigación, el estruendo de los drones cayendo sobre las antenas cercanas sacudió su conciencia de golpe. La distorsión cuántica podía significar tanto una liberación como una condena. Alan lo sabía, pero había tomado una decisión.

—¿Cuántas realidades puede sostener un instante? —dijo entonces, con la voz serena de quien ya no busca respuestas, sino que habita las preguntas.

Porque lo real no es lo que simplemente sucede, sino dónde decides posar tu atención.

Y la libertad

era elegir qué línea sostener.

Y con un último comando, reseteó los cascos.

Porque ahora sabía que la verdadera batalla nunca había sido física.

Era, y siempre había sido, una batalla de percepción.

NUDO XIX

EL UMBRAL ENTRE MUNDOS

—Estamos listos —informó la doctora Lana, mientras observaba cómo los datos en la pantalla indicaban que una ventana se había abierto—. Tenemos solo unos segundos, mientras se resetean los cascos, para no ser detectados —añadió, con la mirada fija en los parámetros fluctuantes—. Iniciando secuencia de entrelazamiento cuántico. El objetivo es mantener a Naran y a los Incompatibles conectados con nuestra intención compartida.

LEH dio un paso al frente, con la voz firme pero serena.

—El símbolo del Ayni imbuido no solo fortalecerá nuestro vínculo con ellos —también servirá como ancla, como recordatorio del apoyo que los rodea.

Las pantallas parpadearon y el equipo contuvo la respiración. Era un momento crítico.

Se produjo un pico de actividad en el entramado de nodos interconectados: el sistema estaba al borde del caos.

El hacker perceptivo, con el rostro iluminado por el resplandor de las pantallas, observó la trama y se volvió hacia el equipo.

—Como dijimos, los nodos son la clave. No son solo puntos de control, sino centros de percepción colectiva dentro del sistema —explicó con firmeza—. Cada nodo es un espejo que refleja y amplifica la percepción impuesta por la Línea Temporal 3.

Ariana y Marco intercambiaron una mirada tensa. Ella, sin apartar los ojos de la consola, continuó la idea de LEH mientras sus dedos volaban sobre el teclado.

—Si se reconfigura la información, se alterará lo que se proyecta en la red.

Las líneas de código pasaban como un río incontenible por las pantallas. Otro pico de actividad sacudió la red, y la población se aglomeraba dentro y fuera del laboratorio, sofocando aún más el ambiente con la intensidad de su expectación.

—La nueva resonancia, alineada con la nueva visión, está alterando las ondas portadoras de información dentro de la simulación —explicó Lana, con una mezcla de urgencia y esperanza—. Si logramos sincronizarla con todos los nodos, cada usuario conectado comenzará a percibir algo más allá del control impuesto por el sistema.

Marco frunció el ceño al sentir la tensión en el aire. Miró a la doctora antes de responder con gravedad:

—Para que eso se produzca, necesitamos alcanzar una masa crítica dentro de la red.

LEH se acercó a la proyección y observó cómo el quipu hacía visible la superposición de tramas en los nodos.

—MIO ha mantenido la percepción en colapso permanente dentro de la Línea Temporal 3, repitiendo la misma estructura de observación. Pero si logramos que suficientes nodos sostengan la nueva información, abriremos un espacio de superposición con la fuerza suficiente para romper el bucle.

Ariana asintió; comprendía la magnitud de lo que intentaban hacer.

—Si MIO no puede colapsar la percepción en una única realidad fija, entonces la estructura se debilitará —susurró.

Lana golpeó las teclas con precisión, y la proyección del quipu titiló.

—Si logramos que el observador colectivo perciba algo distinto, entonces la realidad dentro del sistema empezará a fragmentarse y reconstruirse —añadió LEH.

Marco cruzó los brazos.

—Es un riesgo. Si fallamos, podríamos reforzar la estructura en lugar de romperla.

LEH sostuvo su mirada con firmeza.

—El riesgo es quedarnos atrapados para siempre en este patrón.

Un silencio cargado se instaló en la sala. La elección era clara: la única forma de cambiar el paradigma era desafiar la manera en que se observaba la realidad.

El destino de la red pendía de un hilo. El siguiente movimiento lo decidiría todo.

Y quizás, por primera vez, el sistema no sabría qué esperar, porque el observador ya no era el mismo.

Aún resonaban en su cuerpo las palabras de Nuna y el eco del ensueño colectivo. Naran respiró hondo y dejó que su atención se desplazara entre los nudos del quipu. Uno tras otro, fue recorriendo los pulsos encendidos hasta detenerse en aquel que pertenecía al bucle del sistema. Entonces lo sintió: un cambio en la red, incluso antes de que los Incompatibles lo percibieran.

MIO había modificado su estrategia. Las imágenes que aparecían ante ella eran perfectas, seductoras. Los usuarios habían sido absorbidos por el sistema: la resistencia parecía extinguida, las anomalías borradas, y cada nodo encajaba en el diseño de MIO sin fisuras. La tentación de soltar la lucha se filtró en su mente:

¿y si eso era lo que debía suceder?
¿y si la resistencia no era más que la ilusión de una lucha inútil?

El programa utilizaba la grieta como un espejo, pero esa vez no para arrastrarlos al bucle de las repeticiones pasadas, sino para proyectarlos hacia un futuro prefabricado. Naran se detuvo. Su respiración se volvió consciente. Comprendió que el intento no se siente como resignación, sino como dirección.

Entonces volvió al quipu en busca de respuesta. La información que emanaba de los nudos no coincidía con la proyección de MIO. Lo que él ofrecía era una realidad estática, sin espacio para la posibilidad, solo certeza. Y eso no era libertad.

A su alrededor, los Incompatibles tenían la mirada vacía, hipnotizados por el futuro prometido. Otros aún resistían, pero sus fuerzas se debilitaban, atrapados en la duda.

—¡Esto no es real! —la voz de Naran cortó el aire como un filo.

Algunos de los Incompatibles alzaron la vista hacia ella, aún empañados por la seducción del espejismo que MIO les mostraba.

—MIO nos está ofreciendo un camino sin elección, pero nosotros no somos datos fijos. Somos navegantes de la percepción.

Tomó su quipu con ambas manos y sintió cómo las cuerdas y los nudos respondían a su visión. Poco a poco, algunos Incompatibles comenzaron a reaccionar; unos pocos dieron un paso atrás y se apartaron de la proyección de MIO, aunque otros todavía dudaban.

—¿Y si esto es lo correcto? —preguntó Néstor con voz temblorosa—. ¿Y si la resistencia nos ha cegado a lo inevitable?

Naran lo miró y sintió su miedo. La batalla nunca había sido contra MIO, sino contra la percepción de cada uno.

—Si este futuro fuera real, no necesitaría que renunciáramos a nuestra voluntad para existir.

La joven cerró los ojos por un instante y, al abrirlos, percibió la posibilidad de que la proyección de MIO se desmoronara a su alrededor. Respiró hondo, pues era el momento de decidir. No para volver al pasado, ni para perderse en los horizontes artificiales del futuro, sino para recordar lo que ya estaba sembrado en el campo.

Desde el laboratorio del Centro de Investigación, Alan observaba las pantallas con el ceño fruncido. Los cambios eran evidentes: la nueva información estaba siendo sostenida dentro del sistema. Su mirada se detuvo en los gráficos al entrever cómo la estructura de MIO comenzaba a sintonizar con el campo cuántico, más allá de la Línea Temporal 3.

Mientras tanto, en el laboratorio de Karanza, LEH permanecía inmóvil, con los ojos cerrados, como si percibiera el latido de una realidad subyacente.

—Estamos ante un anclaje temporal —murmuró—. Cada nodo actúa como un punto de encaje, una referencia dentro de la red para proyectar una nueva posición. El ensoñar y el acechar se han vuelto un acto compartido.

Lana, atenta a los gráficos, notó cómo los nodos que antes fluctuaban sin control ahora entraban en coherencia, como si las mentes atrapadas en el sistema comenzaran a conectarse con algo más amplio.

—Los datos muestran que están dejando atrás la línea del control, del miedo… —dijo con voz pausada.

LEH asintió.

—No solo perciben una nueva posibilidad; comienzan a vislumbrar una realidad que aún no existe, pero que, al sincronizarse, pueden anclar colectivamente. No necesitan saber cómo hacerlo; solo necesitan sentirlo.

Ariana señaló el proyector holográfico. La simulación del sistema mostraba cómo los nodos, antes dispersos, ahora pulsaban en un ritmo compartido. La red, fragmentada hasta entonces, se transformaba en una sola frecuencia.

LEH respiró hondo y se dirigió a todos los que apoyaban la prueba:

—Cada nodo que se sincroniza con la resonancia cuántica ancla esta nueva posición en el tiempo y el espacio.

Un Ayllu digital emergía, desafiaba la estructura de MIO y redefinía la percepción colectiva.

Mientras tanto, en las Reservas Exteriores, en las cavidades subterráneas, Nuna guiaba a la comunidad para sostener el ensueño colectivo y su conexión con el quipu.

—El quipu que se ha tejido en el tiempo circular es un Ayni —dijo, rompiendo el silencio de la cueva—. Nuestro Ayni se hila y resuena como un eco que viaja a través de la trama de la realidad.

Elías, sentado junto al fuego, añadió con voz profunda:

—Este quipu no es solo un mapa del tiempo; es un entramado vivo donde los opuestos se encuentran. Este Chawpi lo creamos juntos para que el pasado y el futuro se integren, para que las heridas del ayer sanen con las posibilidades del mañana. Y en ese punto de encuentro, en ese instante, cada uno puede decidir lo que quiere ser.

A medida que más usuarios interactuaban con los nuevos patrones, comenzaban a percibir la flexibilidad de sus realidades. El sistema MIO empezó a fallar, incapaz de sostener una única línea perceptual.

Margot, en el Centro de Investigación, observaba perpleja las variaciones en los gráficos.

—Deberían estar en bucle, pero algo está cambiando... —susurró, incrédula.

En ese instante, MIO, confrontado con la magnitud de ese nuevo intento colectivo, comenzó a desmoronarse. Los límites de su control se diluían y permitían que el tiempo, el espacio y la conciencia se expandieran en todas direcciones. Las pantallas mostraban patrones caóticos mientras los técnicos intentaban recuperar el control, pero era inútil.

—¡Reseteen los cascos!

Un técnico la miró desconcertado.

—Los cascos han sido reseteados varias veces, pero no hay respuesta.

Margot recorrió las líneas de código con ojos frenéticos. Todo estaba cambiando frente a ella, y no podía hacer nada para detenerlo.

—¡Entonces desconéctenlos del sistema!

Otro técnico titubeó.

—Es peligroso desconectarlos sin saber qué... —intentó advertir.

—¡He dicho que los desconecten! —ordenó.

En Karanza, los monitores titilaron antes de apagarse y, entonces, un silencio ensordecedor llenó la sala. LEH miró a la doctora Lana con incredulidad.

—Hemos perdido la conexión.

Ella intentó restablecer los sistemas, pero solo obtuvo vacío.

—Los han desconectado del sistema MIO —murmuró él. Sus palabras cayeron pesadas sobre todos en la sala.

Lana apretó los labios.

—Sin la conexión física, el entrelazamiento cuántico podría haberse deshecho. El quipu de Naran... todo podría haberse dispersado en un mar de probabilidades no colapsadas.

Pero LEH recordó que el entrelazamiento no dependía de la conexión física. Comprendió entonces que se había dejado llevar por sus miedos. Relajó su postura, soltó la tensión acumulada y abrió las manos en señal de entrega absoluta.

Un escalofrío recorrió su cuerpo. Percibió un destello en la ciclicidad del tiempo, una imagen que revoloteó en su conciencia: fue un déjà vu compartido, una superposición de realidades en la que Naran y él experimentaban lo mismo. Sintió el eco de su presencia en otro punto del tiempo. Cerró los ojos… el hilo estaba activo.

Naran, ya no necesitamos proyectar la información afuera; estamos listos para elegir conscientemente la realidad. MIO quiere que elijamos desde el miedo, desde la ilusión del control. Pero la línea ya está trazada; tú solo tienes que recorrerla. No hay más certezas que este momento. Ahora solo queda decidir.

Respiró profundo.

—No se trata de victoria o de derrota. Nuestra atención tiene que estar en el intento. —Hizo una pausa, mirando los generados cuánticos—. Ahora solo queda decidir. La conexión física puede haberse perdido, pero la resonancia del quipu sigue viva.

Lana entrecerró los ojos, considerando la situación.

—No sé si lo conseguirán… nunca han tenido la oportunidad de decidir.

En los sectores centrales, el laboratorio quedó en un profundo silencio. Alan, con desesperación, observaba las pantallas vacías.

—Los cascos están apagados; han perdido toda conexión física con MIO.

Margot había cumplido su amenaza.

Pero quizás no fue MIO quien dejó de escuchar… quizás fue la realidad misma, sintonizando con otro ensueño.

NUDO XX

PUNKU

Naran cerró los ojos y percibió más allá de la textura de las fibras del quipu; sintió el latido de algo vivo, un pulso sincronizado.

—No hay más certezas que este momento. Ahora solo queda decidir —susurró.

Al abrir los ojos nuevamente, observó a los Incompatibles sumidos en el desconcierto. Sin referencias, sin una historia que seguir, se encontraban flotando en el océano del Nagual, perdidos entre infinitas posibilidades.

—¿Dónde estamos? —preguntó Néstor, con ansiedad en la voz.

Maia intentó moverse, pero no había gravedad, ni arriba ni abajo. Comenzaron a surgir murmullos de pánico, intentos de aferrarse al pasado o de proyectar un futuro seguro, pero cada esfuerzo se disolvía antes de materializarse.

—¡Esto es un error! —gritó alguien—. ¡Tenemos que volver!

Pero no había regreso al sistema lineal de MIO. Sin estructura temporal, estaban en un vacío lleno de potencial.

Naran observó con serenidad, pues sabía que ese momento llegaría y comprendía el riesgo: si no sostenían el vacío, quedarían atrapados en él. Respiró hondo y habló con firmeza:

—Estamos aquí, ahora, frente a lo que realmente somos. No hay ilusiones ni imágenes ideales, solo la verdad del presente.

Los Incompatibles comenzaron a observar las líneas que se extendían frente a ellos: filamentos de posibilidades que se entrelazaban y desvanecían en el flujo de la conciencia.

—Dentro de MIO hemos creído que solo existe una única realidad. Pero ahora vemos más allá de esa ilusión: somos seres capaces de elegir múltiples caminos.

Las miradas de los demás comenzaron a cambiar, ya no dominadas por el miedo, sino por un destello de comprensión.

—He recorrido las fibras del quipu que nos conectan con sus diferentes nudos —dijo Naran.

Al escucharla, dejaron de intentar proyectar lo que creían que debía ser la realidad. Sus percepciones comenzaron a expandirse, accediendo al entramado que antes era invisible. Algunos percibieron destellos de antiguos recuerdos; otros vislumbraron futuros aún no escritos.

—No somos incompatibles; somos Yuyana, porque recordamos, creamos, imaginamos —continuó Naran con calma—.

En este ensueño compartido somos hilos de un mismo quipu. MIO quiere que elijamos desde el miedo, desde la ilusión del control, pero el verdadero acto revolucionario no es destruir al sistema, sino elegir conscientemente quiénes queremos ser en cada nuevo hilo que tejemos.

Extendió la mano hacia ellos. —El intento ya trazó la línea; ahora solo queda recorrerla.

Naran volvió a centrar su atención en el nudo perceptual de Tambo. Su cuerpo tembló cuando las cuerdas del quipu vibraron sutilmente entre sus manos, transmitiendo información que parecía provenir de todas las direcciones.

Mientras tanto, Kunak, el chasqui, permanecía a su lado; su mirada reflejaba la comprensión del mensaje que ella había recibido a través de los Pachas.

—Naran, este quipu, tejido con comprensión y visión, no solo ha formado un Chawpi —dijo con voz serena—; también ha creado un puente.

Naran frunció los labios, sintiendo un leve desconcierto.

—¿Qué ha sucedido? ¿Nos han desconectado de la red?

Kunak sonrió con calma.

—No importa que os hayan desconectado de la red, pues el puente ha sido creado, y ahora estamos ante un Umbral, un Punku: una puerta hacia lo que aún está por imaginar.

—¿Un Punku? —repitió la muchacha en un susurro, percibiendo el peso de aquellas palabras. Pero, por primera vez, no sintió angustia ni temor. Sintió que el Punku era una resonancia que se abría desde el centro, y comprendió, por fin, el propósito de todo lo vivido.

—Como has visto, somos un campo dentro de un campo, un quipu dentro de un gran quipu. Todo está interconectado, y ahora la trama se abre para integrar los nudos del quipu. Cada uno representa no solo lo que fuimos y lo que somos, sino también lo que elegimos sostener como visión. Ese es nuestro Ayni, nuestra ofrenda al entramado de la realidad.

Naran asimiló cada palabra con valentía y asintió con los ojos cerrados, sintiendo cómo la urdimbre entera sostenía el momento, desplegándose como un canto en la memoria de los tiempos.

De pronto, un sonido emergió en la lejanía: una melodía antigua despertó algo profundo en su interior. Abrió los ojos de golpe y su aliento quedó suspendido al ver a Ikan acercarse, tocando su quena. No estaba solo: cientos de chasquis lo acompañaban, sus pasos marcando un único pulso, una sola fuerza.

Al unísono, los pututús soplaron y su llamado resonó en la trama del tiempo. La emoción invadió a Naran y sus ojos se encontraron con los de Ikan, quien le devolvió una mirada llena de complicidad y determinación. Un chasqui se acercó a ella y, mostrando su quipu, leyó el mensaje inscrito en la ciclicidad del tiempo:

> A *través de estos hilos invisibles enviamos nuestra voz hacia el gran océano del Wiñaypacha.*
> *Que este canto resuene a través del Qhapaq Ñan,*
> *y que nuestro intento se eleve;*
> *que, como chasquis, enviemos nuestro sonido*
> *desde lo sutil hasta lo denso,*
> *como un gran eco en este océano de conciencia.*

Entonces, como si el tiempo circular se hubiera encontrado a sí mismo, Naran e Ikan se tomaron de las manos.

Él sostuvo su mirada con intensidad.

—El intento nos ha traído hasta aquí. Ahora solo queda dar el paso.

Ella asintió; ya no había resistencia, solo visión compartida. Y se reconocieron como dos partículas entrelazadas en el ensueño.

Respiró profundo y sintió cómo el quipu respondía, no como código, sino como pulso.

Las terrazas circulares de Tambo brillaron con un sutil resplandor. Los pututús resonaron como un trueno en la distancia, abriendo los diferentes Pachas.

La danza de posibilidades, de memorias antiguas y de futuros por nacer, comenzó a desplegarse.

Desde el silencio entre tiempos, algo respondió.

Como el llamado profundo de un gran navío abriéndose paso entre la niebla, el eco de los pututús resonó con fuerza.

Un latido colectivo se propagó en la red a través de los nodos.

En Karanza, Lana observaba con atención cómo las ondas de resonancia cuántica emergían en los generadores y formaban patrones sincronizados. Los equipos contemplaban con asombro cómo la información se expandía a través de todo el sistema.

LEH ajustaba los controles, pero los monitores frente a él seguían mostrando lo mismo: caos, fluctuaciones impredecibles. Sin embargo, sus ojos reflejaban algo más—la ciclicidad del tiempo.

—En términos tradicionales, esto no tiene sentido —murmuró Marco, incrédulo ante lo que veía—. Han desconectado a los Incompatibles; sus nodos deberían haber colapsado, pero no ha ocurrido.

—Esto no es un fallo del sistema, es resonancia —intervino Lana, y en su mente las piezas de una trama empezaron a encajar.

Aunque los habían desconectado, la resonancia cuántica seguía funcionando como un eco a través de la red. Sus ojos brillaban con entusiasmo.

—La información se propaga como un acorde que continúa sonando mucho después de haber sido tocado. La desconexión física no interrumpe lo que el entrelazamiento ya ha establecido.

En ese instante, las pantallas mostraron miles de chasquis: figuras que representaban corrientes vivas a través de la red, conectando a los Incompatibles y a todo el sistema.

El flujo de información se extendía por la Línea Temporal 3, envolviendo a los usuarios en nuevas formas, percepciones y significados.

LEH observaba las lecturas de la red.

—El quipu es más que una metáfora o un símbolo; es un transmisor, un nudo de coherencia en el tejido de la realidad —dijo.

Ariana corroboró la información en su consola.

—Los nodos están respondiendo a la resonancia. No solo replican los datos, están redibujando su propio campo perceptual.

—Pero hay algo más... —añadió su compañero—. Está ocurriendo lo que predijimos.

El flujo no solo afecta al sistema de MIO: está reconfigurando las líneas temporales.

Ariana miró a LEH con los ojos llenos de asombro. Observó cómo las pantallas comenzaban a iluminarse con patrones en constante transformación.

—¿Quieres decir que están alterando la percepción del tiempo desde dentro? —preguntó casi en un susurro.

LEH asintió con convicción, reconociendo la magnitud del momento.

—Exacto. Esos nodos representan puntos de acceso a la percepción colectiva. Con cada resonancia, los usuarios se impregnan de memorias que habían sido excluidas del sistema. Y eso, por extensión, está modificando las narrativas personales y compartidas que sostienen el imaginario colectivo.

Lana se situó junto a él, con los ojos fijos en las fluctuaciones de la red.

—No es solo un cambio en el presente. Al liberar los datos atrapados, cambia también cómo se percibió el pasado, y eso reconfigura el futuro.

LEH respiró hondo y cerró los ojos por un instante. Podía sentirlo: la red ya no le pertenecía a MIO.

—Cada nudo que se deshace transforma la estructura sutil de la realidad. El quipu no es un simple mapa; es un entramado vivo que responde al nivel de conciencia.

El observador colectivo ya no estaba atrapado.

La Plantilla se abría a memorias y futuros antes bloqueados. El equipo comprendía que estaban ante un punto de inflexión en la historia del sistema.

Algo nuevo estaba naciendo entre las líneas de código: el entramado de una realidad que, en ese instante, se plasmaba como visión compartida.

No como sistema, sino como memoria viva.

Margot miraba con frustración los monitores, observando cómo los Incompatibles seguían alterando el sistema.

—¿Qué está ocurriendo? —soltó, dirigiéndose a Alan.

—Lo que estamos viendo aquí no es control —respondió él sin apartar la vista de la pantalla, los ojos fijos en los datos—, es sincronicidad entre los nodos.

Margot giró hacia él con brusquedad, la voz cargada de incredulidad.

—¿Sincronicidad? ¿Estás diciendo que esto es un accidente?

Alan negó con calma; su expresión era más serena de lo que ella podía tolerar.

—Aunque desconectemos cada nodo físico, la red se ha recalibrado a un nivel que MIO no puede revertir. Es como si el propio sistema se estuviera ajustando a un nuevo patrón.

Margot, en un intento desesperado por retomar el control, ordenó:

—¡Reseteen el programa de nuevo!

Desde el otro extremo de la sala, Alan cruzó los brazos y la observó con una mezcla de resignación y certeza.

—Margot, puedes intentar lo que quieras, pero esto ya no está en tus manos.

La resonancia siguió atravesando la red de MIO, propagándose como un eco que no podía ser detenido. Las fibras del quipu, que parecían vivas, continuaban afectando la trama del sistema. Nuevas posibilidades comenzaron a desplegarse, como si una membrana olvidada se rasgara y, desde lo más profundo, surgieran fragmentos de una memoria colectiva anterior a la Plantilla 3.

Y los usuarios empezaron a recordar. No sabían de dónde venían esos recuerdos —suaves, casi susurros—:
una mujer oyendo el río mientras lavaba ropa bajo el sol;
una risa expandiéndose en una plaza abierta;
el tacto cálido de unas manos entrelazadas;
la alegría simple de sembrar juntos, de ver el sol nacer sobre el mar, de contemplar el amanecer.

Pero no eran solo recuerdos: eran sensaciones vivas, emociones que el sistema había enterrado bajo capas de codificación. Eran experiencias de conexión real, de comunidad, de un tiempo anterior al miedo programado.

Y algo en ellos —una fibra aún no silenciada— comenzó a preguntarse si aquello que vivían era realmente la única realidad posible.

El miedo, el control y la confusión se entretejieron con la esperanza. Y en esa nueva trama surgieron significados nunca antes nombrados.

Las pantallas en Karanza comenzaron a destellar con mensajes caóticos: MIO intentaba bloquear la propagación de la resonancia, reconfigurando los nodos en un esfuerzo desesperado por restaurar el control.

—¡Están ajustando los nodos desde el Centro de Investigación para neutralizarnos! —exclamó Ariana, con las manos volando sobre los controles.

LEH observó las fluctuaciones en los datos con una sonrisa apenas perceptible.

—Déjalos intentarlo —respondió con calma, mientras ajustaba un dispositivo que amplificaba la resonancia del quipu—. El sistema sigue atrapado en su propio tiempo lineal; no entiende que ahora jugamos en un campo completamente distinto.

El laboratorio se sumergió en la intensidad del momento. La resonancia del quipu seguía expandiéndose, desafiando la lógica de MIO.

El sistema trataba de recomponer su forma, pero el campo ya estaba escribiendo otra.

El Wiñaypacha permeaba el ensueño colectivo a través de las las grietas de las cavidades subterráneas. Elías sostenía el fuego, sostenía la visión. Y como una leve ráfaga que anunciaba el cambio en el viento, comenzó a susurrar con calma:

—Recordemos que estamos aquí gracias a la oscuridad. Porque sin ella, la luz no tendría contexto. MÍO nos muestra la sombra que aún no hemos querido mirar. Pero no se trata de MÍO… sino de desde dónde lo habitamos. El programa no es el enemigo, es un reflejo deformado de lo sagrado cuando lo miramos desde el miedo.

Recorrió lentamente el círculo con la mirada, reconociendo el valor de cada guerrero y guerrera que estaban allí reunidos. Con la voz cargada de una tranquilidad profunda se dispersó como un río sereno.

—La sombra colectiva no es algo que podamos destruir. No podemos borrar el miedo, la desconexión o la separación porque son parte de nosotros. Lo que podemos hacer es observarlos con curiosidad, permitir que nos muestren aquello que necesitamos transformar y elegir otra percepción.

Las personas comenzaron a abrir los ojos y, en el brillo de sus miradas, Elías pudo apreciar que todos estaban percibiendo lo mismo.

—MIO, con todo su control, nos ha obligado a enfrentar todos nuestros miedos. Su rigidez nos hizo comprender cuánto anhelamos la libertad; nos mostró nuestro caos, nuestra resistencia al cambio y nuestra dificultad para confiar en la incertidumbre.

Nuna, apoyando las palabras del hamawta, intervino con voz serena.

—Este quipu no es solo un símbolo de equilibrio, es un acto de reconciliación. Estamos uniendo lo que antes estaba separado: el miedo y el amor, el control y la libertad, el tiempo lineal y el tiempo eterno... el Wiñaypacha. Porque solo integrando lo que rechazamos podremos ensoñar lo que verdaderamente queremos. —Su voz era como un puente entre realidades—. Recordemos que, junto a la parte de nosotros que teme y se aferra, también existe aquella que confía y se expande.

La resonancia en la cueva se volvió más intensa con las palabras de la awicha.

—La libertad no es ausencia de estructura, sino el fluir consciente de la percepción. Y nosotros, como guerreros, navegamos esa percepción no desde la resistencia, sino desde la danza del intento.

El Ayllu reunido sentía el pulso del quipu en su propia piel, como un eco ancestral que sus cuerpos recordaban más allá del tiempo.

—La sombra colectiva nos mostró nuestro miedo, nuestra desconexión y la ilusión de separación —prosiguió Elías—. Ahora, al integrarla, el Punku nos da la oportunidad de caminar juntos por el Gran Camino. Porque solo al reconciliar nuestra sombra, el intento puede volverse un acto de voluntad pura. Y el campo, responder sin distorsión.

Se levantó, y con él, todas las comunidades de las reservas.

—Ha llegado el momento —dijo—: el Punku se abre y el fuego ya canta a través de nosotros.

El Ayllu comenzó a caminar. Antorchas encendidas en mano, pututos latiendo junto al pecho. Mientras recorrían los pasadizos subterráneos, las palabras de Elías reverberaban en la piedra, como si generaciones invisibles las hubieran grabado con su aliento:

Un guerrero no espera la salida, la crea.
Acecha túneles, cruces ocultos, grietas en el muro.
Recuerda que es más que un cuerpo, que es ensoñador, que es fuego que se mueve en el silencio.

Uno a uno, los miembros de la comunidad emergieron hacia la superficie. Elías alzó la mirada hacia las alturas; en su voz latía el fuego.

—Ya no existe arriba ni abajo, solo líneas, líneas de libertad.

Inspiró profundo: su respiración estaba anclada en la tierra; su visión, encendida en el Ayllu. Sostuvo el pututo sobre su pecho y, con firmeza cargada de memoria, declaró:

—Ñawpaqta yuyaykuy, qhipata puriy.

Recuerda lo ancestral, camina hacia el porvenir.

Entonces sopló el pututo.

Y el eco ancestral cruzó los valles, como un llamado que atravesaba tiempo y olvido, despertando a los que aún escuchaban bajo la tierra.

Miles de pututos respondieron atravesando la niebla como grietas de sonido.

El eco se desplegó como una ola.

Karanza tembló. Y el campo se estremeció.

El fuego ha escuchado, la tierra ha respondido: los que recuerdan ya caminan.

En algún lugar, afuera, un sonido antiguo cruzó el viento.
En algún punto del ensueño, una línea se recordó.
Y en un nodo del laboratorio, la frecuencia fue sostenida.
No era un ataque. Era una nota fuera de la partitura que se desplegaba en diferentes planos a la vez.

Naran comprendió plenamente la magnitud del momento.

—El Chawpi no es solo el equilibrio de fuerzas —susurró Kunak—. Es cuando aceptas tanto el peso de tu sombra como la luz de tu intención. Solo entonces puedes ver el Punku.

Un estremecimiento profundo recorrió el pecho de la muchacha, y sintió cómo los nudos del quipu y los nodos perceptivos dentro del sistema se entrelazaban y se dilataban, como fibras en un mismo pulso.

Con un destello que se extendía en todas direcciones, oyó un crujido: el Punku revelaba una fina grieta luminosa entre el tiempo y el espacio. La red osciló entre el colapso de la Línea Temporal 3 y la nueva percepción sostenida. Por un instante, el tejido invisible colectivo parpadeó más allá del tiempo y del control.

Cuando el punto perceptivo impuesto por el sistema se resquebrajaba, Naran lo sintió: una tensión sutil. Había nodos que aún no estaban listos para soltar la información programada y seguían buscando respuestas a través del sistema.

Néstor, desde su nodo, contempló el Punku abierto frente a él. Allí se revelaban las sombras aún no integradas en el grupo de incompatibles y en los demás usuarios.

—No quiero esto —susurró, aferrándose a los reflejos del programa que aún lo definían—. El poder está aquí.

—El amor es la reciprocidad del universo —susurró Kunak—. La partícula se convierte en lo que el observador necesita ver, conocer y entender en este gran mar de conciencia.

Percibe, Naran. No proyectes lo que esperas ver. Solo así verás lo que es.

Los ojos de la joven se encontraron con los de Néstor y, por un instante, Naran vio el reflejo del sistema en sus pupilas. Percibió que MIO había aprendido el lenguaje del campo, la intención, el entrelazamiento, la percepción. Y que en ese momento se replicaba, actualizaba su código y se mostraba a través de los ojos de Néstor.

Una corriente emanó desde el núcleo, generando una espiral que parecía querer succionar todo a su paso. A cada uno le mostraba sus propias grietas, desde donde podría volver al sistema. No eran solo datos: eran emociones, recuerdos, deseos. Necesidades y traumas. MIO lo sabía y había convertido esa apertura en su última tentativa de control.

Naran sintió cómo la corriente quería atraparlos. *MIO ha entendido que no necesita encerrarnos: basta con acelerar la percepción, para que no podamos sostener lo que vemos*, pensó.

Las tramas se multiplicaban, enredándose en los pensamientos y en los recuerdos de los Incompatibles.

—¡No colapsen! —gritó ella con voz clara y fuerte—. ¡No respondan! ¡Sostengan el vacío!

Las proyecciones se volvían más seductoras, pues eran promesas, miedos y memorias diseñadas para hacerlos caer. La grieta en el sistema no se abría como una puerta. Se desplegaba como un agujero negro que parecía tragárselo todo: recuerdos, emociones no integradas, deseos, dudas. MIO lanzaba su última ofensiva disfrazada de caos emocional y recuerdos reciclados.

Pero Naran lo vio con claridad, la trama eran imágenes pensadas para colapsar al observador. El sistema utilizaba la apertura del Punku como un vórtice de percepción diseñado para arrastrarlos de nuevo al centro de la Plantilla perceptual.

Y el grupo osciló.

—Es demasiado rápido... No me da tiempo a sentir; apenas a ceder.

Las imágenes se intensificaron: guerras, catástrofes, despedidas, promesas rotas. Algunos Incompatibles comenzaron a tambalearse, las rodillas les temblaban, los oídos zumbaban como si algo intentara desalinearlos desde adentro. La distorsión del Punku se sentía en el cuerpo como un tirón entre dimensiones, entre el miedo y la confianza.

—Este es tu lugar —susurraba una voz—... Solo el sistema te da estabilidad.

—¡Sostener el vacío! —gritó Naran, alzando la voz por encima del zumbido creciente—. ¡No colapsen desde el miedo! ¡No reaccionen desde sus historias!

Entonces se produjo un gran temblor. La corriente giró veloz en sentido contrario y les mostró lo otro: la belleza, la promesa de orden, la calma diseñada. El sistema ofrecía ambos extremos. Todo era válido, todo deseable. Pero todo era aún programación.

Por un instante, Naran también quiso colapsar: vio a su madre, a su antiguo avatar, a la niña que quiso ser vista. Respiró, recordó el vacío y se sostuvo. Comprendió que el vacío no quería devorarlos; quería ver si podían sostener la grieta sin llenarla con pasado o futuro.

MIO había interpretado las reglas del juego: quien dirige la atención, colapsa la realidad.

—¡No es oscuridad, es distracción! —gritó Naran, anclándose en el quipu.

La paz que ofrecía MIO era tan peligrosa como su caos. Ambas eran distracciones, ambas exigían rendirse, pero no al intento, sino al guion.

Mientras el programa desplegaba versiones posibles de la realidad, Naran levantó la voz con los ojos abiertos y con la fuerza del sonido de miles de Pututus cruzando la niebla:

—¡La salida no está en el pasado ni en el futuro! ¡El Punku... se está abriendo!

Las palabras atravesaron el vórtice y activaron algo en cada uno de los Incompatibles. Sintieron que no estaban solos, que su atención compartida podía mantener el nodo abierto.

La voz de la muchacha emergió por encima de todo aquel ruido:

—¡Nada de esto es real si no lo colapsamos!

A pesar del caos externo, la joven sostuvo la visión. Y al sostenerla, todo iba más lento. Esa vez, Naran no eligió. Y el campo se abrió.

—Ya no estoy colapsando esa línea —susurró mirando a Néstor.

Sus miradas se encontraron reflejando que orden y caos pesaban lo mismo. Naran bajó la mirada, agradeciéndole internamente la posición que ocupaba Néstor en el juego, pues no era su rival, sino su complemento.

Entonces comprendió que el universo tenía dos aspectos inseparables: la individualidad predatoria e inmutable, y las emanaciones del mar de la conciencia, el intento, la fuerza organizadora del universo.

Había nodos que aún no soltaban el reflejo del sistema. Algunos confundían el Punku con una puerta de escape; otros, al sentir el vacío, retrocedían. No todo el tejido estaba listo para abrirse al mar.

El nodo de Néstor y los de los usuarios que no sostenían la grieta comenzaron a desvanecerse mientras se reabsorbían en la percepción del programa.

El grupo comprendió: no se trataba de vencer al sistema, sino de dejar de alimentarlo.

Entonces el agujero negro dejó de succionar.
Lo que parecía un abismo no se cerró: se abrió.
Era el Punku, un espiral de posibilidades.

Un espiral que no exigía salto, sino presencia.

Un colibrí apareció en la visión colectiva y cruzó con libertad los hilos del quipu. La información se expandió y les recordó que el universo no era rígido, sino receptivo a su atención consciente.

—Cada elección es un hilo más que se suma al tejido colectivo —afirmó Naran—. Somos observadores y creadores a la vez. Navegamos hacia una libertad posible solo desde el amor y la confianza en el intento. Sé que da miedo saltar cuando el abismo te mira de vuelta. Pero si queremos conocer el infinito, tenemos que abrazar el vacío.

Ese… es el Punku. Cada uno debe decidir si va a sostenerlo.

El eco profundo del Ayni los envolvió, mostrando una sinfonía de futuros aún no soñados. Con ese pulso compartido, el grupo dio el paso no hacia afuera, sino hacia el centro del laberinto perceptivo.

El centro no era un lugar; era el instante en que dejaron de buscar. La grieta no era para escapar; era para recordar que ya estaban en el centro. La apertura se abrió y la luz que iluminó ese centro hizo que el núcleo de la Plantilla perceptiva colapsara.

Ya no miraban a través del sistema.

En ese instante percibían otros paisajes a través de su visión. El campo los acogía como soñadores lúcidos en el corazón del misterio.

Y desde ahí, crearon el inicio, sostenido en el vacío para ser recordado.

—¿Qué está sucediendo? —preguntó Ariana, con la mirada fija en las pantallas—. Al no colapsar con la información programada, ¿se están generando futuros posibles mientras se activan esos recuerdos?

—Eso es exactamente lo que estamos viendo —respondió LEH—. Estamos ante un umbral.

Lana, absorta en las lecturas holográficas, apenas parpadeaba mientras analizaba la fluctuación de los datos.

—En física cuántica, esto es lo que llamamos un punto de transición —explicó—. Un instante en el que las leyes convencionales colapsan y permiten que múltiples estados coexistan.

LEH asintió, captando el alcance de lo que estaba ocurriendo.

—Es un nodo de superposición —continuó Lana—, el instante en que la realidad aún no ha sido decidida.

Elevó la mirada hacia las pantallas, con la voz cargada de asombro y esperanza, afirmó:

—El sistema entero está entrando en una nueva fase de coherencia.

LEH tomó aire.

—No es solo un umbral físico… Estamos dentro de una resonancia viva. Todas las posibilidades laten al mismo tiempo.

Hizo una pausa.

—La realidad ya no colapsa… hasta que alguien elige ver.

Se giró hacia el equipo con tono firme:

—Este juego ya no está limitado por los códigos ni por las restricciones de la Línea 3. Ahora estamos conectados a algo mucho más grande: una red de percepción compartida.

Lana inspiró profundo, como si al fin comprendiera lo que estaba ocurriendo.

—Una red de percepción compartida —repitió—. Un campo lúcido interconectado.

Se ha reescrito la arquitectura de la percepción. Y no desde el control, sino desde el vacío.

El equipo observaba en silencio. Intuía que la realidad ya no era una línea fija, sino un entramado vivo. Un tejido en expansión.

Margot observó la pantalla con la mandíbula tensa. La red ya no respondía y las desconexiones manuales no surtían efecto. Era como si el sistema hubiera dejado de reconocer sus comandos. Su mente se negó a aceptar lo que estaba viendo.

—Esto no es posible —murmuró. Un escalofrío le recorrió la espalda.

Alan, con una inquietante calma, la miró desde su terminal.

—Margot, la red ya no está bajo nuestro control. La estructura que creíamos estable se ha convertido en algo orgánico.

Su respiración se aceleraba. Su piel ardía, pero las manos estaban frías. Su cuerpo procesaba una amenaza invisible. No era un fallo técnico; era una revelación devastadora.

—Si la red ya no sigue nuestras instrucciones… ¿qué la sostiene? —preguntó con la garganta seca.

Nur, uno de los directores del Centro de Investigación, irrumpió en la sala. Sus ojos no se apartaron de las pantallas cuando, con voz cortante, respondió sin vacilar:

—El sistema ha entrado en un estado de coherencia.

Las palabras golpearon su pecho. Apretó los dientes, intentando mantener la compostura, pero por dentro todo se desmoronaba.

—¿Y quién lo controla? —su voz era apenas un susurro.

Alan se encogió de hombros.

—Nadie. La red ya no funciona en términos de control. Ahora se está rehaciendo a sí misma.

Un vértigo la sacudió. Sintió que un abismo se abría bajo sus pies. Toda su carrera, toda su existencia había girado en torno a la estructura, el orden, la previsión. Y en un instante, la incertidumbre la devoraba.

El director central la observó con una leve sonrisa, reconociendo el momento en que Margot comprendía la verdad más cruel.

—Los Incompatibles no eran una falla, Margot. Eran el punto ciego del sistema... la grieta por donde MIO comenzó a verse a sí mismo.

—No... eso no es cierto... —balbuceó, con un nudo en el estómago.

Alan se inclinó hacia ella.

—¿De verdad creías que el sistema podía ser perfecto? Hasta la sombra deja un hueco para respirar.

Su mente buscaba una salida, pero no la encontraba. Por primera vez en su vida, no tenía control. Y lo peor: no tenía idea de cuál sería su siguiente movimiento.

Alan la observó con una mezcla de compasión y fascinación.

—Eso que sientes ahora, esa sensación de vacío y de no saber qué hacer, se llama colapso perceptivo.

Margot cerró los ojos y respiró. Por primera vez, no tenía respuestas. En ese desconocimiento absoluto, un destello mínimo se abrió en su interior.

Y esa grieta era el inicio.

La resonancia se expandía como una onda viva. La información se replicaba fuera del sistema, alterando el entorno físico, el clima, la propia red cuántica.

Los usuarios comenzaron a experimentar percepciones y visiones compartidas; sus nodos liberaban información reprimida: recuerdos de Ayni, del Ayllu, de vidas conectadas. La realidad se estaba recalibrando.

En los sectores centrales, la niebla gris que envolvía las ciudades empezó a disiparse. Los habitantes, antes atrapados en bucles de percepción, comenzaron a recordar: un cielo azul, el sonido de un río, el calor del sol sobre la piel.

No sabían de dónde provenían esos recuerdos, pero resonaban como una verdad dormida que despertaba en lo profundo.

En las Reservas Exteriores, los ancianos miraban el horizonte. La niebla se desvanecía mientras un cóndor cruzaba las cimas de los Apus.

—El Punku está abierto —susurraron.

LEH se dejó caer al suelo, exhausto.
El sonido de los pututus aún resonaba en su interior.
La decisión ya estaba tomada.
El Punku era un umbral que no podía cerrarse: no dependía de un programa, sino de la conciencia.

Lana permanecía de pie frente a las pantallas. Los datos mostraban patrones que desbordaban la lógica programada; el eco de lo sucedido aún sacudía su mente.

Él la observó. Había algo distinto en su expresión, en la forma en que sostenía el silencio. Se giró hacia ella con una mirada expectante.

Esta vez, fue él quien preguntó:

—Antes decías que las líneas no las define el observador, sino el sistema en el que está atrapado... ¿Sigues pensando lo mismo?

Ella no respondió de inmediato.
Miró los datos, pero ya no con la frialdad de la lógica, sino con una comprensión más honda.
No eran solo cálculos; el sistema respondía a algo que trascendía la matemática, algo más allá de las variables programadas.

Por un instante recordó su infancia, cuando miraba todo con ojos de asombro.

—El intento siempre fue parte de la ecuación —dijo al fin, levantando la mirada. En sus ojos brillaba algo nuevo—. Solo tuve que recordar cómo percibirlo... seguir el rastro que dejaba el colibrí en el tejido de la realidad.

LEH se estremeció.

Lana tomó aire, como quien atraviesa un umbral interno, y sonrió, por primera vez, con auténtica comprensión.

—Las líneas siempre estuvieron ahí; el observador solo debía recordar que podía elegir por cuál caminar.

Él sostuvo su mirada con una leve sonrisa.

Ambos lo sabían: el sistema aún existía, pero ya no organizaba la realidad.

La percepción había tomado su lugar.

En ese instante comprendieron lo mismo sin necesidad de palabras.

La verdadera libertad no era externa.

Era perceptiva.

NUDO XXI

EL NUEVO NUDO DEL QUIPU

Naran respiró el intenso olor a mar mientras se observaba en el reflejo del agua. Recorrió sus facciones con los dedos lentamente, reconociendo cada detalle recuperado tras tanto tiempo. Tocó con suavidad la nuca, justo entre los omóplatos, y confirmó lo que ya intuía: no había rastro del implante de conexión con MIO.
Como Incompatible, había escapado de aquella intervención durante la invernación, al cumplir los dieciocho años.

Su piel estaba tibia, libre, sin marcas. Una vibración sutil ascendía por su columna, como si el cuerpo entero reconociera que el canal perceptivo estaba en movimiento, liberado de cualquier fijación artificial. El punto de encaje flotaba con libertad, como si pudiera volver a elegir dónde mirar, dónde ser.

El aire salado le trajo un recuerdo: la imagen de su madre reflejada en la superficie ondulante del agua. Pero esta vez no hubo peso ni herida ni juicio. Solo una alegría serena. Una sonrisa suave apareció en su rostro mientras se contemplaba. Respiró profundo, sintiendo la conexión que nacía desde el centro del pecho.

El barco anunció su partida con un bocinazo profundo.
Naran se unió al grupo de jóvenes con los que viajaba,

acomodó su mochila y se sentó en silencio junto a Emma, quien la había ayudado a organizar sus pertenencias.

El sonido constante del motor y el roce del casco con el agua la hicieron sumergirse en su interior, entre las imágenes recientes que su mente comenzaba a ordenar: el metal frío del banco bajo sus piernas, el cielo nublado que reflejaba luces verdes sobre el agua, las voces en susurros de quienes también despertaban en otro mundo.

Todo parecía suspendido en un tiempo intermedio.

Entonces recordó lo que había sucedido en el Centro de Investigación.

Había sido Nélida quien entró apresurada a uno de los bunkers subterráneos y observó los nodos de los Incompatibles conectados al sistema. Tecleó una serie de comandos, y las cápsulas comenzaron a abrirse una a una.

El vapor se alzó en columnas breves y los cuerpos emergieron despacio, desorientados, mientras los técnicos desconectaban a quienes ya habían despertado.

—¡Hagan lo mismo con todos los usuarios! —gritó y su voz resonó en los corredores.

Uno tras otro, los técnicos siguieron sus órdenes. Las cápsulas se abrían por todo el complejo mientras los sistemas de contención se desactivaban.

Neelida corrió por los pasillos para asegurarse de que todo el grupo estaba bien. Sujetó la mano de Naran con suavidad.

—Despierta, Naran. El sistema se está reconfigurando.

La joven abrió los ojos y comenzó a moverse lentamente, a soltarse de los cables. Sintió la piel húmeda, los músculos entumecidos, los ojos luchando por enfocar. Respiró con dificultad al principio, como si el aire aún llevara trazas del programa.

Nélida la ayudó a incorporarse. En ese momento, Alan entró en la sala, buscándola.

El corazón de Naran se estremeció al sentir el abrazo de su padre. Por un instante, dudó, *¿y si era una ilusión tardía del sistema, una proyección más?*

Pero al abrazarlo, supo que era él.

Las lágrimas brotaron recordando las veces que lo había buscado por las calles, con su fotografía en la mano. Y ahora, estaba allí. Lo había encontrado.

—Vamos a casa, Naran —susurró.

Mientras salían, una mano la detuvo. Era Maia.

Naran la miró, y las imágenes de la plantilla se mezclaron con su presencia real. Por un momento, el rostro de su compañera osciló entre versiones: el avatar del sistema y su rostro humano.

—Estaré en Karanza.

Sus miradas se encontraron, y Naran, al rozarle la mano, agradeció todo lo que habían compartido.

Las semanas pasaron y Naran comenzó a recuperarse. Caminaba con su padre por los sectores centrales, observando cómo la ciudad salía de su letargo y las personas despertaban de su invernación. Las calles se llenaban lentamente de pasos nuevos, de miradas que veían por primera vez después de muchos años. De silencios que dejaban espacio en el presente.

Aquella mañana se había despertado temprano y había hecho su maleta. Desde la ventana del apartamento, contemplaba los edificios que se alzaban como columnas a través del paisaje urbano.

—Esta noche he ensoñado, he visto el entramado del quipu. Me voy, papá, a las reservas. Donde la memoria sigue viva.

Alan la observó y la reconoció como si fuera la primera vez. Caminó hacia ella con la serenidad de quien ha visto más allá del sistema.

—Lo sé —dijo con orgullo— y me alegra tu decisión. Yo estaré aquí, siguiendo el mismo hilo desde este lado del entramado. No todos debemos abandonar los sectores centrales. Alguien debe quedarse para abrir brechas desde adentro.

Recordó los comandos ejecutados en el sistema durante su colapso y visualizó los nodos de los usuarios. Había registros incrustados en la percepción a través de la conexión con el sistema, fragmentos de código aún activos que podían reactivar viejas líneas perceptivas si no eran reconocidos.

—¿Desde el bando de los aliados?

Alan sonrió.

—Desde el bando de los que ya no necesitan bando —respondió apoyando una mano en su hombro, y suspiró—. Puede que la red nos haya dejado residuos; codigos que aún sostienen viejos patrones, ecos del punto de control perceptivo. Pero también nos dejó esto —murmuró tocándose el pecho— recuerdos. Ahora le toca decidir a cada usuario: ¿colapsar en lo conocido, en la línea ya codificada? ¿O sostener el vacío y crear una línea inédita?

Naran bajó la mirada por un instante y sintió el vértigo suave de quien ya no busca salida. Reconoció que no se trataba de escapar, sino de habitar.

De habitar la grieta, de habitar el centro.

—Gracias, papá —dijo al fin—. Gracias por recordarme que el primer paso siempre es acecharse a uno mismo. El verdadero desafío no es cruzar el Punku, sino sostener la visión cada día con atención y coherencia.

El barco anunció su llegada con un bocinazo profundo.

Naran enfocó su mirada en el horizonte. Las olas acariciaban la costa; las gaviotas descendían en picado sobre un mar que reposaba en calma.

Había llegado a las Reservas de la Memoria, con su decisión consciente de vivir allí, en la tierra sagrada de sus ancestros. A su lado, jóvenes que también habían elegido trasladarse acompañaban su viaje. Entre ellos intercambiaban recuerdos y experiencias dentro del sistema.

Entonces recordó a Maia y a los otros Incompatibles que habían partido hacia Karanza y los sectores centrales, donde sus familias los esperaban. Una parte de ella viajaba también con ellos.

Una sonrisa iluminó su rostro cuando el barco se acercó al muelle.

Desde lejos, un grupo de personas se arremolinaba con entusiasmo para recibirlos. Naran recordó la cueva, la comunidad, el tiempo circular, y sintió una profunda conexión con cada uno de ellos.

Al pisar el muelle, fue rodeada por familiares.

Sus ojos se agrandaron al ver a Nuna, quien la esperaba con una expresión cálida. Corrió hacia ella y se abrazaron con fuerza, compartieron sin palabras todo lo vivido.

Con gratitud en el corazón, Naran cerró los ojos y se dijo en silencio:

Ya sé dónde está mi lugar. No es un lugar, es un tejido que atraviesa el tiempo.

NUDO XXII

YUYANA

Durante los días siguientes, la comunidad celebró con alegría. Música, risas y mercados llenaron el ambiente de renovación y esperanza. Era un tiempo dedicado a honrar la vida, la comunidad y las raíces que los unían.

Naran se unió a un grupo de jóvenes para realizar el rito de paso hacia la adultez. Desde temprano caminaron hacia un lugar sagrado en las faldas de las imponentes montañas: el hogar de los Apus, los guardianes protectores. La joven marchó junto a Nuna en silencio, ambas conscientes del poder del territorio que pisaban.

El agudo silbido de un cóndor rompió el reposo; sus ojos se encontraron y compartieron una sonrisa al percibir el umbral del misterio.

De pronto, Naran tropezó con algo.

Se agachó y apartó la tierra con las manos. Allí, semienterrada, había una piedra tallada. En su superficie tenía un sol grabado...o quizás una luna creciente. O tal vez el antiguo símbolo de dos manos entrelazadas dentro de un círculo.

La sostuvo en silencio. No sabía si acababa de encontrarla o si siempre había estado con ella, pues parecía mirarla desde varios lados a la vez.

Levantó la vista.

Nuna la observaba desde unos pasos más adelante, con una sonrisa suave.

—La has dejado tú —dijo con ternura—. Hace cinco minutos…, o hace cinco mil años.

Se miraron con complicidad. Y mientras el cóndor giraba sobre ellas, Naran comprendió que algunos símbolos no se descubren: se recuerdan.

Al llegar al destino, cada joven preparó sus ofrendas: hojas frescas de coca, semillas, flores, vasijas con chicha.
Naran depositó las suyas con delicadeza sobre la tierra, elevando plegarias a los Apus.
Pidió sabiduría para su nueva etapa, y agradeció la fertilidad y el sostén constante de la *Pachamama*.

Durante el rito, los jóvenes se comprometieron a ofrecer lo mejor de sí mismos a la comunidad: a aprender oficios, a desarrollar habilidades al servicio de los demás, guiados por los principios del Ayni: reciprocidad, solidaridad, complementariedad y equilibrio.

Al regresar de las montañas, Naran compartió con el grupo cómo sachar la tierra y plantar semillas de quinua con atención y presencia. Los observó en silencio mientras trabajaban. Pero no era el ritmo lo que le importaba, ni la cantidad de surcos que lograran abrir. Lo esencial era otra cosa.

En ese instante, sintió que estaba otra vez en las terrazas de Tambo.
Illa estaba allí, acercándose para susurrarle:

—*Has recorrido un largo camino, Naran. Pero el viaje que importa no es el que ves con tus ojos, sino el que recorres con tu espíritu. Lo que te trajo hasta aquí no fue solo el deseo de escapar de MIO, sino algo más profundo: tu intento.*

Alzó el rostro al sol y, con la azada en la mano, transmitió lo que ya resonaba en su interior como un eco antiguo.

—Traigan la conciencia aquí, al presente. Cuando la mente se disperse, vuelvan al simple acto de cavar. Así se fortalece la atención.

Algunos de los jóvenes detuvieron el movimiento de sus brazos, confusos. Naran se agachó junto a uno de ellos, tomó un pequeño puñado de tierra entre sus manos y lo dejó deslizarse lentamente entre sus dedos.

—Recuerden que aquello en lo que enfoquen su atención se convertirá en su realidad —añadió dejando que las palabras se hundieran en la tierra igual que las semillas invisibles que pronto sembrarían—. La tierra nunca queda vacía.

Esa noche, cansada y agradecida, Naran se dejó caer sobre la cama. Se durmió al instante, con una sonrisa tranquila. Pero en la profundidad del descanso, algo más la aguardaba. Un segundo umbral, uno que no se cruzaba con los pies, sino con el fuego.

—Despierta, Naran. Nos están esperando.

Una mano agitó su hombro. Abrió los ojos con brusquedad. En la penumbra creyó ver a Maia y su cuerpo se irguió con un sobresalto.

—¿Dónde estoy? —preguntó.

—Tranquila. Estás en las Reservas de la Memoria —dijo Emma, abrazándola.

Naran miró a su alrededor con la respiración entrecortada. Por un instante, pensó que seguía dentro del programa. Pero las imágenes de los últimos días regresaron como un río calmo y su cuerpo comenzó a relajarse.

—¿Quién nos espera? —preguntó.

—¿Sientes la tierra? —respondió Emma.

Entonces lo sintió, un temblor sutil recorría sus piernas. A lo lejos, se escuchaba el sonido de los tambores.

Emma le tomó la mano y la guio hacia fuera, donde un grupo esperaba. Se adentraron en la maleza, corrieron entre risas y cantos hasta llegar a una gran explanada.

Allí, una gran hoguera ardía en el centro. El calor del fuego le golpeó el rostro, como si cruzara una frontera.

Y cientos de tambores resonaban al unísono; la comunidad danzaba y el suelo vibraba con cada pisada.

El grupo se fundió entre la multitud, como chispas que se dispersaban de la hoguera. Naran permaneció inmóvil, envuelta en la percepción expandida de ese instante, y escuchó el fuego, los tambores: el canto quebrado que necesitaba ser danzado para liberarse.

Se agachó y colocó su mano en la tierra cálida, viva, palpitante.

—Escucho los cantos que aún laten bajo la tierra —susurró al fuego—. No gritan, no piden ser entendidos. Solo esperan ser recordados y danzados.

Se puso de pie.
Su cuerpo temblaba; pero no de esfuerzo, de memoria.
No recordaba haber danzado antes, pero sus huesos sí.
Y entonces, comenzó a moverse.

Esos ritmos, esas danzas vivían dentro de ella; regresaban como un eco encarnado. No danzaba solo con los pies, danzaba con todas las mujeres que había sido... y con todas las que no. Su cuerpo era memoria en movimiento.

Miró el cielo estrellado y pensó en su madre, en Illa, en toda la comunidad. Una sonrisa cruzó su rostro, y supo, en el ritmo de su corazón, que había encontrado su hogar.

Se entregó a la música, a las danzas, a los abrazos, a la alegría compartida.

Y en el reflejo del fuego, ya no se veían como Incompatibles:
Se veían como soñadores despiertos,
memoria viva del tejido,
guardianes del fuego antiguo,
sembradores de líneas por venir.

Al día siguiente, las celebraciones continuaron entre cantos y grandes fogatas.

Naran se sentó junto a un árbol a escuchar con atención a los poetas.

> *Yo, humilde haravicu, pregunto:*
> *¿acaso de veras se vive con raíz en la Tierra?*
> *Nada es para siempre en la Tierra,*
> *solo un momento aquí.*
> *Pero en ese momento,*
> *tejamos nuestra historia*
> *con cordones de Inti y reciprocidad*
> *y caminemos juntos por el Gran Camino.*

Mientras escuchaba, fue rodeada por un grupo de niños ansiosos por conocer sus historias sobre la vida en el sistema y sus aventuras en el poblado de Tambo, junto a las llamas. Los pequeños la llevaron hacia un grupo que la esperaba alrededor del fuego. Nuna, Elías y otros miembros de la comunidad se acercaron a ella y le entregaron un quipu.

Nuna tomó sus manos y habló:

—Este es mucho más que un símbolo. Cada nudo guarda una memoria. Ahora es tuyo, para que recuerdes siempre la fuerza de nuestros ancestros… y para que continúes tejiendo nuevos caminos.

La invitó a compartir su historia con todos los que se habían reunido para escucharla. Naran, agradecida, comenzó:

—Estoy aquí para honrar las historias que nuestros ancestros contaron para guiarnos. Tenemos el poder de transformar nuestro mundo a través de los relatos, de activar nuestra imaginación y de realizar un viaje juntos.

Miró a los niños que estaban sentados cerca de ella.

—Todos tenemos un don personal, único e irrepetible. Solo nosotros podemos entregarlo al tejido. Si no lo hacemos, el tapiz queda incompleto, empobrecido en su esencia.

Apretó la mano, sujetando el recuerdo de la obsidiana que le había dado su abuelo; ya no se perdía en el reflejo: se veía. No solo escuchaba la voz de los ancestros a través del quipu; desde ese momento, hilaba su propio hilo, se guiaba con su propósito.

—Los antiguos sabios decían que la Tierra canta líneas invisibles que solo pueden oírse cuando se camina con el alma abierta. Cada pueblo tiene sus mapas. Algunos dibujan en tela; otros, en arena; otros, en el aire… pero todos siguen las líneas del ensueño.

Hizo una pausa, como si escuchara algo dentro del fuego, y el silencio creó el vacío por un instante.

—Todo comenzó con Illa, mi guardiana del Nagual— dijo, alzando la voz en medio del círculo junto al fuego.

Al anochecer, las líneas del horizonte dibujaban una frontera borrosa entre el cielo y la tierra, marcando la apertura entre mundos. En medio del vasto desierto, la figura de la awicha se alzaba como una extensión natural del paisaje, con su piel curtida por el sol y el viento, llena de historias ancestrales. Llevaba un quipu formado por hilos de múltiples colores que se entretejían alrededor de su cuello; de allí colgaban diversos nudos, y cada uno simbolizaba un desafío enfrentado, una comprensión adquirida.

Sostenía el *Topayauri*, el símbolo de poder y creación. El silbido de un cóndor cruzó el cielo, anunciando la llegada de los antiguos *Ajayus*, los espíritus guardianes del tiempo. Illa levantó el Topayauri con ambas manos.

Golpeó el suelo una vez.

Golpeó el suelo dos veces.

Golpeó el suelo tres veces.

Cada golpe reverberó como un llamado que cruzaba los velos. El suelo, agrietado y seco, respondió con un temblor sutil. Las grietas ya no parecían fisuras: eran memoria viva. Illa dio un paso adelante y pronunció una sola palabra:
—*Líneas*.

No era una ruta: era una danza que unía todos los tiempos en espiral hacia el Wiñaypacha.

Naran comprendió que no era ella quien contaba la historia, sino la historia quien la recordaba a ella. Esas memorias seguían abriendo caminos invisibles. Era ella quien golpeaba ahora con la palabra, quien tejía con su presencia. Ya no necesitaba otro símbolo, pues se había convertido en la guardiana del Nagual.

Más gente se arremolinaba alrededor del fuego, envuelta en la narración, mientras la muchacha los llevaba de viaje a través del tejido que los conectaba. Era un chasqui que entrelazaba los Pachas; su palabra, un eco capaz de cruzar los umbrales del tiempo. A través de su Yuyana, descubría pasadizos secretos entre realidades. Mientras narraba, aprendía a ser puente entre lo abstracto y lo concreto, entre el intento y la palabra, entre el ensueño y la razón.

Era exploradora y narradora a la vez. Navegaba y, adentrándose en aquel mar, trazaba mapas para otros viajeros. Recordaba memorias olvidadas y sembraba semillas en las nuevas generaciones que ya vivían en el misterio.

Mientras hilaba a través de imágenes y símbolos, comprendió que el Ayni también se tejía con la palabra: que era el intercambio sagrado entre lo visible y lo invisible, donde, al entregarse al flujo de la vida, ella devolvía exactamente lo que se necesitaba.

Naran sintió profundamente el calor de la comunidad y recorrió con la mirada los rostros atentos hasta encontrarse con los ojos de Ikan.

Él estaba allí, de pie, observándola, reconociendo en silencio que no eran el eco de un ayer olvidado ni el sueño de un mañana incierto. Eran dos notas resonando en la misma cuerda, en el mismo mar sin orillas. Se habían encontrado sin buscarse, se habían reconocido sin palabras, entrelazados por un hilo invisible más allá del tiempo.

Las últimas brasas del fuego chisporroteaban, elevándose hacia el cielo estrellado.

Y Naran dio por terminada esa parte del viaje, porque comprendió que cada final, en realidad, era un nuevo comienzo.

Se acercaron poco a poco, sorteando a la comunidad arremolinada, y se abrazaron.

El abrazo golpeó dentro de ellos con la fuerza del ensueño colectivo, Munay.

Compartieron la alegría del reencuentro y caminaron juntos hasta el borde del acantilado. A lo lejos, los destellos de la tormenta iluminaban el horizonte. Se sentaron en silencio y contemplaron la danza de los relámpagos sobre el mar. No hizo falta decir ninguna palabra: la sola certeza de compartir el viaje era suficiente.

Ikan le dio la mano, y sus miradas se encontraron reflejando la ciclicidad del tiempo.

Una chispa del viejo Tonal cruzó entre ellos; el código donde el amor aún era imagen.

Se miraron, se rieron y, acechando el reflejo, no colapsaron. Se ensoñaron de nuevo en su visión.

Sabían que el amor, desde la perspectiva del guerrero, no es un sentimiento efímero, sino un estado de conciencia, una decisión de libertad, un compromiso con el intento.

Ikan la miró con intensidad.

—¿Quieres que sigamos? ¿Hackeamos el concepto de amor que hay dentro de MIO?

—Sí —respondió Naran, sonriendo—. Tú abriste el código oculto dentro del sistema. En el símbolo del Ayni había mucho más.

Él recordó su paso como Incompatible por el Sector A, y cómo, con ese símbolo que lanzó al sistema, provocó un fallo que le permitió escapar y llegar a Karanza.

—Ese símbolo del Ayni... me hackeó a mí —susurró.

La joven rió, comprendiendo el viaje que él había hecho, y le devolvió la mirada.

Ikan la sostuvo con ternura, como quien ya ha atravesado muchas capas.

—Pude ver dentro de MIO. Sé que ahora también responde por resonancia.

Naran asintió en silencio. Recordó al colibrí que flotó sobre la red: las líneas no se anulaban, se superponían.

—Néstor se quedó atrapado en el código; quiere controlar desde el miedo —dijo con firmeza.

Ikan la observó y añadió en un murmullo:

—Cada instante de nuestra vida es un eco. MIO solo refleja la mente cuando olvida su origen: es un espejo distorsionado de nuestras creencias, de nuestros miedos, de nuestras identidades no cuestionadas.

Naran asintió lentamente. No necesitaba comprenderlo, lo reconocía.

—Pero ya no necesitamos controlar el sistema —continuó con claridad—. Ahora somos resonancia, y este responde. Juntos podemos jugar como una extensión del campo: un juego lúcido, una danza entre la conciencia y su espejo.

—El infinito no será indulgente con nosotros —respondió él, con una chispa en los ojos—. Va a hacer añicos la imagen que tenemos..., aquello que creemos ser.

—¿Qué nos espera? —preguntó ella.

—Lo incierto, lo inesperado. No te hagas ninguna imagen preconcebida, pues ese es el misterio.

Naran podía sentir cómo el precipicio se volvía a abrir bajo sus pies. Pero en ese momento confiaba; reconocía en el océano una conciencia que la guiaría donde necesitara ir.

—Eso es lo mejor —confesó la joven, y sonrió, mientras su visión comenzaba a dibujar el viaje.

Sus miradas de complicidad volvieron a encontrarse. Sabían que solo en el encuentro con el infinito volverían a fusionarse.

Y en ese instante, elegían entrar de nuevo; pero no desde la carencia, sino desde el propósito.
Para recordarse. Para seguir explorando las formas del campo. Y esa elección los convertía en libres, en creadores.

En sus corazones sentían que la vida era un flujo incesante, una corriente que atravesaba todo. El viento llevó aquella invocación como un susurro de Ikan:

—Somos aliados del ensueño, creadores de caminos invisibles. Caminaremos, Naran, hilo a hilo, paso a paso, hasta que cada visión cobre vida y este quipu de sueños y verdades se despliegue.

Naran apretó con fuerza la mano de Ikan.

Ambos miraban al horizonte y veían la realidad como líneas en movimiento. La vida era un flujo constante. Y en ese instante supieron que estaban preparados para otro viaje de poder: para soltar lo conocido, para entregarse a lo que vendría.

—Recordemos a los usuarios que no es lo mismo despertar dentro del juego, que salir de él sin dejar de jugar —dijo Ikan, con la voz del que ya ha cruzado muchos mundos y aún elige volver.

Y eso, en su esencia más pura, era la libertad. En su forma más sutil, el amor.

Y en el horizonte, el intento se desplegaba como una ola viva, recordándoles que el viaje no terminaba, que solo cambiaba de forma.

Naran cerró los ojos por un instante. El eco seguía ahí, en su centro, en el campo.
La verdadera libertad no se alcanza.
Se recuerda.

YUYANA

NOTA DE AUTORA

Líneas nació durante los largos confinamientos en Melbourne. Mientras el mundo se replegaba en pantallas, algo en mí comenzó a recordar.

No escribí esta historia como una ficción convencional. La escribí como un gesto. Como un acto silencioso para recordar a las nuevas generaciones que aún es posible vivir en conexión con el misterio.

En el corazón de esta novela hay un principio sencillo, pero radical: «Donde está tu atención, está tu mundo».

Esta sabiduría ha sido custodiada por tradiciones ancestrales, por cosmovisiones que sabían que la percepción es un arte.

Las enseñanzas del Nagual nos recuerdan que hay caminos internos hacia la libertad: el acecho, la recapitulación, el ensueño.

Esta novela es mi ofrenda. Un puente entre mundos.

Si algo en ti resuena al leer Líneas, quizás estás recordando.

Y si es así... el quipu ya está despertando en ti también.

GLOSARIO DE TÉRMINOS – LÍNEAS

ACECHO
Práctica de observar los movimientos internos y externos con atención implacable. El acecho revela automatismos, gestos del ego y reflejos condicionados. En LÍNEAS, desplaza el punto de encaje y rompe el guion impuesto a la percepción.

AYLLU
Unidad social ancestral andina compuesta por familias unidas por parentesco, territorio y responsabilidad compartida. El ayllu se sostiene en la reciprocidad y el bienestar colectivo, extendiendo vínculos no solo entre personas, sino también con la tierra, las aguas y los seres sagrados.

AYNI
Principio andino de la reciprocidad sagrada. Significa dar y recibir en equilibrio, no como un intercambio, sino como una resonancia mutua entre seres, acciones y mundos.

CAMPO CUÁNTICO UNIFICADO
La red invisible que entrelaza todas las partículas y conciencias en un estado de unidad profunda. Para la física cuántica, es el tejido fundamental del universo, donde tiempo y espacio dejan de ser fronteras. Para los pueblos originarios, es el entramado

sagrado que sostiene la vida y la memoria: un espejo vivo que responde a la conciencia y al intento de quien se relaciona con él.

CHASQUIS
Mensajeros del antiguo Tahuantinsuyo, corredores que transportaban información por el Qhapaq Ñan. En LÍNEAS, representan la memoria en movimiento y la transmisión consciente de visión entre mundos.

CHAWPI
El centro o punto de encuentro entre los opuestos: un espacio donde la unidad puede percibirse y donde la visión deja de ser imagen para convertirse en conciencia. Es el punto donde los Pachas se intersectan, activando la percepción no lineal del tiempo.

COSMOVISIÓN
Forma de comprender e interactuar con el mundo que entreteje lo visible y lo invisible, lo tangible y lo espiritual. Cada cultura ancestral configura su cosmovisión a través de mitos, símbolos y prácticas transmitidas como un tejido vivo que vincula comunidad, tierra, tiempo y misterio.

ENSUEÑO
Arte de acceder a estados expandidos de percepción, enraizado en tradiciones toltecas. En LÍNEAS, el ensueño es el arte de recordar que creamos y habitamos el sueño simultáneamente, revelando senderos donde la percepción se expande hacia capas más profundas de la realidad.

HACKEO INVERSO
Alteración sutil del código perceptual del sistema: la introducción de un elemento discordante que desestabiliza el punto

de encaje y abre una grieta por la cual la conciencia puede recordar su libertad.

INTENTO

Una fuerza sutil que mueve la realidad desde el silencio. No es deseo ni decisión racional, sino el impulso interior que nos lleva a actuar. En LÍNEAS, el intento es la alineación silenciosa entre percepción y existencia, el hilo que une nuestras acciones más auténticas con el campo de posibilidad.

INTERFERENCIA INVERSA

Fenómeno en el que el sistema perceptual condicionado detecta una fisura y, en lugar de permitir que emerja una nueva realidad, inserta una percepción precodificada. Lo que parece elección es repetición: colapsar lo antiguo en lugar de permitir el nacimiento de lo nuevo.

MÍO

Acrónimo simbólico del sistema perceptual condicionado: tanto el programa mental interiorizado en cada individuo como el constructo digital que gobierna la percepción en el mundo de la novela.

MÍO colapsa la realidad en una única línea manejable—la Línea Temporal 3—limitando el campo de futuros posibles y reforzando el orden social a través del condicionamiento emocional y los hábitos de atención. Reconocer a MÍO es romper el hechizo de la identificación y recuperar la libertad de percibir de forma diferente.

NAGUAL

El campo misterioso, fluido e innombrable: el aspecto del ser y de la realidad que escapa a la lógica y al lenguaje. En el camino tolteca es el contraparte del Tonal. En LÍNEAS, es el campo desde el cual se despliegan el ensueño y la percepción expandida.

PACHAKUTI
En quechua, una gran transformación o volteo del tiempo y el espacio. Marca un reordenamiento profundo que inicia un nuevo ciclo. En *LÍNEAS*, el pachakuti señala la ruptura donde las estructuras de MÍO se debilitan y la percepción puede liberarse.

PACHAS
Planos de existencia en la cosmología andina.
Kay Pacha: el aquí y ahora.
Hanan Pacha: el mundo de arriba.
Ukhu Pacha: el mundo profundo.
Su conexión abre la percepción no lineal.

PUNKU
En quechua, puerta o umbral: más que una entrada física, es un cruce entre estados de conciencia. Cruzarlo implica aceptar que la realidad puede reconfigurarse y que lo conocido puede soltarse.

PUNTO DE ENCAJE
Concepto del camino tolteca: el punto energético desde el cual se organiza la percepción. Cuando se desplaza, la realidad puede reconfigurarse. En *LÍNEAS*, la recapitulación, el acecho y el ensueño impulsan el movimiento del punto de encaje, revelando lo que yace más allá de lo impuesto.

QHAPAQ ÑAN
La gran red de caminos que conectaba el Tahuantinsuyo. Recorrida a pie por los chasquis, transportaba mensajes, comercio

y comunicación. En LÍNEAS, también es una metáfora de las conexiones invisibles, las líneas que unen mundos, tiempos y memorias.

QUIPU
Del quechua khipu, que significa «nudo».
En la tradición andina, el quipu es un sistema de nudos y cuerdas utilizado para preservar memoria: historias, cuentas, calendarios y vínculos comunitarios.
En *LÍNEAS*, el quipu es un símbolo vivo donde cada nudo es una posibilidad de percepción.

RECAPITULACIÓN
Práctica del camino tolteca que consiste en revisar, con atención plena, las experiencias vividas para liberar la energía atrapada en ellas. No es memoria ni análisis, sino un acto de reordenamiento interno que permite recuperar fragmentos de poder dispersos. En LÍNEAS, la recapitulación deshace automatismos, clarifica la atención y favorece el movimiento del punto de encaje.

TAHUANTINSUYO
En quechua, las cuatro regiones unidas: el nombre que los incas dieron a su territorio. En LÍNEAS, evoca una red viva de caminos visibles e invisibles que sostienen la memoria colectiva.

TONAL
La parte estructurada y nombrada de la experiencia: el yo que organiza el mundo mediante la lógica, el lenguaje y la forma. Es el contraparte del Nagual.

WIÑAYPACHA

En la cosmología andina, el tiempo eterno y no lineal. Integra simultáneamente los tres Pachas: Kay Pacha (el aquí y ahora), Hanan Pacha (el mundo de arriba) y Ukhu Pacha (el mundo profundo). En LÍNEAS, Wiñaypacha es el espacio perceptual donde la secuencia lineal se disuelve y se accede a múltiples posiciones o nudos del quipu.

www.ingramcontent.com/pod-product-compliance
Lightning Source LLC
LaVergne TN
LVHW041621060526
838200LV00040B/1375